UMA CRIANÇA ABENÇOADA

LINN ULLMANN

Uma criança abençoada

Tradução do inglês
Fernanda Abreu

Companhia Das Letras

Copyright © 2005 by Linn Ullmann

Grafia atualizada segundo o Acordo Ortográfico da Língua Portuguesa de 1990, que entrou em vigor no Brasil em 2009.

Este livro foi publicado com o apoio financeiro de NORLA.

Título original
Et velsignet barn

Capa
warrakloureiro

Imagens de capa
© Beverly Logan/ Getty Images (capa)
© Paulo Fusco/ Magnum Photos/ LatinStock (quarta capa)

Preparação
Maria Cecília Caropreso

Revisão
Marise Leal
Valquíria Della Pozza

Dados Internacionais de Catalogação na Publicação (CIP)
(Câmara Brasileira do Livro, SP, Brasil)

Ullmann, Linn
      Uma criança abençoada / Linn Ullmann ; tradução do
inglês Fernanda Abreu. — São Paulo : Companhia das Letras,
2009.

      Título original: Et velsignet barn.
      ISBN 978-85-359-1434-4

      1. Romance norueguês I. Título

09-02249   CDD-839.823

Índice para catálogo sistemático:
1. Romances : Literatura norueguesa 839.823

[2009]
Todos os direitos desta edição reservados à
EDITORA SCHWARCZ LTDA.
Rua Bandeira Paulista 702 cj. 32
04532-002 — São Paulo — SP
Telefone (11) 3707-3500
Fax (11) 3707-3501
www.companhiadasletras.com.br

Para Halfdan

I. A ESTRADA

No inverno de 2005, Erika foi visitar o pai, Isak Lövenstad. A viagem estava demorando mais do que o previsto, e ela sentiu uma vontade imensa de dar meia-volta e tomar novamente o caminho de Oslo, mas seguiu em frente, mantendo o celular no banco a seu lado, para poder ligar para ele a qualquer momento e dizer que havia desistido da visita. Dizer que afinal de contas não iria mais. Teriam de fazer isso em outra ocasião. Poderia dizer que era por causa do tempo, da forte nevasca. A mudança de planos teria sido um grande alívio para os dois.

Isak tinha oitenta e quatro anos e vivia sozinho em uma pequena casa branca de calcário em Hammarsö, uma ilha na costa leste da Suécia. Especialista em ginecologia, havia adquirido fama como um dos pioneiros do ultrassom. Agora aposentado, gozava de boa saúde e seus dias transcorriam de forma agradável. Todas as suas necessidades básicas eram providas por Simona, antiga moradora da ilha. Simona cuidava para que todos os dias ele tivesse uma refeição quente no almoço e no jantar; limpava a casa de cima a baixo uma vez por semana; fazia compras, espanava o pó e lavava suas roupas, que não eram muitas. Também o ajudava com a declaração anual de imposto de renda e com as contas. Isak ainda tinha todos os dentes na boca, mas no ano anterior havia desenvolvido uma catarata no olho direito. Segundo ele, era como ver o mundo através da água.

Isak e Simona raramente se falavam. Ambos preferiam assim.

Depois de uma vida longa e atribulada em Estocolmo e Lund, Isak havia se mudado definitivamente para Hammarsö.

A casa ficara doze anos vazia, e durante esse tempo ele havia considerado mais de uma vez a possibilidade de vendê-la. Em vez disso, decidiu vender os apartamentos de Estocolmo e Lund e passar o resto de seus dias na ilha. Simona, contratada por Isak no início dos anos 70 para ajudar Rosa a cuidar da casa (apesar de ele saber que Rosa era o tipo de mulher que, ao contrário de sua ex-mulher e de suas amantes, raramente precisava de ajuda com o que quer que fosse, sobretudo com a casa, que mantinha sempre perfeita), insistiu para que ele se entregasse a seus cuidados e a deixasse cortar seu cabelo regularmente. Ele queria deixar o cabelo crescer. Não havia para quem cortá-lo, dizia. No entanto, para restaurar o silêncio entre eles, que ambos preferiam, chegaram a um meio-termo. No verão, o cocuruto de Isak ficava tão pelado, reluzente e azul quanto o globo com que ele presenteara cada uma de suas três filhas, Erika, Laura e Molly, quando elas completaram cinquenta anos; no inverno, ele deixava os cabelos crescerem à vontade, o que lhe dava um aspecto imponente e grisalho, quase branco, que aliado a seu rosto atraente, enrugado e envelhecido sugeria a pontinha de um *rauk*, uma daquelas colunas de pedra de quatrocentos milhões de anos que brotavam do mar, tão típicas de Hammarsö.

Erika pouco viu o pai depois que ele se mudou para a ilha, mas Simona tinha lhe mandado duas fotografias. Uma do Isak cabeludo e outra do Isak quase careca. Erika gostava mais do cabeludo. Alisou a fotografia com o dedo e beijou-a. Imaginou o pai na praia cheia de pedras de Hammarsö, braços erguidos, cabelos ao vento, com aquela longa barba postiça que costumara usar ao ensaiar as falas do Velho Sábio para o Festival de Hammarsö de 1979.

Rosa — segunda mulher de Isak e mãe de Laura — tinha morrido de uma doença degenerativa dos músculos no início da década de 90. Fora a morte de Rosa que fizera Isak voltar para

Hammarsö. Nos doze anos em que a casa havia permanecido vazia, houvera apenas visitas ocasionais de Simona. Ela varrera os insetos que davam um jeito de entrar na casa todo verão e que jaziam mortos no peitoril das janelas todo inverno; mandara trocar as fechaduras depois de um arrombamento sem importância e passara um pano no chão depois que os canos estouraram, alagando tudo. Mas não podia fazer nada contra o estrago causado pela água e toda a deterioração, enquanto Isak não se dispusesse a pagar alguém para ir fazer o conserto.

— Por mais que eu me esforce, a casa vai se estragar — disse ela em uma de suas breves conversas telefônicas. — Você vai ter que vender, reformar ou vir morar nela outra vez.

— Ainda não. Não vou tomar nenhuma decisão ainda — respondeu Isak.

Mas então o corpo de Rosa a deixou na mão, e embora seu coração fosse forte e não quisesse parar de bater, Isak e um colega haviam decidido no fim que Rosa deveria ser poupada. Depois do funeral, Isak deixou bem claro para Erika, Laura e Molly que pretendia cometer suicídio. Os remédios haviam sido providenciados, o ato cuidadosamente planejado. Apesar disso, mudou-se de volta para a casa.

Molly nasceu, contra a vontade de Isak, no verão de 1974. Quando a mãe de Molly, que se chamava Ruth, estava dando à luz em um hospital de Oslo, Rosa ameaçou deixar Isak. Fez duas malas, chamou um táxi do continente, segurou a filha Laura pela mão e disse:

— Enquanto você continuar levando qualquer rabo-de-saia para a cama e o resultado disso for um bebê, não há lugar para mim na sua vida. Nem nesta casa.

Tudo isso aconteceu um pouco antes do Festival de Hammarsö daquele ano, o espetáculo anual de teatro amador escrito e produzido por Palle Quist. O Festival de Hammarsö era uma tradição na ilha; tanto turistas quanto moradores contribuíam de diversas maneiras, e o evento já havia sido coberto várias vezes pelo jornal da região, nem sempre com um viés favorável.

Quando Rosa teve seu acesso de fúria, o único até onde Erika conseguia se lembrar, Laura chorou e disse que não queria ir embora. Erika também chorou, vendo se estender à sua frente longas férias de verão na companhia apenas do pai, grande demais para ela conseguir sozinha preparar sua comida ou reconfortá-lo.

Ruth ligou duas vezes. Na primeira, para dizer que as contrações estavam se sucedendo a intervalos de cinco minutos. Trinta e duas horas depois, ligou para dizer que tinha dado à luz uma filha. Soube no mesmo instante que a menina iria se chamar Molly. Pensou que Isak pelo menos fosse gostar de saber. (Não? Ah, é? Então ele que fosse para o inferno.)

Ambas as ligações foram feitas de um telefone público no corredor do hospital.

Isak passou essas trinta e duas horas acalmando Rosa e convencendo-a a não ir embora. O táxi que esperava em frente à casa foi despachado, depois chamado outra vez horas mais tarde, apenas para ser novamente dispensado.

Isak disse que não conseguia viver sem Rosa. Aquela história com Ruth não passava de um grande mal-entendido.

Isak mandou Erika e Laura saírem da cozinha várias vezes, mas as meninas continuavam a inventar novas desculpas para ir incomodá-los: estavam com sede, estavam com fome, estavam procurando a bola de futebol. No final das contas, Isak soltou um rugido e disse que se elas não deixassem ele e Rosa conversarem em paz arrancaria o nariz delas, então as irmãs se esconderam atrás da porta e ficaram escutando. Nessa noite, quando Isak e Rosa achavam que as meninas estivessem na cama, elas voltaram para seu posto atrás da porta da cozinha, enroladas em suas cobertas.

Durante a noite, Isak quase conseguiu convencer Rosa a aceitar a palavra *mal-entendido* sem ser preciso explicar exatamente quem havia entendido mal quem — se Rosa, Ruth ou o próprio Isak — nem como aquela situação desagradável havia surgido.

Sim, Isak tinha ido a uma conferência em Oslo nove meses antes. Isso era fato.

Sim, ele conhecia Ruth (na época apenas uma bela parteira de cabelos louros que admirava Isak). Isso também era fato.

Sim, ele tivera um contato esporádico com ela tanto antes quanto depois da conferência. Não negava isso.

Mas Isak não conseguia fornecer nenhuma explicação adequada para o fato de Ruth estar naquele momento em um hospital de Oslo, em pleno trabalho de parto de seu primeiro filho, afirmando que o pai era ele.

Era aí, segundo Isak, que devia ter ocorrido algum mal-entendido terrível.

Depois de muitas horas de discussão, pontuada por muitas portas batidas e murmúrios ressentidos, Rosa preparou um chá para ela e Isak. As duas malas azuis que tinha feito para si e para Laura continuavam no meio da cozinha. A última coisa que Laura viu de seu esconderijo atrás da porta foi seu pai e Rosa sentados um de cada lado da mesa da cozinha debaixo da grande luminária pendente — também azul —, cada qual segurando uma xícara de chá. Ambos olhavam pela janela. Ainda estava escuro lá fora.

E quando Ruth ligou na manhã seguinte bem cedo para informar Isak que ele tinha uma filha linda e saudável de três quilos e quatrocentos gramas e quarenta e nove centímetros de comprimento, e que de modo geral o parto havia corrido bem, ele jogou o telefone no chão e gritou MALDIÇÃO. Rosa, que estava em pé logo atrás dele, de camisola de bolinhas, com os cabelos compridos soltos e desgrenhados, pegou o telefone do chão, levou-o à orelha e ouviu o que estava sendo dito do outro lado. Assentiu, disse alguma coisa em resposta, tornou a assentir.

Erika e Laura, que tinham sido acordadas pelo toque do telefone e pelo grito MALDIÇÃO do pai, saíram da cama de fininho e voltaram para seu esconderijo atrás da porta. Não conseguiam ouvir o que Rosa dizia. Ela falava baixinho. O telefone era vermelho e tinha o formato de um periscópio, com o disco na base e um fio comprido que permitia levá-lo por toda a casa. Quando Rosa encerrou a conversa, puxou o fio para recolhê-lo e tornou a pôr o telefone em seu lugar, na mesa do hall. Voltou para a cozinha e abraçou Isak, que estava em pé no meio do cômodo, ao lado das malas. Sussurrou alguma coisa em seu ouvido. Ele recostou a cabeça em seu ombro. Passaram muito tempo assim.

Erika ouviu-o dizer:

— Ela nunca deveria ter tido esse maldito bebê.

Nos dias seguintes, Erika e Laura conversaram sobre o possível significado disso: *ela nunca deveria ter tido esse maldito bebê*. Perceberam que a confusão se devia a uma norueguesa chamada Ruth, a mãe. Segundo Laura, o pai, que sabia mais sobre ter bebês do que a maioria das pessoas, estava zangado porque a norueguesa não havia esperado ele chegar para ajudar.

— Ajudar a fazer o quê? — perguntou Erika.

— A tirar o bebê — respondeu Laura.

Erika disse que não acreditava nisso. O pai tinha dito com voz alta e clara que não queria o bebê, então por que ele iria ajudar?

Laura disse que talvez ele pudesse ter ajudado a enfiar o bebê de volta na mãe.

Erika disse que não se podia fazer isso.

Laura disse é claro que sabia que não, ela só estava brincando.

Agora, passados mais de trinta anos, Isak muitas vezes dizia ao telefone que todas as noites acendia velas para as filhas. Uma vela para Erika, outra para Laura, outra para Molly, dizia. Sempre que podia, fazia questão de mencionar para Erika esse seu ritual. Erika achava que o pai fazia isso porque queria que ela comentasse o fato com Molly, que, apesar de ter perdido a mãe, Ruth, a parteira de cabelos louros, em um acidente de carro aos sete anos de idade e de ter ido morar com a avó e não com o pai, nunca havia deixado de amá-lo.

Corpo magro, mãos esguias, pés estreitos e cabeça grande. Erika sabia que não era a aparência do pai que atraía tantas mulheres. Era seu cérebro. Era isso que dizia a edição de 10 de novembro de 1965 da revista *Life*. Sob uma fotografia de Isak, a revista dizia com todas as letras que o professor Lövenstad tinha um cérebro *brilhante*. A foto havia sido tirada debaixo de um sol muito forte, e ele olhava para a câmera de olhos franzidos, o que significava que não se podia vê-los muito bem, nem qualquer outra parte de seu rosto, apenas uma cabeçona redonda e uma cabeleira loura, ondulada e desgrenhada. O artigo, extenso, dizia que o pesquisador sueco, junto com colegas cientistas de Dublin, Nova York e Moscou, estava a caminho de solucionar um dos mistérios da vida.

Quando Erika foi passar férias em Hammarsö pela primeira vez, no verão de 1972, Laura segurou sua mão, conduziu-a até a sala de estar e apontou para a matéria da revista, que havia sido enquadrada e pendurada na parede. Erika já conseguia ler inglês sem muita dificuldade. O retrato do pai, com sua cabeça grande, cabelos louros e cérebro brilhante, a havia acompanhado desde então, ao longo de seus estudos de medicina e depois em sua vida profissional como ginecologista.

Mas ela sabia muito pouco sobre o pai, pois ele não lhe dizia quase nada. De vez em quando ele começava uma história, então parava no meio. Falava baixinho entre os dentes; Erika tinha de chegar bem perto ou apertar o ouvido contra o fone para escutar. Quando ele ficava zangado, disparava rugidos monossilábicos, escolhendo cuidadosamente o veneno das palavras. Mas sempre que tentava narrar alguma história ou responder a perguntas (e Erika nunca fazia nenhuma pergunta sem antes pensar muito bem), era como se sua voz fosse minguando; as pausas iam se tornando mais compridas, e ela ficava sentada esperando em vão ele continuar. E como ele falava muito baixo, como Erika precisasse se concentrar sempre que ele dizia alguma palavra, parecia que o assunto da conversa deles assumia um caráter essencial, como a luz ou a água, e como ela nunca tinha a certeza de ter ouvido a história toda, qualquer conversa com Isak sempre lhe dava a sensação de estar escutando um segredo.

Houvera dois maridos. No papel, Erika continuava casada com Tomas, mas ele a havia deixado.

Havia também o primeiro marido, Sundt, pai de seus dois filhos, que era acima de tudo extraordinariamente sovina. Isak certa vez comentara que, sempre que Erika falava nele, usava o pretérito. Mas Sundt não havia morrido. Ele tinha também um primeiro nome, porém Erika só o chamava de Sundt.

Na verdade, pensava Erika, teria sido melhor para Sundt se ele tivesse morrido. Morrer não custava nada, e o funeral, a lápide e as flores, assim como os camarões, o salmão e os sanduíches de rosbife já estavam pagos. Uma vez divididos os bens depois do divórcio, morrer sairia de graça e não causaria nenhum aborrecimento, algo que Sundt com certeza teria preferido se ao menos não tivesse tanto medo da morte. Sundt ficava acordado à noite, apalpando todas as irregularidades de seu corpo e pensando em tudo que poderia fulminá-lo.

— Os sovinas têm sua forma própria de contar — disse Erika a Isak ao telefone. — Digamos, por exemplo, que Sundt precisasse me dar *dez*, digamos que Sundt me devesse *dez*; bem, sem um segundo de hesitação *dez* viravam *quatro*, sem a menor explicação; mas se Sundt estivesse esperando *dez* de mim, nesse caso ele não teria problema nenhum em transformar *dez* em *dezesseis*, que tiraria de mim mesmo se eu dissesse *estes são meus últimos dezesseis e nós combinamos dez...* e nessa hora ficaria parecendo que a sovina era eu.

— É — disse Isak.

— Os sovinas sempre ganham — disse Erika. — Os sovinas têm todo o poder. Os sovinas não têm amigos. Eles começam com vários amigos, depois vão tendo cada vez menos, e no final acabam sem nenhum. Será que isso os incomoda? Você acha que isso os incomoda?

— Não sei — respondeu Isak.

— Nem a mulher do pão-duro consegue levar a melhor sobre o pão-duro — continuou Erika.

— É verdade — disse Isak.

— Mesmo assim... — disse Erika.

— Mesmo assim o quê? — perguntou Isak.

— Mesmo assim uma noite tentei me vingar — disse Erika. — Uma noite eu bati no meu copo com a faca, recostei a cabeça no ombro ossudo do meu marido e declarei para os nossos convidados: *Esta noite quem vai pagar é Sundt! Champanhe e ostras para todo mundo! Sundt estava louco para fazer isso!* E os nossos amigos sabiam exatamente o que eu estava tramando; estavam todos a par do ardil, um golpe de Estado contra Sundt, uma tentativa de assassinato, uma tomada temporária do poder... Nossos amigos se refestelaram com champanhe e ostras, deliciando-se com a dor dele. Viram-no suar e cerrar os dentes; ouviram suas indiretas impotentes sobre pular a sobremesa. E não foi só isso. Comecei a fazer gastos extravagantes, pai. Andava por aí com vestidos novos, comprei tapetes novos, desembrulhei livros novos e um novo aparelho de som, fechei as janelas com persianas novas. Não podíamos pagar por nada daquilo, entende. Nada! Mesmo assim, eu me arrumava e ria e chegava em casa tarde da noite.

E quando Sundt se deitava ao lado de Erika à noite, apalpando todas as irregularidades do corpo dele (um inchaço na perna direita, uma pontada no peito, uma mudança na textura das gengivas — talvez um sintoma de decadência?), ela não o abraçava nem o reconfortava como costumava fazer no início do casamento. Em vez disso, dizia-lhe que ele era um fraco, um bobo, um homenzinho patético, uma doença, até; depois se enrolava em seu edredom novo e dormia a noite inteira sem pensar mais no desconforto dele. E assim terminou seu casamento com Sundt.

As estradas estavam tomadas por neve derretida e gelo, mas para Erika a parte mais difícil ainda eram as rotatórias e as placas que indicavam o caminho para sair de Oslo. Ela sempre acabava indo parar em algum túnel que conduzia a algum lugar aonde não queria ir.

— Não é tão difícil — disse Laura ao telefone. — Todo o caminho até Estocolmo está sinalizado. Você só precisa seguir as placas.

Para Laura, esse tipo de coisa era fácil. Mas Erika, por motivos que não conseguia entender, sempre havia feito exatamente o contrário do que as placas mandavam. Se a seta apontava para a direita, ela virava à esquerda. Em seus nove anos ao volante, sempre estivera a ponto de causar vários acidentes e recebera diversas multas, igualzinho à mãe, possivelmente ainda pior motorista.

Às vezes, as pessoas abriam a porta do carro de Erika no meio de um cruzamento só para gritar com ela. A diferença entre Erika e a mãe era que Erika se desculpava, enquanto sua mãe gritava de volta.

Laura dissera certa vez que o temperamento de Erika ao volante, tão inteiramente oposto ao seu temperamento em todas as outras áreas da vida, vinha de uma cisão profunda, de uma raiva muda. Erika discordava. Atribuía essa sua falta de confiança a algum tipo de dislexia, a uma incapacidade de ler e processar sinais e códigos simples ou de calcular distâncias.

Antes de Erika entrar no carro e começar a viagem, ela ligou para Laura e perguntou:

— Você não pode tirar uma folga também? Não pode ir comigo?

— Na verdade, eu estou de folga hoje — respondeu Laura.

Erika ouviu-a tomando um gole de café e visualizou-a sentada em frente ao computador, navegando na internet, ainda de pijama embora já fossem quase onze da manhã. Erika disse:

— Quero dizer, você não pode tirar a semana de folga e ir a Hammarsö comigo? Você poderia dirigir — acrescentou.

— Não! — retrucou Laura. — Não é tão fácil assim arrumar um professor substituto. De qualquer forma, ninguém quer pegar a minha turma.

— Você não pode pelo menos ir passar o fim de semana? Tenho certeza de que Isak quer ver nós duas.

— Não! — disse Laura.

— Seria uma aventura — disse Erika.

— Não — repetiu Laura. — Não posso. Jesper está resfriado. Estamos todos exaustos. Está tudo um caos. A última coisa em que tenho energia para pensar agora é ir a Hammarsö visitar Isak, que, além do mais, tenho certeza de que não quer nos ver.

Erika tentaria de novo. Erika não iria desistir. Era perfeitamente possível arrumar um professor substituto. Laura sempre reclamava de seus alunos, mas na verdade não gostava de deixá-

-los sob a responsabilidade de outra pessoa; não gostava que outras pessoas fizessem o seu trabalho. Na sua opinião, ninguém o
fazia bem o bastante.

— E se Isak morrer enquanto eu estiver lá? — perguntou
Erika.

Laura soltou uma gargalhada e disse:

— Não conte com isso, Erika! O velho vai enterrar todas nós.

Todo verão, de 1972 a 1979, Erika pegava um avião sozinha de Oslo até Estocolmo, depois um avião menor até o porto na costa do mar Báltico, que era a última parada de sua viagem. Levava em torno do pescoço uma grande bolsa de plástico azul; dentro dela ficavam sua passagem de avião e um documento com aspecto oficial no qual sua mãe escrevera quem iria acompanhá-la até o aeroporto de Oslo e quem iria buscá-la no aeroporto da Suécia, assim como seu nome, sua idade e outras informações desse tipo.

— É para o caso de a aeromoça perder você quando estiverem trocando de avião em Estocolmo — disse sua mãe, levando um grande lenço florido ao nariz de Erika e dizendo-lhe para assoar. Com força. — Assoe tudo antes de entrar no avião. Isak não quer receber visitas de crianças resfriadas.

Elisabet tinha longos cabelos ruivos, pernas fortes e bem torneadas, e calçava sapatos verdes de salto alto. Erika era sua única filha.

— E se a aeromoça por acaso perder você, encontre outra

aeromoça e mostre a ela esta folha de papel — disse. — Está me ouvindo, Erika? Você consegue fazer isso? Tudo que precisa fazer é mostrar-lhe o papel.

No aeroporto da cidade na costa do mar Báltico, Rosa e Laura estariam à sua espera. A viagem de carro até Hammarsö levava uma hora e meia, mas algumas vezes elas precisavam esperar em uma fila de carros para embarcar em uma das duas balsas que transportavam moradores e turistas entre o continente e a ilha. Dali seriam outras duas horas e meia ou mais. Para Erika, isso parecia uma pequena eternidade. Ir a Hammarsö era algo que ela fazia todo verão. Ela se sentava ao lado de Laura no banco de trás e ia acompanhando o caminho pelas placas da estrada, dizendo: Agora só faltam mais cinquenta quilômetros, agora só quarenta, agora passamos pelo carvalho do meio do caminho e agora só faltam mais vinte quilômetros. Rosa! Rosa! Já estamos chegando? Não pode ir mais rápido?

— Não! — respondia Rosa. — Você quer que a gente sofra um acidente, para a polícia vir tirar pedacinhos do nosso corpo do meio dos destroços?

Erika olhava para Laura, que seria sua irmã por um mês inteirinho, e desatava a rir.

Um quilômetro equivale a um minuto.

Dez quilômetros equivalem a dez minutos.

Rosa dizia que as meninas podiam ficar de olho nas plaquinhas dos quilômetros e calcular sozinhas quanto ainda faltava sem ficar reclamando.

Mas não era o simples fato de ficar presa no engarrafamento, nem mesmo a perspectiva de ver Isak novamente que faziam a viagem do aeroporto parecer uma pequena eternidade. Era a ansiedade de ver a casa branca de calcário e seu quarto com o papel de parede florido. Era sua meia-irmã Laura, e depois Molly também. E era Ragnar.

Era Hammarsö em si, o lugar de Erika sobre a Terra, com suas urzes baixas, suas árvores retorcidas, seus fósseis cheios de asperezas e suas papoulas vermelhas brilhantes. Era o mar cor de prata e cinza e o rochedo onde as meninas tomavam sol e ficavam escutando a Radio Luxembourg ou as fitas cassetes especiais de sua amiga Marion. Era o cheiro de tudo como a derradeira confirmação de que agora! agora era verão!

Os verões em Hammarsö eram a verdadeira eternidade.

A viagem de carro era uma pequena eternidade a caminho da verdadeira eternidade.

Erika dirigia devagar, falando sozinha. Falar sozinha era algo que havia aprendido com seu instrutor da autoescola, Leif.

Erika sabia que não deveria ter passado na prova de motorista que fizera nove anos e meio antes (na véspera de seu trigésimo aniversário), e, depois de inexplicavelmente não ter conseguido não passar, deveria ter se recusado a aceitar a carteira, limitando-se a devolvê-la às autoridades.

— Você não se relaciona de forma natural com os outros no trânsito — costumava dizer Leif.

— Eu não me relaciono de forma natural com ninguém — disse Erika.

— Nem eu — admitiu Leif. — Mas, se você quiser dirigir um carro, precisa se relacionar de forma natural com os outros no trânsito. É assim e pronto.

Erika na verdade nunca tivera a intenção de fazer a prova. No entanto, depois de se divorciar de Sundt, resolveu aprender a dirigir, e foi assim que conheceu Leif. Ele era um homem de cabelos brancos, calado, melancólico, que só abria a boca para fazer afirmações sarcásticas sobre o óbvio, em geral relacionadas a assuntos de trânsito. Erika passou alguns meses dirigindo por Oslo na companhia de Leif; pagou cento e trinta e quatro aulas de autoescola.

— Quanto mais velha a pessoa for, mais aulas demora — disse Leif.

Os recém-divorciados podem se ligar às pessoas mais estranhas, e Erika se ligou a Leif. Considerava-o um homem sábio, um mentor, mesmo que se parecesse um pouco com um gnomo. Sempre que ele dizia alguma coisa, uma obviedade sarcástica qualquer, como por exemplo *uma placa de parada obrigatória significa parada obrigatória*, ela a interpretava em um nível mais profundo.

Laura, Isak e até mesmo Molly achavam que Erika estava passando tempo demais com Leif. No entanto, durante essa época ela de fato aprendeu a falar sozinha ao volante. Isso a impedia de se desconcentrar para que pudesse continuar focada no ato de dirigir, mesmo que não acertasse a direção da viagem. Era assim:

Agora estou na rotatória.
Agora vou parar neste sinal vermelho.
Agora estou entrando na autoestrada.
Agora vou manter meus olhos fixos no meio da estrada.

Era inverno; ela estava a caminho de Hammarsö; estava dirigindo. Passou por um café de beira de estrada. Não queria parar ainda. Embora estivesse com fome, não queria parar ainda.

Sempre que Erika falava com Isak ao telefone, e isso acontecia com frequência, era assim que o visualizava: ele está sentado
em uma das duas poltronas da sala de estar da casa branca de calcário, com os pés apoiados sobre um pufe e usando seus grandes
óculos retangulares. Está ouvindo uma melodia de Schubert,
talvez o lento movimento do quinteto de cordas em dó maior.
Na mesinha ao lado da poltrona está o toca-fitas preto que ele
carrega consigo pela casa. Erika tem doze anos, Laura dez. As
duas estão deitadas lado a lado no chão de madeira branca, lendo e ouvindo música com ele. Ele as deixa fazer isso contanto
que fiquem quietas. As pernas apoiadas no pufe são finas como
as de um gafanhoto, vestidas com uma calça velha de veludo
marrom. Certa vez ele comprou várias calças de veludo do mesmo modelo e da mesma marca. Ao longo do tempo, essas calças
foram sendo remendadas e conservadas por Rosa.

Aposto que ele ainda tem essas mesmas calças, pensou Erika, mas agora deve ser Simona quem as remenda e costura. Nos
pés, ele calça chinelos quentinhos de pele de carneiro. Isak sem-

pre teve os pés gelados. Sobre a mesa ao lado da poltrona há três jornais: dois nacionais, um da região.

Fazia um ano que Erika não via o pai. A última vez tinha sido em Estocolmo, em um daqueles jantares que ele gostava de marcar com ela e Laura. No início, ele convidava Molly também, mas como ela quase nunca comparecia ele parou de convidá-la.

Erika foi seguindo as placas, exatamente como Laura havia aconselhado. Funcionou. Agora estava a caminho. Tinha certeza de que Isak não teria mudado muito desde a última vez em que o vira. Ele não teria mudado, sua casa não teria mudado. Fazia mais de vinte e cinco anos que ela não ia até lá, mas tinha certeza de que ele não havia trocado a mobília de lugar nem comprado nenhuma roupa nova. Ainda comia duas torradas finas no café da manhã, uma tigela de *kefir* com uma banana de almoço, e pequenas almôndegas com batatas e molho no jantar. Isso às terças-feiras. Às segundas e quartas ele comia peixe. E aos sábados ensopado de frango. Os mesmos jantares que Rosa preparava em tempos passados eram agora preparados por Simona. Depois de lhe servir a refeição, Simona voltava para casa. Ele contara isso para Erika ao telefone, e algumas vezes Erika falava com Simona para perguntar como andava o pai. Estaria ele por acaso se aproximando da morte sem que nenhuma das filhas soubesse?

— Ele não vai morrer nunca — dizia Simona.

Seu rosto agora, com certeza, tinha mais cicatrizes, sulcos e manchas despigmentadas. Mas era o mesmo rosto. Os mesmos olhos, pensou ela, embora não conseguisse visualizar os olhos do pai. Nem sequer sabia que cor tinham. Os olhos de Isak olhavam para alguém, e esse olhar fazia a pessoa existir ou não existir.

Já fazia tempo que ele era velho. Ele já era velho vinte e cinco anos antes.

Certo dia, ele disse ao telefone que havia mudado desde a morte de Rosa. Os anos de formação de Isak Lövenstad, segundo ele, tinham ocorrido entre seus setenta e dois e oitenta e quatro anos.

— É mesmo? — indagou Erika. — Como assim? Quero dizer, você mudou como?

Erika ficou olhando os limpadores de para-brisa se moverem de um lado para o outro sem muito efeito. A neve caía com força. Era difícil dirigir.

— Estou amadurecendo — dissera ele.

— Amadurecendo?

— É.

— O que você quer dizer com estar amadurecendo?

— Estou lendo Swedenborg.

— Ah, é?

— E Swedenborg escreveu que, se você sentir que está vivendo demais... e isso com certeza se aplica ao meu caso, não é?... então é obrigação sua amadurecer.

— Então é isso que você está fazendo?

— É.

— Mas o que isso significa de verdade, Isak, o fato de você amadurecer?

— Eu entendo melhor as coisas.

— Por exemplo?

— Que eu nunca liguei para os outros. Que sempre fui indiferente.

— Eu não acredito em você.

— Em que parte você não acredita?

— Que você sempre foi indiferente. Não acredito em você. É muito fácil simplesmente dizer isso.

* * *

Um menininho de pernas de palito e cascas de ferida nos joelhos vinha correndo em sua direção, entrando e saindo da luz. De vez em quando, virava-se para olhar para trás. Ela se lembrava de ouvir o menino dizer: "Precisamos encontrar o ponto fraco dele, o ponto em que ele é vulnerável, mas não vai ser fácil". Erika segurou o volante com força, porém o carro derrapou e raspou no acostamento coberto de neve antes de ela conseguir recuperar o controle. Ela parou no posto de gasolina seguinte e comprou um café. Fechou os olhos por alguns minutos antes de retomar a viagem.

— É assim que as pessoas morrem — disse, falando sozinha. — Dirigindo com um tempo destes.

— Mas eu disse para você não vir — teria dito Isak.

Segundo Elisabet, não era fácil ser mãe e pai ao mesmo tempo. Segundo ela, exige-se *mais* de uma mulher do que de um homem. Segundo ela, como *mulher*, ela havia sido forçada a fazer *tudo* sozinha. (Elisabet falava com frequência em itálico.) Segundo ela, as mulheres, pelo simples fato de serem *mulheres*, não são *ouvidas* da mesma forma que os homens. É por isso que eu falo com *clareza*, dizia ela. Para ser *ouvida*. Para chamar a sua *atenção*.

Na primavera de 1980, quase um ano depois daquele verão em que tudo aconteceu, em que tudo mudou, Erika falou com Isak ao telefone e ele lhe disse que ela teria de esquecer aquele negócio de passar férias em Hammarsö. Naquele verão Erika faria quinze anos. Por quê?, perguntou ela. Por que devo esquecer Hammarsö este ano? Seu pai não gostava de ser questionado, então estalou os dedos. Erika ouviu aquele pequeno estalo lá em Estocolmo, ou Lund, ou onde quer que ele estivesse, e um ar gelado emanou do fone. Sim, o fone que Erika segurava congelou em suas mãos, e as mãos de Erika, que seu pai às vezes beijava, também se transformaram em gelo. É assim que ele é, pensou Erika, e, para não chorar, pensou em cinco motivos que a faziam amá-lo.

Ela deveria esquecer Hammarsö naquele ano. E talvez também no ano seguinte. E no ano depois desse. Não iria mais para lá; nenhuma delas iria. Porque Isak não queria que fossem.

— Mas *por que* ele não quer? — quis saber Elisabet. — Por quê, Erika?

Sua mãe estava em pé sobre suas pernas compridas na sala de estar de Oscargate, correndo uma das mãos pelos grossos cabelos. Calçava sapatos fechados amarelo-ouro Yves Saint-Laurent, com salto.

Elisabet disse:

— Simplesmente não há como eu conseguir inventar uma porção de atividades interessantes para as férias. Você vai ter de se divertir sozinha.

Ela prosseguiu:

— Eu vou precisar *trabalhar*. Estou com a cabeça *cheia* das coisas que preciso fazer. *Cheia!* Seu pai não pode simplesmente *mudar* um esquema que vem funcionando perfeitamente desde 1972.

Erika sabia tudo sobre a cabeça de Elisabet. Sua cabeça sempre estivera cheia. Erika agora tinha quase quinze anos, mas quando era menor sua mãe costumava definir a si mesma como uma pilha de nervos. Nessa época Erika sentia pena dela sendo obrigada a carregar de um lado para o outro aquela cabeça abarrotada, exausta e pesada, cheia de uma pilha de nervos. Não sabia muito bem o que eram nervos, mas imaginava que fossem algum tipo de verme. Imaginava que a bela cabeça de Elisabet poderia explodir a qualquer momento ou se abrir para deixar escapar alguma coisa horrível, imensa e emaranhada, sobretudo se a pequena e desajeitada Erika, com sua simples presença, ajudasse a aumentar a tal pilha de nervos.

À medida que Erika foi ficando mais velha, sua mãe parou de dizer que era uma pilha de nervos. Limitava-se a dizer: Eu só não estou muito *feliz* hoje, Erika.

Erika não iria para Hammarsö ("Por quê? Por quê? A casa vai simplesmente ficar vazia, Isak?"), mas tinha um plano.

— Eu não vou atrapalhar você, mãe. Juro. Você não vai nem saber que eu estou aqui.

— Mas por quê, Erika? Por que vocês todas não vão para Hammarsö? Quero dizer, lá é tão lindo. Com aquele mar verde e tudo.

— Cinza — disse Erika.

— O quê? — disse Elisabet.

— O mar é cinza — disse Erika. — Não é verde. Tem diferentes tons de cinza.

— Mas por quê? — perguntou Elisabet. — Por que vocês não vão para lá? Por que ninguém vai para Hammarsö?

— Não sei, mãe.

— O que você vai fazer? Arrumar algum tipo de emprego de verão?

— É, talvez.

Erika, é claro, sabia que Isak tomaria essa decisão. Passara o inverno inteiro sabendo. Como poderiam voltar a ficar naquela casa como se nada tivesse acontecido? Como é que ela poderia ir lá outra vez? Como é que ele poderia voltar lá? Ou Laura e Molly? Como é que Rosa, que ficara sentada sem dizer nada debaixo da luminária azul da cozinha na casa branca de calcário, poderia voltar lá? Voltar a Hammarsö. Às urzes, praias e papoulas, ao mar cinza-azulado que ela um dia ouvira um adulto

37

chamar de Mar do Sapo. O homem pretendia fazer isso soar pejorativo. Mas Erika gostava de pensar que o seu mar e de Ragnar era um mar de sapo: silencioso, estranho, vivo e raso, até subitamente se tornar profundo e ameaçador. Um sapo, tinha dito Ragnar, pode ficar flácido e se fingir de morto durante vários minutos quando atacado.

As correntezas traziam coisas dos países bálticos e da Polônia que iam dar na praia cheia de pedras abaixo da casa de Isak: caixas de detergente e maços de cigarro encharcados, frascos de xampu, pedaços de madeira; e garrafas que podiam conter oxigênio e ser mortalmente perigosas (*Não toque em nada que encontrar jogado na praia!*), ou mesmo uma mensagem secreta do continente fechado do outro lado do horizonte, dos regimes comunistas do Leste, dos países onde as pessoas eram fuziladas ou jogadas na prisão caso tentassem cruzar a fronteira ou fugir. As caixas de papelão e os frascos de xampu tinham palavras estranhas escritas, PRIMA e STOLICHNAYA, e Ragnar e Erika tentavam decifrar as palavras, acrescentando-as à sua língua codificada. Juntavam os objetos em sacos plásticos trazidos da loja e levavam-nos até a cabana secreta lá no meio da floresta.

Então, nunca mais. Erika cresceu, casou-se com Sundt e teve uma menina e um menino. Ambos abriram caminho para fora de seu corpo, sorveram uma golfada de ar e encontraram seu seio, e agora, neste inverno, seu filho tinha a mesma idade de Ragnar no verão de 1979.

Erika e Ragnar. Nascidos no mesmo dia do mesmo ano. Tinham exatamente a mesma idade e até nascido mais ou menos na mesma hora da madrugada, Erika às três e cinco e Ragnar às três e quinze. Ela se lembrava de como ele havia ficado encantado ao constatar isso. Nós somos gêmeos, disse ele. E alguns anos depois disse: Nós somos o melhor amigo um do outro. Nós nos amamos. Almas gêmeas com o mesmo sangue.

Até ali, Erika não havia cometido um único erro. A luz do dia ia sumindo. Eram quase quatro da tarde e já estava escurecendo. A neve caía com mais força do que nunca. Ela queria chegar a Örebro; tinha reservado um quarto no Grande Hotel, onde Laura disse que ela deveria ficar, classificando-o como *assustadoramente agradável*; queria pelo menos chegar a Karlstad antes de parar. Senão a viagem no dia seguinte seria longa demais. Erika disse em voz alta:

Estou dirigindo com cuidado pela neve.
Estou me lembrando de olhar pelo retrovisor
a cada cinco segundos.
Eu sou a única responsável por este carro.
Vou continuar até Örebro.

Seus filhos estavam bem. Magnus estava na Polônia em uma viagem da escola, visitando campos de concentração, Auschwitz e Birkenau, claro, mas também outros cujos nomes Erika não recordava. Agora ele estava em Cracóvia. Tinha mandado uma mensagem pelo celular contando ter comprado uma jaqueta e uma calça, porque eram mais baratas lá do que na Noruega. Não disse nada sobre os campos. Ane estava se virando sozinha, hospedada na casa de uma amiga. Mandou uma mensagem dizendo: *Oi mãe. Boa viagem :-) Cuidado na direção. Td bem eu ficar com a N em vez da B? Papai disse q td bem.*

Indo para Hammarsö, onde não punha os pés havia mais de vinte e cinco anos.

Indo visitar Isak, com quem normalmente só falava pelo telefone.

A voz dele havia soado muito esganiçada na última vez.

— Como você está, Isak?

— A sensação é um pouco parecida com a de um epílogo, Erika — respondeu ele.

— Eu poderia ir visitar você, sabe.

Arrependeu-se na mesma hora.

— Você nunca quer vir aqui — disse Isak.

— Bom, agora eu quero — disse Erika.

— Você não vem aqui desde que tinha... Quantos anos você tinha? Quinze? Dezesseis?

— Catorze. Eu não vou a Hammarsö desde os catorze anos.

— Catorze anos! Meu Deus! Você não vem aqui há... Quantos anos você tem agora? — perguntou Isak.

— Trinta e nove — respondeu Erika.

Isak ficou calado, depois disse:

— Você está com trinta e nove anos?

— Estou.

— Então não é mais exatamente uma franguinha!

— Não, Isak. Nem você!

— E Laura, está com quantos anos?

— Laura está com trinta e sete.

Isak não disse nada, mas Erika acrescentou: — E, caso você esteja se perguntando, Molly está com trinta.

— Faz vinte e cinco anos que você não vem aqui — disse Isak. — Não vejo motivo para vir agora.

— Talvez esteja na hora.

— Mas agora? Você vem agora? O tempo está péssimo. Estão prevendo tempestades. Ninguém quer estar aqui durante uma tempestade.

— Podemos pensar em alguma coisa para fazer.

— Eu não penso mais. Estou com quase noventa anos.

— Oitenta e quatro — disse Erika. — Posso levar uns DVDs. Você tem DVD?

— Não.

— Tudo bem. Posso levar uns vídeos.

— Não venha, Erika. Nós só vamos ficar cheios de dedos sendo educados um com o outro, e na minha idade isso é um esforço tremendo.

— Estou pouco ligando. Vou visitar você — disse Erika.

Ela não queria aquilo. Não queria vê-lo. Não conseguiria lidar com a proximidade física. O telefone era perfeitamente adequado. Mas deixou-se levar pela própria sugestão. A menininha se deixou levar. A voz esganiçada de um velho do outro lado da linha. A ideia de uma vida sem o pai. *A sensação é um pouco parecida com a de um epílogo, Erika.*

Existe uma fotografia: duas irmãs pequenas de cabelos lou-ros compridos, cumprimentando-se com um aperto de mãos — formais, educadas, sérias, parecendo chefes de Estado de países liliputianos.

Todo verão, de 1972 a 1979, Erika pegava um avião sozinha da Noruega até a Suécia para deixar Elisabet descansar sua pilha de nervos, acumulada ao longo do inverno e da primavera. Erika concordava com a mãe que *já era hora de Isak Lövenstad assu-mir alguma responsabilidade, para variar um pouco.*

— Mas eu quero que você saiba que ser sua mãe é uma imensa, *imensa* alegria, Erika! — disse Elisabet.

Sempre que Elisabet mencionava a grande alegria que sen-tia por ser mãe de Erika, coisa que fazia com frequência e daque-la forma um tanto abrupta, aleatória, ela se curvava em direção a Erika, tomava-a nos braços e a enchia de beijos. Beijo! Beijo! Beijo! Filha mais linda! Era uma mistura de beijos e cócegas, e Erika não gostava que lhe fizessem cócegas, aquilo a deixava sem fôlego e lhe dava vontade de se desvencilhar e sair correndo.

Mesmo assim ela ria. Era impossível não rir quando estavam lhe fazendo cócegas, e era impossível se zangar com Elisabet.

Erika tentava explicar à mãe que gostava dos beijos mas não das cócegas, porém era difícil encontrar as palavras certas. Não conseguia. Elisabet a entendia mal: achava que Erika estava tentando obter mais beijos-cócegas e abraçava a filha, apertava-a com força e fazia-lhe ainda mais cócegas, e ambas riam até perder o fôlego.

Antes de Erika ir para Hammarsö pela primeira vez — no verão em que fez sete anos —, Elisabet lhe disse muitas coisas. Disse a Erika para se lembrar de trocar de calcinha todos os dias, e que ela não podia partir do princípio de que a nova mulher de Isak fosse separar uma roupa limpa para ela todas as manhãs. Disse a Erika para se lembrar de agradecer pelas refeições e não dar a impressão de ser uma menina mimada. Disse a Erika para não se esquecer de mostrar a Isak e à nova mulher de Isak o boletim de final de ano de sua professora, cheio de elogios aos resultados escolares de Erika. Erika lia bem, escrevia bem, era boa em matemática, sabia ficar quieta até chegar a sua vez de falar, trabalhava bem em grupo e trabalhava bem sozinha, mas não era particularmente boa em esportes nem em fazer amigos. Erika preferia a companhia das professoras, e durante o recreio parecia perdida. A professora escreveu que Erika poderia se esforçar mais com seus desenhos: ela havia entregue — e isso era apenas um exemplo — o desenho de um urso-polar que não se parecia com um urso-polar. O desenho parecia mais um monstro marinho de dentes enormes, boca cheia de baba e olhos remelentos. A ideia, escreveu a professora, tinha sido desenhar um urso-polar *de verdade*. Porém, com exceção de algumas críticas desse tipo, o boletim era esmagadoramente positivo, pensava Elisabet depois de tê-lo lido diversas vezes, e portanto digno de ser mostrado ao pai da menina. Elisabet disse a Erika para se lembrar de lhe telefonar no mínimo de dois em dois dias para dizer como estava; senão Elisabet ficaria preocupada. Elisabet não queria ligar ela própria para Hammarsö e correr o risco de a nova mulher de Isak atender. Elisabet disse a Erika que ela precisava se lembrar sempre da veia desagradável e temperamental de seu pai, mas também que aquilo não significava nada, ou melhor, significava *alguma coisa*, só que não era tão ruim quanto podia parecer na hora; Erika não deveria ficar chateada se ele começasse a gritar. Ou pelo menos não terrivelmente chateada. Segundo Elisabet, Isak tinha uma língua capaz de saltar da boca como uma serpente, cuspindo veneno.

— Mas você mesma pode escolher se quer morrer desse veneno — disse ela.

Elisabet não contou à filha que a nova mulher de Isak tinha nome e que seu nome era Rosa. (*Que graça! Igual à flor!*) Tampouco lhe disse que Isak e Rosa tinham uma filha de quase cinco anos, que ela se chamava Laura e que Laura era, portanto, irmã de Erika.

Erika e Laura usavam shorts e camisetas cor-de-rosa desbotadas que, para dizer a verdade, já estavam pequenas demais para elas. Ambas tinham cabelos louros e compridos, longas pernas brozeadas ao estilo Barbie e bundinhas infantis que rebolavam de um lado para o outro enquanto elas percorriam o caminho todo da loja até a casa de Isak, cada qual segurando na mão um sorvete de casquinha que pingava. Os homens viravam a cabeça e pensavam coisas impublicáveis, mas as irmãs não reparavam nos homens; já achavam suficientemente difícil proteger as mãos e as camisetas dos pingos de sorvete.

Ou então ficavam deitadas em meio à grama alta do gramado atrás da casa branca de calcário que Isak havia comprado quando Rosa estava grávida de Laura.

— Nós somos irmãs, não somos? — perguntou Laura.

— Meias-irmãs — respondeu Erika. — É diferente.

— É — disse Laura.

— Nós temos mães diferentes, e irmãs de verdade precisam ter a mesma mãe — disse Erika.

— E o mesmo pai — disse Laura.

Erika pensou um pouco.

— É meio parecido com a falsa difteria — disse Erika. — Meias-irmãs não são irmãs de verdade — acrescentou, e começou a cantarolar. — Meia. Falsa. Mentira. Lorota.

— O que é falsa difteria? — perguntou Laura.

— Uma doença — respondeu Erika.

— Que tipo de doença?

— As crianças não conseguem respirar — disse Erika. — Ficam com a cara toda azul, e em volta da boca também, e ficam gemendo assim...

Erika emitiu um tossido rouco e rascante do fundo da garganta, segurou o pescoço com as duas mãos e estremeceu inteira.

Laura riu e deitou-se ao lado da irmã. Erika teve o impulso de segurar sua mão; era tão pequena, esguia, delicada. Em vez disso, falou:

— Eu tive falsa difteria quando era pequena. Minha mãe estava sozinha no mundo. *Sozinha e abandonada*. E eu quase morri. Minha mãe estava completamente sozinha na rua comigo em uma noite de inverno, chorando.

Laura se calou; queria muito contar uma história parecida sobre sua própria mãe, Rosa, mas não conseguiu pensar em nenhuma. Rosa nunca ficava *sozinha e abandonada*. Rosa jamais ficaria *na rua em uma noite de inverno, chorando*; jamais lhe passaria pela cabeça fazer uma coisa assim tão impensada. Certa vez, durante o inverno, no caminho da escola para casa, Laura tirara o gorro de lã e o guardara na mochila, e Rosa se zangara tanto que passara pelo menos dez minutos sem conseguir falar. Isso — ficar sem falar por mais de dez minutos — era a coisa mais maluca que lhe vinha à cabeça em relação à mãe, que sempre se mostrava totalmente sensata e calma. Rosa ficara convencida de que Laura iria pegar uma pneumonia e, embora quase nunca estivesse errada, nessa ocasião estava. Laura não pegou sequer um resfriado.

Erika continuou: "Mas é claro que existe coisa ainda pior do que a falsa difteria".

— O quê? — perguntou Laura.

— DIFTERIA DE VERDADE! — disse Erika, sem muita certeza do que pudesse ser a difteria de verdade, mas obviamente devia ser mais grave do que a falsa difteria.

— Com a difteria você não tem nenhuma chance — disse Erika. — Simplesmente morre. E pronto.

— Mas... — objetou Laura. Ela queria mais detalhes.

Erika a deteve com um grito. Se gritasse, não precisaria dar detalhes. Levantou-se e saiu cambaleando pelo gramado aos gritos de SOCORRO SOCORRO NÃO CONSIGO RESPIRAR, ESTOU COM DIFTE-RIA, ESTOU COM DIFTERIA!, antes de finalmente desabar ao lado de Laura.

Erika estava deitada no meio de um campo florido. A parte de trás de seus joelhos, o interior de seus pulsos, seu pescoço e seu couro cabeludo coçavam; eram os insetos que subiam nela; eram os carrapatos que a mordiam para sugar seu sangue. Se você estivesse com um carrapato, isso era motivo de grande comoção na casa de Isak. Em norueguês, carrapato era *flått*. Em sueco, *fästing*. Ela preferia a palavra sueca. Se você estivesse com um *fästing*, tanto Isak quanto Rosa examinavam sua axila, ou então se curvavam por cima do seu traseiro ou da sua perna, ou então afastavam seus cabelos do pescoço para poder estudá-lo. Era um pouco parecido com ir à escola de sapato novo: todo mundo dizia *Mas que elegante você está* apontando para o seu sapato; era agradável e embaraçoso ao mesmo tempo. Depois vinha todo o processo de remover o carrapato com manteiga e pinça, sobretudo quando ele estava grande e gordo e prestes a estourar, todo azul e lilás por estar cheio de sangue. Se você espremesse o carrapato, o sangue saía esguichando. O mais importante era não deixar a cabeça. Isso, de acordo com Rosa, podia causar o envenenamento do sangue. Farpas nos dedos das mãos ou dos pés também podiam causar o envenenamento do sangue se passassem tempo demais debaixo da sua pele ou se você não conseguisse tirar a farpa *inteira*. E o envenenamento do sangue podia causar febre e convulsões, que por sua vez podiam levar à gangrena, que por sua vez podia levar à amputação, algumas vezes sem anestesia, porque era preciso fazer tudo muito depressa. Então você podia acabar tendo o braço ou a perna cortada, e ficar acordada e consciente enquanto isso acontecia — e tudo por não ter tirado corretamente o carrapato ou a farpa.

Adiante das árvores, a cem metros da praia cinza, irregular e cheia de pedras e do mar cinza-prateado, ficava a casa branca de calcário de Isak. Erika disse a si mesma: eu sou Erika Lövenstad. Meu pai é Isak Lövenstad. Nós moramos aqui nesta ilha, e minha irmã se chama Laura e eu sou a mais velha.

Ela abriu os olhos e olhou para o céu azul lá em cima.

Assim, os dias de verão eram indistinguíveis um do outro, assim como os verões em si. Erika e Laura passavam a maior parte do tempo deitadas na grama alta em frente àquela casa, lendo quadrinhos do Pato Donald e mais tarde a revista *Starlet*, na verdade avançada demais para a idade delas. Comiam morangos silvestres, manchando de vermelho as mãos e a boca. Todo dia fazia sol e era horário de ar livre, o que significava que elas não tinham permissão para entrar em casa e ficar atrapalhando. O horário de ar livre era um decreto. Nunca era discutido, jamais havia sido explicado. Todos sabiam o que era. Era imutável, assim como o sol, a lua e as estações do ano. Horário de ar livre queria dizer que você ficava fora de casa. Não entrava em casa para pegar um copo d'água nem ir ao banheiro, porque a água borbulhava dentro dos canos e Isak escutava. Não ia até o quarto buscar coisas esquecidas (como talvez uma bola de tênis para ficar jogando contra a parede) porque as tábuas do chão rangiam. Erika aprendeu tudo isso durante suas primeiras semanas em Hammarsö. Se Isak fosse incomodado, isso prejudicava sua concentração e estragava seu dia de trabalho. Ele saía do quarto bufando, parava no meio da cozinha e começava a gritar. Laura tinha histórias para contar sobre os gritos de Isak, sobre como ela ficava com medo quando estava sozinha com ele na cozinha, sobre como o rosto dele empalidecia quando ele gritava. Primeiro ficava branco, depois vermelho, depois lilás, como um carrapato prestes a explodir. Isak ficava tão bravo que a saliva escorria de sua boca.

Não havia motivo para não acreditar nisso. Sua mãe tinha avisado Erika antes de ela ir para Hammarsö que Isak era sujeito a oscilações de humor; mas sua mãe não chamava isso de sujeito a oscilações de humor, chamava de *temperamental*. Elisabet disse várias vezes que Erika não devia incomodá-lo quando ele estivesse trabalhando, ou corria o risco de vislumbrar seu lado *temperamental* — e isso não era nada bom. Erika algumas vezes imaginava o lado temperamental de Isak como uma tonelada de plutônio dentro da cabeça dele. Não era sequer preciso incomodá-lo *muito*: bastava incomodá-lo um pouquinho para fazer o barril entornar e o plutônio, de um tom claro de lilás, escorrer pelo chão.

Dia após dia, Erika e Laura iam se deitar na grama alta do prado atrás da casa junto ao mar. Talvez fossem duas da tarde. Elas não conseguiam ouvir, mas na sala de estar ao lado do escritório de Isak o relógio de carrilhão batia cada hora inteira e cada meia hora. Não conseguiam vê-lo, porém sabiam que Isak estaria lá dentro montando algum misterioso invento; nunca ficava realmente claro o que ele estava fazendo, mas era o seu trabalho, e o trabalho de seu pai era um assunto da máxima importância (dizia Laura a Erika) e tinha alguma coisa a ver com mulheres, partos, barrigas inchadas e fetos mortos.

Laura foi a primeira a ver o menino das pernas de palito. Ele estava correndo. Laura cutucou Erika nas costelas e apontou, mas nenhuma das duas meninas disse nada. Erika podia ver para o que Laura estava apontando, porém a figura corria tão depressa que no início Erika não conseguiu ver que era um menino da idade dela, de camiseta e shorts; poderia muito bem ter sido um animal ou uma criatura sobrenatural. Era como se ele tivesse saído do nada — simplesmente se materializou na paisagem em volta da casa de Isak —, mas Erika pensou que devia ter vindo da praia, onde talvez tivesse escorregado e caído nas pedras. Estava com os joelhos ralados. O menino não reparou em Erika e Laura deitadas quase imóveis na grama, acompanhando-o com os olhos. Correu pelo prado, tão perto que elas puderam ouvir seu tênis batendo no chão, sua respiração mais alta do que a delas. Passou correndo por elas e atravessou a fronteira entre o prado e a estradinha de terra particular que se curvava em direção à casa de Isak, passou pelo portão um pouco afastado da casa, passou pelo grupo de pinheiros atarracados, passou pelo canteiro de morangos silvestres, agora já sem frutos, passou pelo Volvo verde de Isak. Erika olhou para Laura e Laura olhou para Erika, e ambas tornaram a olhar para o menino. Ele tinha cabelos castanhos curtos e sua camiseta dizia CATARATAS DO NIÁGARA: EU FUI. Então, enquanto corria pela estradinha que conduzia à casa de Isak, ele de repente caiu sobre o cascalho. Laura pôs-se de pé, mas Erika tornou a puxá-la para a grama. O menino ficou deitado de bruços. Ficou assim por muito tempo, ou pelo menos pareceu muito tempo. Por fim, sentou-se e examinou os joelhos. Erika sentiu uma pontada de dor nos próprios joelhos. O menino já tinha machucado os joelhos nas pedras da praia e agora caíra sobre o cascalho e teria de tirar todas as pedrinhas da ferida aberta. Iria arder. Talvez ela devesse ajudá-lo. Talvez ela e Laura devessem se levantar da grama alta e ir até ele, mas ficaram onde estavam. Erika é quem devia decidir. Ela era a mais velha das duas. Erika ficou ali deitada, pressionando uma das mãos nas costas de Laura para também mantê-la ali. Foi o menino quem se levantou. Ficou ali parado por um tempo, sem se mexer, com o corpo tenso, e olhou em volta; depois recomeçou a correr. Correu o caminho todo até a casa, até a casa de Isak, e ali parou. O menino parou em frente à casa de Isak e tocou a campainha. O menino não sabia que era horário de ar livre. Não sabia que o horário de ar livre havia sido decretado. Não sabia sequer o que significava uma *veia temperamental*. Ele tocou a campainha várias vezes. Erika viu-o tocar repetidamente a campainha — mesmo mais de trinta anos depois podia vê-lo à porta da casa de Isak —, e quando ninguém veio atender ele começou a esmurrar a porta; cerrou os punhos e jogou-se contra a porta. Erika virou-se para Laura, que, embora não conseguisse ouvir nem a campainha nem os murros, tinha levado as mãos às orelhas e apertado os olhos. Erika sabia que Isak não demoraria a abrir a porta, mas que era tarde demais para se levantar e sair correndo atrás do menino para salvá-lo.

Erika cruzou a fronteira entre a Noruega e a Suécia. Ninguém a mandou parar nem pediu que explicasse o que estava indo fazer na Suécia.

— Eles nunca param — disse Laura a Erika ao telefone.

Eram cinco da tarde, e Erika tinha decidido parar em algum lugar para comer almôndegas suecas com purê de batatas. Em voz alta, disse: "Por que não paro o carro para comer almôndegas com purê? E geleia de mirtilo selvagem".

Erika tinha a sensação de que Isak talvez não fosse viver muito mais, e era por isso que havia embarcado naquela viagem da qual agora se arrependia. A verdade era que ele seguia vivendo. Isak nunca morria. Sua tristeza pela morte de Rosa continuava insuportável, e ele de vez em quando mencionava o próprio suicídio, planejado nos mínimos detalhes mas nunca executado. Os remédios haviam sido providenciados e estavam prontos, para todo o sempre, na gaveta de sua mesinha de cabeceira.

Em um de seus poucos momentos de lucidez, Elisabet dizia que, se fossem os mesmos remédios dos quais ele vinha falando nos últimos doze anos, sem dúvida já deveriam estar com a data de validade vencida, e nesse caso, se ele estivesse falando sério, deveria comprar outros novos. Assim como Erika, a mãe de Erika falava frequentemente com Isak ao telefone.

Elisabet dizia:

— Seu pai e eu somos bons amigos. Uma vez, quando estávamos apaixonados, fomos nos sentar em um rochedo no meio do mar e ele disse que éramos *dolorosamente* ligados um ao outro.

Falar ao telefone sábado sim, sábado não, do meio-dia à uma e meia da tarde, era um ritual que os dois tinham desde o divórcio em 1968. Haviam se divorciado porque a barriga de Rosa crescera a ponto de não se poder mais negar que ela estivesse grávida ou que Isak fosse o pai.

Agora Isak havia envelhecido. Elisabet, com certeza, achava que oitenta e quatro anos não era uma idade assim tão avançada. Bekky, amiga de Elisabet, tinha mais de noventa anos e, de acordo com Elizabet, era *perfeitamente lúcida*, de modo que oitenta e quatro na verdade não era nada de mais.

E as cordas vocais não se deterioram no mesmo ritmo do restante do corpo. Quando Elisabet e Isak falavam ao telefone, não eram dois corpos, fonte de preocupação e vergonha para si mesmos e um para o outro. Dois corpos se movendo cada vez mais devagar e muitas vezes com dores. Mamãe e meu pai, pensava Erika. Isak com seu quadril dolorido e suas cãibras nas pernas, e Elisabet, a bailarina, com suas dores nas costas e nos pés.

Quando criança, Erika algumas vezes escutava parte de suas conversas ao telefone. A voz de Elisabet, quando falava com Isak, era animada e feliz, e leve como um pedaço de fita de cetim cor-de-rosa antes de ter sido medida, cortada e usada para amarrar uma sapatilha.

* * *

Quando Elisabet Lund Lövenstad era uma jovem e promissora bailarina e fazia parte do Balé da Ópera Sueca (mais importante do que o Balé da Ópera Norueguesa), um de seus namorados disse que, se tivesse apenas um dia de vida e devesse escolher entre vê-la dançar ou ouvi-la rir, escolheria o dia de sua risada. A mãe de Erika ria com frequência, e ria muito alto. Há mulheres que dão risadinhas, e mulheres que dão gargalhadas; Elisabet nunca dava risadinhas. Ela abria a boca inteira, mostrava os dentes e a garganta, e emitia sons que vinham de algum lugar bem lá no fundo. Mas a fonte exata desses sons era incerta. Seria o peito, a barriga, os quadris, o baixo-ventre? Isak devia ter refletido sobre essas questões. Ele queria Elisabet inteira. Não apenas a linda parte que todos os outros viam no palco, a beleza perfeita — não, ele queria todas as outras coisas também. Tudo que emanava dela. Os sons que ela produzia. Seus soluços quando chorava. A tosse dolorida que a mantinha acordada à noite. Os roncos de sua barriga, seus grunhidos e ressonadelas. Para ele, não bastava que ela tirasse toda a roupa. Elisabet tinha um corpo lindo, fantástico. Como bailarina, no palco, era uma aparição. Reconhecidamente, era grandalhona demais para o estrelato internacional que seu talento merecia. Alta demais, larga demais, pesada demais. Tudo nela era demais. Demais para os tutus de tule branco, demais para os bailarinos que quase desabavam a cada vez que precisavam levantá-la, mas não demais para Isak, que sempre queria mais. Embora ele próprio fosse um homem esbelto, conhecido por seu cérebro brilhante e por sua entonação perfeita.

Junto com uma pequena equipe da Universidade de Lund, Isak ajudou a desenvolver o uso do ultrassom. Na velhice, era chamado de pioneiro em sua área. As pacientes lhe eram gratas. Tumores eram descobertos, bebês não-nascidos verificados e avaliados. Alguns diriam talvez invadidos. Com o passar do tempo, as muitas indiscrições românticas de Isak foram esquecidas, e essas mulheres haviam ficado velhas; seus corpos já não despertavam nada em ninguém. Nem desejo nem curiosidade. Talvez pena. O corpo feminino é previsível assim.

Mas, ah! Isak, o esbelto, e Elisabet, a voluptuosa! Quando jovem, ele a estendia nua sobre a cama como uma grande colcha de retalhos bordada à mão. Não deixava um único pedacinho de pele, um único membro, um único orifício sem atenção. Mas isso não bastava. Ele queria mais. E ela o deixava passar óleo em sua barriga e mover o transdutor sobre sua pele, fazendo sua carne derreter e permitindo a ambos ver o interior de seu corpo em um monitor; ele não se fartava daquilo, não se fartava da beleza irresistível de Elisabet: seu estômago, sua bexiga, seu útero, seus ovários, seu canal vaginal, seus cistos, tecidos, ligamentos. E, um belo dia, um feto dentro dela! Um feto de nove semanas. Uma Erika de nove semanas. Ou Erika não. Nove semanas não. Alguma outra coisa. Não um ser humano. Nada de tempo. Algo que um dia viria a ser uma pessoa, teria um tempo, teria nove semanas, seria uma Erika de nove semanas gritando sem parar pedindo o seio da mãe. Mas agora: algo escuro e móvel, como uma água-viva. Uma nódoa, uma mancha que com frequência simplesmente se dissolve e escorre para fora do corpo da mulher em forma de sangue, líquido, coágulos. Mas que com igual frequência cria raízes e come, cresce e explode para fora da própria pele como um câncer ou uma árvore. Sons atraídos ou repelidos um pelo outro: sons que criam uma imagem. Uma nódoa que não estava ali até aparecer no monitor, no útero, bem no fundo e bem lá dentro do corpo divinamente lindo de Elisabet.

Havia um bebê crescendo dentro de seu corpo divinamente

lindo, Elisabet. Ele não iria desaparecer, embora você subisse e descesse correndo todos os degraus que pudesse encontrar, embora corresse pelas ruas de Estocolmo em vez de pegar o ônibus, embora corresse até a loja para comprar comida para você e seu marido, o homem que os outros chamavam de gênio, corresse para os ensaios na Ópera, onde prendia a respiração e encolhia a barriga apesar de ainda não dar para ver nada; embora corresse para casa, subisse e descesse mais degraus, sempre outros degraus, corresse para a aula da manhã, corresse até cair em um movimento praticamente perfeito e vomitasse sobre si mesma e sobre duas outras moças que correram aos tropeços na ponta dos pés para ajudá-la; vomitasse sobre puras fantasias brancas, sobre coxas diáfanas, polainas e sapatilhas de ponta amarradas bem apertado, com as fitas dando duas voltas no tornozelo; vomitasse tanto que o cheiro de seu vômito se sobrepusesse ao do giz; por toda parte o cheiro do giz; você não conseguia mais suportar o cheiro do giz no chão, em suas sapatilhas. Porém o seu bebê não desapareceu. Você seguiu correndo, mas o seu bebê se agarrou a você e você não conseguia parar de vomitar. Ensaios foram cancelados, aulas perdidas. Você foi substituída por outra bailarina. Tire isto de mim, Isak! Tire isto de mim! Eu não quero, você precisa entender! Não quero ter filhos! Não quero ter este filho! Não agora! Mas Isak não quis se livrar do bebê. Isso é uma vida que você está carregando, uma *vida*, Elisabet, dizia ele, e fechava a porta atrás de si. O seu corpo perdeu a forma. Inchou. Que cheiro é esse, Isak? Fritura? Suor? Perfume? Sabonete? Esperma? Café? Neve? Você em breve vai poder ver o seu bebê, disse ele. E se for menina vai se chamar Karin, porque é o nome mais bonito que eu conheço. Sua barriga cresceu. Seus tornozelos incharam. Você tirou do armário a máquina de costura e os rolos de fita de cetim cor-de-rosa. Mediu e cortou quatro fitas do mesmo comprimento e prendeu às sapatilhas. Por nada neste mundo ela vai se chamar Karin, sussurrou você para ninguém, e jogou as sapatilhas na parede. Foi a última coisa que você disse por algum tempo. Pequena bailarina! Seus tornozelos estavam grossos e inchados, havia hemorroidas presas entre suas nádegas, suas pernas estavam azuis como as de uma velha, e agora você estava decididamente grandalhona demais. Grandalhona demais para dançar, grandalhona demais para correr, grandalhona demais para dormir, grandalhona demais para falar. Você era uma gigantesca baleia-branca, Elisabet. Uma gigantesca baleia-branca deitada bem paradinha no fundo do oceano. E você não disse uma palavra sequer.

Normalmente, disse Laura, que já tinha feito aquela viagem milhares de vezes, leva-se dois dias para chegar a Hammarsö. Dois dias, com um pernoite em Örebro. Mas Erika havia partido no meio de uma tempestade de neve, saído tarde, e chegado só até Arvika. Não tinha parado para comer almôndegas com purê e geleia de mirtilo selvagem. Isak tinha razão. Estava escuro. Estava gelado. Ela nunca deveria ter começado aquela viagem.

Erika disse a si mesma: "É desse modo que as pessoas morrem. Dirigindo em estradas assim".

O celular estava no banco a seu lado. Tudo que ela precisava fazer era pegá-lo e ligar. Tinha certeza de que ele iria entender. Apoiaria sua decisão de cancelar a viagem. Ficaria aliviado. Ela continuou pela autoestrada, planejando parar para comer alguma coisa em Boda.

"Afinal de contas, nós só vamos ficar cheios de dedos sendo educados um com o outro", tinha dito Isak.

E o menino das pernas de palito bateu, esmurrou e golpeou a porta de Isak por um tempo que pareceu infinito, e a porta finalmente foi aberta pelo próprio Isak. Laura, deitada de bruços na grama, agarrou-se a Erika com força e exclamou AH NÃO AH NÃO quando viu o pai.

— Shh, shh — sussurrou Erika.

Desde então, Erika se perguntava se realmente tinha visto Isak arrancando os cabelos como o cientista maluco de alguma história em quadrinhos, e se realmente o tinha ouvido gritar para o menino SEU MALDITO VÁ EMBORA DAQUI OU VOU CORTAR FORA AS SUAS ORELHAS E COMER NO JANTAR SEU PIRRALHINHO IMUNDO.

O que Erika sabe de fato é que o menino das pernas de palito ficou tão espantado ao ver a porta se abrir e Isak aparecer de repente que caiu para trás e passou vários minutos se fingindo de morto.

Ela estava a caminho de Hammarsö, e eram estes os sons que escutava: o zumbido do motor do carro, a ventilação, os pneus próprios para neve sobre o asfalto molhado. Rajadas de vento, chuva escura e neve caindo, derretendo-se no ar e indo se juntar à pilha suja e molhada sobre a autoestrada, e os limpadores de para-brisa oscilando de um lado para o outro, um-dois--um-dois-um-dois, como pêndulos negros.

Erika se lembrava de estar sentada descalça no sofá lendo uma revista e esperando o sol tornar a aparecer, do relógio de carrilhão na sala contando os segundos, de esperar o céu encoberto se abrir para poder vestir seu biquíni de bolinhas e ir tomar sol nas pedras com Marion, Frida, Emily e, às vezes, Eva. E lembrava-se de Ragnar, que tinha cheiro de Coca-Cola e de mar e era feio e bonito ao mesmo tempo. Dependia de como se olhava para ele, com os olhos abertos ou praticamente fechados.

Lembrava-se de Isak saindo do escritório a passos firmes e estacando ao vê-la. Ele vai começar a gritar a qualquer momento! Vai começar a gritar porque estou aqui sentada no sofá. Eu

61

não o incomodei. Não fiz sequer um barulho que pudesse incomodar — a menos que... a menos que... a menos que virar as páginas de uma revista produzisse um barulho que Isak pudesse ouvir. Porque Isak podia ouvir barulhos que ninguém mais ouvia. Ela havia lido isso na matéria da *Life* sobre ele. Ou melhor, não que ele *ouvisse* os barulhos; ele os *via* em um monitor. Um coração de feto latejando. O contorno de um cérebro parecendo uma tâmara ressequida. A sombra de dois bebês em vez de um no útero da mãe. Laura, que conhecia melhor o pai, costumava dizer que Isak era capaz de ouvir *tudo*. Podia ouvir o que Laura e Erika diziam uma à outra, mesmo estando bem longe. Podia ouvir até o que estavam pensando. Palavras e pensamentos podiam ser identificados e registrados como pontos e linhas em um monitor para formar uma imagem. Era melhor não dizer nada, nem sequer pensar nada caso não se quisesse que Isak ficasse sabendo. Mas isso era impossível. Não falar. Não pensar. Duas meninas surdas-mudas no meio da grama com nós virgens entre as pernas e dentro na cabeça. Foi Ragnar, o menino das pernas de palito, quem bolou um plano.

Ragnar tinha cinco fichários cheios de gibis do *Fantasma* e do *Super-Homem*, e sabia tudo sobre superpoderes. De acordo com Ragnar, que também parecia saber coisas sobre Isak, este tinha uma espécie de mistura de superaudição com visão de raio x. No entanto, assim como o Super-Homem, Isak tinha lá seus limites, uma espécie de ponto fraco ou vulnerável.

— Como Aquiles! — exclamou Ragnar, sem se dar ao trabalho de explicar às irmãs quem era Aquiles. A ideia era encontrar o *calcanhar de Isak* (que não precisava ser exatamente um calcanhar; podia ser qualquer coisa), causar-lhe dor e garantir que houvesse uma perda total dos superpoderes. Somente então os três poderiam conseguir vencer a guerra contra alguém como Isak.

— Um super-herói sem superpoderes é muito mais fraco do que pessoas normais sem poderes normais — disse Ragnar.

Erika e Laura aquiesciam e continuavam não dizendo nada. (Erika não tinha muita certeza de por que Ragnar estava declarando guerra a seu pai, mas ela e Laura entraram no jogo, ouviram e não protestaram.) Ragnar levou as irmãs até a cabana na floresta e disse que, até descobrirem qual poderia ser o ponto fraco de Isak, teriam de falar e pensar em uma língua que Isak não entendia, porque nesse caso não faria diferença ele poder escutá-los. Uma língua que ele, Ragnar, havia começado a desenvolver. Era baseada na língua do *p*, mas muito mais complicada: não se duplicava a mesma sílaba com a consoante *p*, por exemplo, como na forma mais simples da língua do *p*. Na língua do *p*, por exemplo, a palavra *amor* virava *papmor*, coisa que qualquer um podia decifrar. Na língua de Ragnar, *amor* era *amozoror* e *Eu te amo* era *Euom teoz aoxmoov*; além disso, era preciso pronunciar como quem está falando russo.

Na cabana, ele tinha uma caixa lotada de coisas que havia encontrado na praia de pedras, objetos trazidos pela maré de países do Leste, e era assim que colecionava palavras estrangeiras em alfabetos estrangeiros que podiam ser acrescentadas à sua língua. Por exemplo, a maravilhosa palavra STOLICHNAYA, tirada de uma garrafa de vodca.

Mas a primeira coisa que Erika e Laura aprenderam a dizer foi *Eu te amo* ou *Euom teoz aoxmoov*. Erika se lembra de repetir a palavra *amozoror* a si mesma quando ia se deitar à noite. *Amozoror, amozoror, amozoror*. Era uma palavra bonita depois que se aprendia a pronunciá-la. Laura desistiu de tentar falar a língua de Ragnar quase imediatamente. Achava difícil demais, disse aos dois. Mas Erika não. Ela não desistiu. Gostava de falar em uma língua que só ela e Ragnar entendiam.

Ragnar falava com ela baixinho. Ela ficava deitada ali, na

cabana secreta, com os braços dele a envolvê-la; ele acariciava seus cabelos e dizia:

Isak, que se pronuncia Isotakol, era o malvado rei da terra da Morofteok, e havia enfeitiçado a ilha e todos que moravam nela — pessoas, ovelhas, vacas, árvores, peixes. Sua orelha era grande como as janelas altas do centro comunitário. Ele escutava tudo. Cada som. O estalo dos peixes batendo no fundo pedregoso do mar. As pinhas dos pinheiros se abrindo. A sua respiração quando você corria pela floresta.

Em uma parada nos arredores de Fagerås, uma mulher esperava o ônibus. A seu lado havia um menino de uns catorze anos. A mulher e o menino não se mexiam sobre a neve derretida; neve e chuva se alternavam. A parada consistia em um poste ao qual estava afixado um quadro de horários e um abrigo meio apodrecido com uma cobertura desintegrada e um banco imprestável. A mulher, que usava um casaco vermelho quadriculado com cinto e calçava botas pretas de salto, tinha os cabelos presos no alto da cabeça e segurava na mão direita um grande guarda-chuva preto. O menino se mantinha um pouco afastado dela. Estava molhado e vestido inadequadamente com um boné, um suéter de capuz e uma calça jeans largona. Entre os dois, no chão, havia uma mala preta e uma bolsa de náilon com o logotipo de um time de futebol sueco. Tanto a mulher quanto o menino olhavam na mesma direção, a esquerda, como se o olhar deles pudesse apressar a chegada do ônibus pela rua.

Erika viu as duas figuras e passou por elas. No início, pensou que fosse apenas sua imaginação, que o menino e a mulher fossem uma visão fantasmagórica criada pela chuva, pelo céu escuro e pela luz que não parava de mudar. No entanto, quando olhou pelo retrovisor para confirmar que era *mesmo* a sua imaginação, os dois ainda estavam ali. A mulher debaixo do guarda-chuva preto. O menino com seu capuz, encharcado. A mala e a bolsa no chão.

Erika parou no acostamento. Acendeu o pisca-alerta, pegou o anoraque no banco de trás e cobriu os ombros com ele. Abriu a porta do carro, saiu na chuva forte e tentou atrair a atenção da mulher ou do menino. Os dois simplesmente continuaram ali, sem se mexer, olhando para o outro lado.

— Ei! Olá! — gritou ela. — Ei, vocês dois aí!

A mulher do guarda-chuva virou-se para ela. Erika começou a correr. O menino continuou imóvel. Estava ouvindo música; um fio branco delgado ia de seus ouvidos aos bolsos do jeans. A mulher olhou intrigada para Erika, que estava molhada, congelada e ofegante depois de correr pela estrada.

— Vocês parecem estar esperando há algum tempo — disse Erika.

— O ônibus já deveria ter chegado há dez minutos — disse a mulher.

O menino então percebeu que a mãe — pois a mulher do guarda-chuva devia ser sua mãe, pensou Erika — estava falando com alguém. Tirou os fones do ouvido para poder escutar melhor.

— Para onde vocês estão indo? Quero dizer, posso dar uma carona para vocês uma parte do caminho? — perguntou Erika.

— Vocês estão encharcados — disse ela quando nenhum dos dois respondeu. — E com certeza o ônibus não vai chegar.

A mulher e o menino olharam-na como se na verdade não entendessem o que ela dizia. Erika repetiu em sueco.

— Principalmente você — disse ela, meneando a cabeça para o menino. — Você está encharcado até os ossos.

O menino deu de ombros e olhou para a mãe.

— Nós estamos indo para Sunne — disse a mulher. — A senhora está indo para lá?

Erika estava indo para Örebro se hospedar em um bom hotel, fazer uma boa refeição no restaurante do hotel e ter uma noite de sono decente antes do longo trajeto até o embarcadouro da balsa no dia seguinte; fora tudo planejado conforme as instruções de Laura.

Sunne significaria um desvio de pelo menos oitenta quilômetros.

— Sim, estou indo para Sunne — respondeu Erika.

E por que não, perguntou a si mesma enquanto voltava apressada debaixo da chuva, com o anoraque suspenso acima da cabeça, até o carro estacionado com o pisca-alerta ligado, seguida pela mulher e pelo menino com as malas. O menino, que tinha mais ou menos a mesma idade de seu próprio filho, estava molhado e com frio, e o ônibus deles não havia chegado, então por que não levá-los até Sunne?

— Vocês moram lá? Em Sunne?

Erika aumentou a calefação e estendeu para o menino do capuz no banco de trás uma toalha que havia posto na bolsa de viagem pouco antes de sair de casa.

— Moramos — respondeu a mulher.

O menino havia tornado a pôr os fones nos ouvidos. Escutava uma música que só ele podia ouvir e olhava pela janela. Tinha grandes olhos castanhos e uma boca de traço forte que se estendia de uma face a outra. Sim, ele a fazia pensar um pouco no seu menino, Magnus. Talvez por causa do corpo alto e magro (mãos e pés imensos), bem escondido em roupas folgadas, ou do rosto finamente esculpido que podia tanto parecer o de uma criança quanto o de um homem muito jovem, dependendo da luz e das expressões em constante mudança.

Ela o olhou pelo retrovisor e tentou atrair seu olhar. Quis lhe dar um sorriso. Quis dizer: Vou levar você até em casa.

— Quantos anos tem o seu filho?

Erika baixou a voz. É claro que poderia ter falado em um volume normal. De toda forma, o menino do iPod não iria escutar. De vez em quando ele tirava o celular do bolso e seus dedos se moviam velozes pelas teclas enquanto ele mandava um torpedo.

— Catorze — respondeu a mulher.

— Eu também tenho um filho de catorze — disse Erika, animada.

— Ele não é meu filho — disse a mulher. — É filho da minha irmã.

— Ah, certo — disse Erika. — Bom, é óbvio. Você é jovem demais para ter um filho de catorze anos. É muito mais jovem do que eu.

Erika não achava que a mulher parecesse muito mais jovem do que ela — na verdade, havia nela algo de velho e emaciado —, mas estava tentando ser agradável; tinha a sensação de já ter ofendido ou incomodado aquela mulher, e temia que a outra a considerasse banal e falastrona, e jamais tivesse posto os pés no carro de Erika não fosse pela chuva, pelo escuro e pelo frio, e pelo fato de o ônibus estar muito atrasado e o menino muito molhado.

— Bom, é, acho que sou mesmo jovem demais para ter filhos adolescentes — disse a mulher.

Erika esperou que ela fosse dizer alguma outra coisa, que fosse prestar algum esclarecimento. Mas ela não o fez. A mulher não tirou o casaco vermelho quadriculado; não afrouxou o cinto, embora o carro estivesse agradável e quentinho.

Depois de pensar que ela e a mulher tinham filhos da mesma idade, Erika achara que fosse haver assunto para uma conversa.

A mulher estava aborrecida (*Com Erika? Com o jeito de Erika dirigir? Com o tempo? Com a porra da Suécia?*) e Erika sentiu um impulso de fazê-la relaxar. De diverti-la. De fazê-la rir, ou menear a cabeça em reconhecimento, ou contar alguma coisa sobre si. Suas experiências em comum talvez lhes trouxessem alguma sensação de solidariedade feminina. Mas talvez isso só funcionasse quando se tinha filhos pequenos, ponderou Erika, visualizando grupos de mães em cafés ou parques embalando crianças; embalando um bebê junto ao seio ou dentro de um carrinho. Erika não se atreveu a perguntar se a mulher tinha filhos pequenos.

Se uma mulher em trabalho de parto era desagradável com Erika ou lhe pedia para deixá-la morrer, como as mulheres em trabalho de parto às vezes fazem, ela segurava a mão da mulher na sua e apertava com força.

Cara a cara com suas pacientes, Erika se sentia confiante. Ela inspirava confiança. Ao contrário de Isak, cobria as paredes de seu consultório com fotografias de recém-nascidos, fotos que recebia de jovens mães e pais agradecidos. Seu pai nunca havia pregado uma única foto. Uma vez fora do corpo da mãe, dizia, a criança não era mais responsabilidade sua.

No entanto, para lá dos muros do hospital, Erika se sentia canhestra e pouco à vontade na companhia de outras mulheres. Especialmente grupos de outras mulheres. Elas não a deixavam entrar, por assim dizer: Você é exagerada em tudo, Erika. É desajeitada. É fútil. É espalhafatosa. É calada, tímida, maçante. É superficial. É ansiosa e sem senso de humor. É simplesmente errada. Não gostamos de você. Seria melhor você se dissolver e sumir. Mas você não pode fazer isso. Não consegue.

Desde o dia em que Erika e Ragnar estavam vasculhando

a praia e ela viu Marion pela primeira vez — Marion usando a parte de baixo do biquíni de bolinhas, tomando sol no rochedo mais afastado da praia, rodeada por Frida, Emily e Eva —, Erika ficara enfeitiçada. Queria fazer parte daquele quadro. Deixou-se enfeitiçar pela formação das quatro meninas ali no rochedo, suprema e inviolável, uma aliança secreta, brilhante, inabalável. E, dependendo do humor de Marion, ela poderia ou não participar daquela aliança, e quando não participava sua exclusão era implacável e nada mais lhe restava a não ser seu corpo magro e sem graça, as brincadeiras infantis de seu melhor amigo Ragnar na cabana secreta, e todas as nuvens cinza do céu.

Muitas centenas de anos atrás, era isto que se fazia quando uma criança estava prestes a nascer: quando uma mulher começava a ter as contrações e iniciava-se o trabalho de parto, as outras mulheres se apressavam para soltar-lhe os cabelos e afrouxar qualquer cordão em seu vestido, sapato, e qualquer outra coisa à sua volta que estivesse amarrada, presa, fechada, lacrada ou trancada, como gavetas, baús, janelas e portas. Caso o marido quisesse ajudá-la, podia atacar alguma coisa fora de casa. Podia pegar o machado e cortar seu arado ao meio.

Erika se lembrava de chegar para o plantão da noite e perguntar pelas mulheres em trabalho de parto. Referindo-se a uma jovem, a parteira disse: Um tédio. Vai levar tempo. Quase doze horas e uma dilatação de apenas três centímetros.

E ela própria não passava de uma criança, pensou Erika em pé na porta da ala de maternidade ao ver a moça sob a luz do corredor do hospital. Não tinha mais de dezessete ou dezoito anos, e estava sozinha. Nenhum namorado, irmã ou mãe. Nenhuma amiga. Estava sentada no chão usando uma camisola branca de hospital, pequena e magra, com o rosto enterrado nas mãos e as pernas encolhidas debaixo do corpo. Não se virou nem levantou os olhos quando Erika fechou a porta atrás de si.

Eu atravessei o chão e me agachei a seu lado. Tirei o elástico e desfiz a trança de seus cabelos para poder correr meus dedos por ele. Você olhou para mim e me deixou fazer isso, e depois chegou até a recostar a cabeça em meu ombro.

Depois de algum tempo, enquanto a noite se transformava em dia, a moça teve uma menina, arquejando silenciosamente em busca de ar e luz. Um dia, pensou Erika, a menina talvez também tenha os lindos cabelos compridos da mãe.

Erika abriu a boca para dizer alguma coisa à mulher sentada a seu lado no carro. Afinal de contas, tinha de dizer alguma coisa, não tinha? Não. Decidiu que não. Por que dizer qualquer coisa? E quanto ao menino no banco de trás, que não dissera uma palavra e não era filho da mulher, mas que fazia Erika pensar um pouco em Ragnar? Ela olhou para ele pelo retrovisor.

— Eu disse Ragnar?

A mulher virou-se para ela e retrucou: — A senhora não disse nada.

Erika sorriu para ela. — Desculpe. Eu às vezes falo sozinha, principalmente quando estou dirigindo.

Ela olhou para o menino no banco de trás e percebeu que estava enganada.

Ele não a fazia pensar em Ragnar.

Ragnar era todo nervos e músculos, com pulsos delgados.

Aquele menino a fazia pensar em Magnus.

Erika disse:

— Tenho que parar para pôr gasolina e ligar para o meu

filho. Preciso dizer a ele que vou passar a noite em Sunne em vez de Örebro. Magnus gosta de saber onde estou. Ele finge que não liga, mas na verdade liga.

A mulher deu de ombros, com os olhos fixos à frente.

— Bom, claro, o carro é seu. Faça o que quiser.

Erika encarou-a. O que era aquilo? Nem o mais leve verniz de educação ou simpatia? Erika havia revelado que seu destino original era Örebro e não Sunne; que na verdade estava fazendo um desvio de oitenta quilômetros por causa daquela mulher que ela não conhecia. A mulher percebeu que Erika a estava encarando. Baixou os olhos, remexendo em alguma coisa no colo.

— Estamos imensamente gratos, é claro, pelo fato de a senhora ter nos dado esta carona.

A mulher agora a encarava. Tinha uma expressão desafiadora.

— Imensamente gratos! A senhora saiu mesmo do seu caminho!

O que a senhora quer de mim?

— Não há de quê — disse Erika.

Ela entrou no posto de gasolina seguinte. Encontrou o celular, abriu a porta do carro e saiu na chuva de inverno, que logo se transformaria em uma densa nevasca. Saiu do carro sem dizer uma palavra à mulher ou ao menino. Erika não olhou para seus passageiros ao fechar a porta; não perguntou se estavam com fome ou com sede. A mulher podia muito bem comprar a própria comida e bebida. Erika entrou correndo na loja e perguntou onde ficava o banheiro. Um rapaz de cicatriz no rosto e bigode ruivo entregou-lhe uma chave e apontou para a direita. Erika pegou a chave e destrancou a porta. Entrou e trancou-a atrás de si. O lugar fedia a merda. A privada estava entupida, sem

74

assento. A cesta estava cheia e havia lixo espalhado pelo chão. Erika pensou na mulher no carro, sua companheira de viagem, que não era a mãe do menino encharcado, que não era mãe de ninguém, e de alguma forma aquele maldito banheiro fedido e tudo que fedia era culpa *dela*. Àquela altura, Erika já poderia estar em Örebro: no quarto do hotel ou então jantando no restaurante. Erika ligou para o número de Magnus. Caiu na caixa postal. Ela escutou a voz do filho, que já não era límpida e melodiosa como quando ele costumava se deitar a seu lado na cama para ouvi-la ler histórias. Sua voz era como o resto de seu corpo: estava tudo crescendo, escurecendo, ficando mais grave. Às vezes Magnus estava na cama dormindo, e quando ela entrava em seu quarto para ajeitar as cobertas via um pé de homem, forte e peludo, despontando por baixo da coberta. E agora ele estava na Polônia, viajando com a escola. Ela disse:

— Oi, amor. Sou eu, mamãe. Estou fazendo uma parada em Sunne. Vou passar a noite aqui em vez de em Örebro. Ligo para você quando chegar ao hotel.

Ela desligou. Deveria ter mandado uma mensagem. Magnus detestava quando ela deixava recados na caixa postal. Verificar os recados do celular custava dinheiro, dizia ele, e era inútil pagar apenas para ouvir um recado da própria mãe. Ele não tinha a intenção de ser mal-educado ao dizer isso. Não falava para magoar. Era simplesmente uma informação. Erika mandou-lhe uma mensagem. *Oi, Magnus. Deixei recado para você, não precisa escutar. Vou dormir em Sunne, não no hotel de Örebro como tinha dito. Falamos em breve. Amo você. Mamãe.*

Erika analisou o rosto no espelho, surpreendentemente intacto e até bem limpo. O espelho. Não seu rosto.

— Não é a do carro que está emaciada — disse Erika para o próprio reflexo. — É você! Sou eu! A do banco do motorista.

É Erika! Aqui neste posto de gasolina perdido no meio do nada, neste fedor de merda!

No dia seguinte ela telefonaria para Isak e diria que afinal não iria visitá-lo. Não queria ligar do celular; isso o deixava nervoso, e quando ele ficava nervoso ela também ficava. Queria se sentar calma e tranquilamente na beira da cama e usar o telefone do hotel. Queria dizer que no final das contas não poderia ir porque tinha havido um imprevisto no trabalho que ela precisava resolver. Penteou os cabelos e passou um pouco de batom vermelho vivo. Avaliou a própria imagem. Agora parecia que alguém havia lhe batido, como se ela tivesse um talho no rosto em vez de uma boca. Erika tirou o vermelho esfregando com a mão.

Então ocorreu-lhe que a mulher que ela havia pego na estrada estava grávida. Viu a mulher em sua imaginação, com seu casaco e suas botas. O cinto bem apertado em volta da cintura. Ela estava grávida, mas não queria tocar no assunto. Não queria pensar no assunto. Talvez ela fosse fazer um aborto? Talvez estivesse prestes a perder o bebê? Talvez estivesse sangrando?

Quando Erika estava grávida de Magnus, tinha certeza de que aquilo iria destruí-la. Tinha a sensação de que não conseguiria levar a gravidez até o fim. Tinha a sensação de que ficaria doente e não teria forças para dar à luz. Ela ou o bebê iria morrer. Ela havia sobrevivido ao parto de Ane. Uma menininha havia forçado o caminho para fora de seu corpo, respirado e encontrado o seio.

Ambas haviam passado incólumes pela experiência.

— Deus abençoou você — disse Isak ao telefone, como se não fosse um médico, e sim um pastor como o pai.

Mas dessa vez era diferente. Com Ane fora tudo muito fácil. Pelo menos ela se lembrava de ter sido fácil. A gravidez, o parto, a amamentação. Erika não estava preparada para essa outra coisa. Para essa escuridão. Arrastava-se em meio à náusea, a náusea que nunca relaxava sua pressão sobre ela, a náusea que se misturava a tudo que ela comia e bebia, a tudo que ela usava, aos lugares aonde ia e a tudo que tocava. A náusea em suas narinas, sob suas unhas, em seus cabelos recém-lavados. Bastava um cheiro de flor de lilás para a náusea brotar dentro dela, porque os lilases estavam em flor quando ela estava na décima segunda semana de gravidez. Ao mesmo tempo, contudo, havia o terror de danificar aquele bebê que ainda não era um bebê. Ela havia lhe dado um nome. Não um nome próprio. Não o nome que ele receberia um dia, que seria escrito nos registros oficiais, nos livros, minutas e listas, mas um nome secreto. Dizê-lo em voz alta traria má sorte, assim como comprar roupas ou objetos antes de o bebê nascer, ou pelo menos antes de a gravidez estar evidente.

Na décima oitava semana, Erika soube que estava esperando um menino. Foi examinada por um médico que estivera alguns anos na sua frente na faculdade de medicina. Quando ele disse que o feto estava em uma posição que o impedia de ver se era menino ou menina, Erika agarrou o transdutor e conseguiu obter uma imagem do bebê que mostrou a ambos tratar-se de um menino.

Era um menino, mas seria viável? Ela verificou sua cabeça e pescoço, o comprimento das pernas. Tudo parecia bem, porém Erika saiu da clínica com a sensação de ter se intrometido no mundo de seu bebê. Ele havia olhado para ela do outro lado, sem querer ser incomodado, sem querer ser invadido. Foi apenas uma visão fugidia antes de a imagem se dissolver no monitor em linhas e pontos e um coração que batia, batia, batia.

Na trigésima primeira semana, ela começou a pensar: dessa vez não conseguirei escapar. Dia após dia, ajudava mulheres a superar a gravidez e partos complicados, acalmando-as, reconfortando-as, chamando aquilo de *a coisa mais natural do mundo*, mas ela própria estava com medo. Medo de morrer de hemorragia, medo de não conseguir respirar. Ali estava ele deitado feito um homem-bomba, esperando para explodir em pedaços a si próprio e a Erika.

Então ela lhe perguntou se ele poderia suportar a jornada. Você vai conseguir lidar com as escolhas que a vida irá lhe impor assim que o cordão umbilical for cortado — respirar, encontrar o seio, chorar quando precisar de mim? Ou vai se voltar para dentro, para o interior de si mesmo, sem energia, sem força, sem vontade? Ane acariciava a barriga branca-azulada e redonda como uma lua cheia de Erika e falava sobre as brincadeiras e as canções que iria lhe ensinar. Ela foi se postar no meio da sala e cantou:

Atirei o pau no gato-to
Mas o gato-to
Não morreu-rreu-rreu
Dona Chica-ca
Admirou-se-se
Do berro
Do berro que o gato deu
Mi-au!

Ane olhou para Erika. Perguntou:
— Ele consegue ouvir a gente lá dentro?
— Não sei. Acho que sim.
— Como ele vai se chamar quando sair?
— Não sei.

Então você está aqui. Você é meu e eu sou sua e nunca mais serei eu mesma. Primeiro o medo de ser rasgada ao meio e, depois de o bebê nascer, a consciência de que fui rasgada ao meio, embora não da forma como pensava que seria. Noites e noites e noites sem dormir segurando você bem juntinho; o sangue, as lágrimas, o leite, a febre, e os nódulos duros em meus seios que só algumas vezes água morna, pele cálida ou a sua boca conseguem aliviar; a solidão quando todos os outros estão dormindo a não ser você e eu.

Ela passava as noites acordada, ouvindo os sons que ele fazia. Não parava de se curvar por cima do berço, de aproximar o rosto do rosto do bebê para verificar se ele estava respirando. Pegava-o no colo e levava-o para sua própria cama. Seu corpo era tão morno e pesado. Certa noite, ela sussurrou alguma coisa em seu ouvido, primeiro no esquerdo, depois no direito. Ele não se lembra agora, mas foi o seu nome que ela sussurrou, porque queria que ele fosse o primeiro a escutar.

Por muitas semanas depois de o menino nascer, ele não teve nome. Houve muitas sugestões — Kristian, Sebastian, Lukas, Bror, Thorleif —, todas rejeitadas. Certa noite, porém, os pais tomaram uma decisão. Ele estava deitado na cama entre os dois, com pouco menos de dois meses de idade. Estava resfriado e com febre. Suas vias respiratórias ainda eram muito estreitas, e Erika disse várias vezes que, se ele piorasse, teria de levá-lo ao pronto-socorro. Tentou lhe dar o peito e caiu no choro quando ele não quis ou não conseguiu mamar, mantendo a boca flácida e imóvel ao redor de seu mamilo. Com o passar da noite, porém, ele foi melhorando. Sua respiração tornou-se menos difícil. Ele aceitou o seio. Relaxou e deixou-se mergulhar em algumas horas de sono tranquilo. E de repente, no exato instante em que seus pais não conseguiam mais lutar contra o próprio sono, abriu os olhos e disse: *Vamos nos lembrar deste instante para sempre. Para sempre! Aconteça o que acontecer, não vamos nos esquecer de que estávamos aqui deitados na cama, os três, totalmente vivos e totalmente imóveis. Quando eu for mais velho, quero que vocês me falem sobre esta noite, sobre como ficamos aqui deitados lado a lado e vocês passaram a noite inteira cantando. Não sei nada do que a vida me reserva, mas aconteça o que acontecer quero que vocês me falem sobre quando ficamos deitados aqui, nós três, sobre como vocês me amavam e como tinham medo de me perder.*

O menininho abriu os olhos e olhou para os pais, e de repente eles souberam como iriam chamá-lo. Alguns anos depois, separaram-se, despedindo-se como inimigos e puxando os filhos em direções opostas, como se as crianças tivessem braços muito compridos, mas nessa noite ficaram deitados calmamente na cama um ao lado do outro com o menininho entre si. A mãe dormia e o pai ficava acordado, ou o pai dormia e a mãe ficava acordada, e o menininho dormia e acordava, dormia e acordava, como acontece com bebês muito pequenos recém-chegados a este mundo.

Erika encheu o tanque. Comprou duas barras de chocolate. Uma para si, outra para o menino do banco de trás. Cogitou comprar uma barra de chocolate para a passageira grávida, mas decidiu não fazê-lo. Saiu da loja e correu até o carro, depois deu meia-volta e tornou a correr para dentro. Comprou laranjas. Nas duas vezes em que ela própria ficara grávida, gostava de comer laranjas. Não faltava muito para Sunne. Ela se sentou no banco do motorista, girou a chave na ignição. A mulher a seu lado tinha os olhos fixos à frente. Não havia tirado o casaco nem afrouxado o cinto.

Alguns meses antes do trigésimo aniversário de Erika, ela foi a um restaurante com Laura e Molly. Era algo que faziam de vez em quando. Primeiro jantavam, depois iam a um bar e ficavam bebendo vodca e conversando sobre os maridos, empregos, e um pouco sobre o velho de Hammarsö. Era uma noite agradável de verão, e Erika bebeu demais. Erika não tolerava bem o álcool. E foi então que ela conheceu Tomas. Nove anos depois, no carro a caminho de Sunne, teve a sensação de que nunca havia ficado completamente sóbria desde aquele dia; como se aquele último gole de bebida forte, o gole que iluminou o salão e fez a orquestra começar a tocar, ainda não houvesse se evaporado, e sim deixado pequenos e vagos vestígios em seu corpo.

Tomas estava em uma mesa do outro lado do bar, bebendo cerveja. Foi Molly quem o viu primeiro. Então Laura o viu. E finalmente Erika também o viu. Mais tarde nessa noite, ela vomitou em cima dele no táxi.

— Não estou acostumada a beber tanto assim — ela não parava de dizer enquanto tentava limpar o vômito da camisa dele. Tomas ajudou-a a subir a escada, guiou-a até o banheiro, sentou-a no chão do boxe e abriu a água morna. Lavou os cabelos dela e secou sua nuca comprida e esguia com uma toalha. Disse que nunca tinha visto um pescoço tão pálido. Parece uma bailarina, disse.

— Minha mãe é bailarina — disse ela, e começou a chorar.

Ele lhe deu roupas limpas, uma camisa de algodão e uma calça de moletom, e acomodou-a em uma poltrona da sala. Foi até a cozinha preparar um café. Ela não queria perdê-lo. Estava cansada e seu corpo inteiro doía, como se houvesse dado à luz sem ter tido tempo para descansar depois. Tudo simplesmente continuava acontecendo. Sentada na poltrona da sala dele, ela compreendeu que não deveria perdê-lo.

— Você consegue me ouvir aí na cozinha? — ela chamou.

— Consigo — respondeu ele de volta.

Erika pôs-se a cantar:

Se essa rua, se essa rua fosse minha,
Eu mandava, eu mandava ladrilhar
Com pedrinhas, com pedrinhas de brilhante,
Só pro meu, só pro meu amor passar.

A ideia era fazer amor e depois ela voltar para casa, para junto de Sundt e das crianças, entrar debaixo das cobertas ao lado de Sundt e imaginar se ele conseguiria sentir o cheiro de Tomas em seu corpo, muito embora ela houvesse tomado um banho, se poderia sentir a vermelhidão em toda a sua pele, seus lábios inchados pelos beijos de um homem que não era o seu marido; mas então ela havia passado mal no táxi e nada do planejado havia acontecido, e agora ela estava sentada na poltrona sabendo apenas que não deveria perdê-lo.

— Você tem uma voz bonita — disse ele.

Ele falou baixinho. Não havia necessidade de gritar da cozinha.

— Eu bebi demais — disse ela.

— Você tem uma voz bonita mesmo quando bebe demais — disse ele.

Não, ela não deveria perdê-lo. Levantou-se, atravessou a sala — suas pernas agora podiam sustentá-la — e entrou na cozinha. Não sabia ao certo o que aquilo significava, aquela consciência de que não deveria perdê-lo. Caiu de joelhos e envolveu-o com os braços, recostando a cabeça atrás dos joelhos dele.

— Não vá embora.

Ele ficou imóvel.

— Erika, eu não vou conseguir fazer café com você agarrada a mim desse jeito — disse ele.

— Eu não quero café.

— O que você quer então?

— Não sei. Quero morar aqui com você.

— Pode morar aqui por um tempo — disse ele.

Ragnar correu pela grama alta, passando por Erika e Laura, que cochilavam deitadas sob o sol. Dobrou à esquerda e entrou correndo na floresta. Virando à direita, chegava-se ao mar; indo sempre em frente, como Ragnar tinha feito na primeira vez em que o viram, chegava-se à porta de Isak. Ragnar correu, correu, correu, correu.

Ventava. O vento eriçava a pele e era preciso usar um anoraque mesmo com o sol brilhando. Erika e Laura haviam descoberto um lugar protegido na grama. Nesse dia, durante o café da manhã, Isak tinha dito a Erika e Laura que elas não deveriam ir à praia; deveriam ficar perto da casa. Disse que, pelo jeito, era possível que houvesse um temporal, e as duas, pequenas e magricelas como eram, poderiam ser levadas para o meio do mar. Rosa concordou. Erika e Laura não comiam nada; comiam feito dois passarinhos, e comendo assim tão pouco não seriam capazes de resistir ao mar no dia em que o mar decidisse vir pegá-las. Comendo assim tão pouco, teriam de cavalgar as ondas até a União Soviética ou mesmo além, e lá teriam de passar o resto da vida fazendo fila para comprar algumas míseras batatas, e nunca mais poderiam voltar para casa porque todo mundo que tentava voltar era fuzilado na fronteira. Então Erika e Laura comeram mais duas fatias de pão com queijo, embora já estivessem crescidas demais para acreditar naquele tipo de história, e beberam cada uma um copo de Nescau, que ficava mais gostoso quando bebido na colher, como se o leite achocolatado fosse uma sopa refinada, embora Rosa nunca as deixasse fazer isso; tampouco tinham permissão para pôr mais de duas colheres de chá de Nescau em pó em cada copo, o que não era suficiente: três colheres de chá eram o mínimo, e com cinco o Nescau ficava bom de verdade, principalmente se o pó formasse pedrinhas dentro do leite — pequeninas bolhas de chocolate líquido que derretiam na boca.

Isak era rigoroso com muitas coisas. Com o horário de ar livre, por exemplo. E com a hora de ir dormir. E a hora do jantar.

De vez em quando, Erika e Laura recebiam ordem de ir procurar Molly, que costumava se esconder na floresta. Quando davam seis horas, *hora do jantar*, Isak aparecia pisando firme na cozinha, vindo da sala, e gritava: *Estou com uma fome de lobo*, e Molly, que quase sempre usava um vestido azul, gritava de volta: *Lobo, não! Lobo, não!* Então todos se sentavam à mesa para serem servidos por Rosa.

Mas ele não era rigoroso com relação ao Nescau. Não via razão para as meninas não poderem tomar a quantidade de achocolatado que quisessem, e de fato não se importava se o tomassem no copo ou elaboradamente, com o auxílio de uma colher. Quando Rosa ia fazer compras no continente, dizia que, se elas quisessem, podiam entornar a lata inteira de Nescau goela abaixo, contanto que não esperassem ninguém ir acudi-las se passassem mal depois.

* * *

Quando Ragnar passou correndo por elas pela grama a caminho da floresta, Erika e Laura resolveram sair correndo atrás dele. O vento o atingia pelas costas, e ele corria mais depressa do que o normal; seus pés mal tocavam o chão e, de longe, ele parecia uma criatura selvagem, um elfo ou ogro. Laura corria mais depressa do que qualquer pessoa que Erika conhecia, mas não tão depressa quanto Ragnar, e foi Laura quem sussurrou para Erika que Ragnar se parecia um pouco com um ogro. Erika não gostou disso. Era verdade que ele não era bonito, com suas pernas de palito e seus pulsos delgados. E o pior de tudo era o calombo ou a verruga entre as sobrancelhas, que lhe dava o aspecto de um menino com três olhos ou dois narizes. Porém, conforme o tempo foi passando e Erika começou a conhecê-lo melhor, ela e Laura já não falavam tanto que ele se parecia com um ogro. Erika disse a si mesma que, se fechasse os olhos quase por completo e olhasse para ele assim, na verdade ele era normal, bonito até; mas ela não disse isso a Laura, que de toda forma era nova demais para saber se um menino era bonito ou não.

Erika e Laura se levantaram do lugar em que haviam se refugiado na grama e saíram correndo atrás dele. Sabiam que ele se chamava Ragnar. Sabiam que morava sozinho com a mãe em um chalé de veraneio feito de madeira manchada de marrom, a dez minutos a pé da casa de Isak. Sabiam que estava no quinto ano de um colégio em Estocolmo. Sabiam que sua camiseta preferida era aquela onde estava escrito MEU PAI FOI A NOVA YORK E SÓ ME TROUXE ESTA PORCARIA DE CAMISETA. Ou, pelo menos, era essa camiseta que ele quase sempre usava ao passar correndo por elas na grama alta atrás da casa de Isak, pela praia cheia de pedras, pela estradinha de cascalho e pela loja. Aquela ou então a das CATARATAS DO NIÁGARA. Sabiam até que ele tinha uma cabana no meio da floresta, uma cabana que ele próprio havia construído. Mas não sabiam onde ela ficava. Era segredo.

Muitos verões mais tarde, quando Erika e Ragnar tinham treze anos e estavam deitados no meio da grama alta comendo morangos silvestres e bebendo uma Coca-Cola roubada da loja, ela lhe contou sobre quando era pequena, sobre os primeiros anos em Hammarsö, antes de conhecê-lo, quando tinha apenas uma nova irmã, Laura, antes de subitamente, um belo verão, um carrinho surgir na frente da casa de Isak com um bebê dentro gritando, gritando, gritando sem parar; contou-lhe como Isak e Rosa a provocavam dizendo que ela era tão pequena e magricela que poderia ser soprada para o mar a qualquer momento e ter uma morte horrível do outro lado do horizonte. Ragnar escutou, acariciou-lhe os cabelos e disse:

— São as árvores grandes que caem durante os temporais, não as pequenas.

Ele se inclinou e a beijou na boca. A boca dele tinha uma textura áspera, não como uma boca de menina — ela já havia beijado várias meninas da sua turma para saber como fazer quando fosse realmente importante —, e gosto de sal e Coca-Cola.

— Como assim? — perguntou Erika.

— É um ditado conhecido do qual o seu pai, Isak, evidentemente nunca ouviu falar... quero dizer, quando ele disse que você seria levada pela tempestade.

Erika ergueu os olhos para o céu: não havia uma nuvem sequer à vista, nem o mais leve rastro de branco. *O seu pai, Isak*, tinha dito Ragnar, e ele queria dizer alguma coisa com isso, mas ela não sabia o quê. De toda forma, era um jeito estranho de falar. Erika não teria dito *A sua mãe, Ann-Kristin*.

Em Hammarsö, as árvores eram pequenas e retorcidas, então talvez fosse verdade que as grandes caíam primeiro.

— Mas nós não somos árvores — disse Erika em voz alta, cutucando-o nas costelas.

Ele olhou para ela e sorriu.

— Nós não somos árvores — repetiu ela.

E ela não sabia mesmo se queria beijá-lo mais ou virar o resto de Coca-Cola em cima dele e sair correndo.

Certa noite, Tomas segurou suas mãos e desfez seu abraço, um dedo de cada vez, e a deixou. Haviam passado nove anos morando juntos no apartamento perto do parque de Sofienberg. Por nove anos, Erika e as crianças tinham comido a comida preparada por Tomas. Ensopados encorpados e aromáticos, com temperos extravagantes e pedaços grandes de carne de boi ou de porco. E, muito tempo depois de Erika e Ane já terem ido para a cama, Tomas ficava jogando jogos no computador com Magnus. Erika dizia: Ele é uma criança; precisa ir para a escola. Vocês dois não podem passar a noite inteira acordados jogando no computador. Você não pode fazer isso, Tomas. Magnus precisa dormir um pouco. Ele é uma criança.

Ela se lembra que ele disse: Eu fiquei mais tempo do que realmente queria com você por causa de Magnus e Ane. Mas eles não são meus filhos.

Nos dias que se seguiram à sua partida, ela examinou todas as coisas que ele havia comprado com o dinheiro que não tinham e depois deixado para trás, como relíquias; entre elas

89

havia uma estúpida campainha sem fio que você podia carregar de um lado para o outro do apartamento, se por acaso estivesse no banheiro ou na cama e com medo de não escutar alguém na porta. Mais ainda: você podia ajustar o volume e escolher o toque que quisesse. Tomas escolheu sinos de igreja. Haviam passado algum tempo pensando nisso. Haviam discutido os prós e os contras. Será que devemos escolher este toque ou aquele? Não conversavam sobre o que acontecia no mundo, sobre o fato de uma guerra se suceder a outra. Não conversavam sobre o ícone que Tomas havia comprado em Paris por quase cem mil coroas. O quadro supostamente datava do século XVI e o fazia pensar em uma *atriz ucraniana, linda como uma pintura,* que ele conhecera no aeroporto de Nice. Ele pendurou o ícone acima da cama. Erika o tirou da parede. Ele tornou a pendurá-lo. Você não percebe que vão nos despejar, Tomas? Não podemos nos dar ao luxo de pedir cem mil coroas emprestadas no banco. Não podemos nos dar ao luxo de pedir sequer dez mil. Não podemos nos dar ao luxo de pedir sequer mil.

Erika falava igual a Sundt.

Fazia objeções igual a Sundt.

Ela *era* Sundt.

No final das contas, o ícone se revelou falso (o que não foi nenhuma surpresa), e valia no máximo algumas centenas de coroas. Tomas ficou olhando para Erika com os olhos esbugalhados quando ela lhe contou. Eu queria vender o ícone, disse ele. O ícone vale duzentas coroas, disse ela. Será que você não entende? Então vamos jogar fora, disse Tomas. Depois disso, ele se esqueceu completamente do ícone. Erika deixou-o pendurado acima da cama.

De vez quando, Erika sentia saudades de Sundt. Ele era sovina, mas não era maluco. Sundt ficava de olho nas crianças durante a noite. Tomas não ficava de olho em ninguém a não ser nele mesmo, e ainda assim não muito. Tomas não dormia na cama de casal com ela. Dormia em um sofá vermelho em um depósito no porão que alugava do condomínio. Na verdade, vinha planejando usá-lo como escritório; o depósito tinha uma janela e ele queria um lugar para fazer seus trabalhos de tradução sem ser incomodado por Erika e seus filhos. Mas aos poucos ele havia se mudado para lá, onde acabava passando quase todo o tempo.

Eles riam muito perto do fim. Contavam histórias e riam. Tomas comprou vinho, CDs, livros, e aquela estranha campainha, e eles riam! Erika parou de mencionar o fato de que o dinheiro escorria entre os dedos dele.

Erika *não* era Sundt.

Mas ela jogava sacolas de CDs e livros dentro do carro e ia às respectivas lojas. Posso devolver e receber o dinheiro de volta? Eu não quero um vale. Quero o dinheiro de volta. E por favor não deixe o meu marido comprar mais nenhum livro. Nem mais nenhum CD.

Mas eles conversavam sobre a campainha nova.

Todos aqueles toques.

E você pode carregá-la pela casa com você.

Ele deixou-lhe um bilhete antes de desaparecer.

"De vez", dizia o bilhete. "Agora estou indo embora de vez."

— Agora estamos quase lá — disse a mulher a seu lado. Ela estava feliz. Quase cantarolou as palavras.

Erika virou-se para ela e sorriu.

Ah, então você agora está falando, pensou. Depois de ficar sentada no carro ao meu lado, comendo laranjas sem dizer uma palavra, sem sequer afrouxar o cinto do casaco.

Durante sua viagem juntas, a mulher tinha deixado Erika com a sensação de ter feito alguma coisa errada, estragado alguma coisa, sido inconveniente, ou pior: de ter sujado alguma coisa pura e delicada pelo simples fato de ocupar espaço.

Agora escute aqui! Eu já conheci pessoas como você! Meu pai, por exemplo, quando era mais novo e eu ainda tinha medo dele. Ou Tomas, meu marido. Ele às vezes lia alguma coisa para mim, alguma coisa elegantemente formulada que ele próprio houvesse traduzido ou escrito, e eu fazia algum comentário e o comentário estava sempre errado, entende? Estava totalmente errado, e Tomas olhava para o outro lado e dizia: Esqueça que eu perguntei. Esqueça!

* * *

Quando Erika encontrou o bilhete de Tomas (ele o havia deixado sobre a mesa da cozinha, debaixo de um bule azul pintado à mão, como se tivesse medo de que fosse voar), desceu até o depósito no porão para ver se ele não havia se escondido ali ou se enforcado. Quanto tempo já fazia? Quatro meses? Quatro meses, três semanas e dois dias. A janela do porão estava aberta; lá fora amanhecia. Depois ela se pegara pensando que ele devia ter fugido pela janela, como o índio em *Um estranho no ninho.* Do lado de fora da janela do porão estava nevando ou chovendo, e ela ficou parada ali, com o olhar fixo. Não era uma neve molhada e branca, mas sim flocos cinza, quase transparentes, leves o suficiente para serem indiferentes à gravidade, como partículas de pó, embora mais molhadas e mais frias. Havia folhas marrons espalhadas no peitoril da janela e no chão de linóleo; deviam ter sido sopradas pelo vento, e ele não se dera ao trabalho de recolhê-las ou de passar o aspirador. Erika deitou-se no sofá vermelho que havia sido transferido para o depósito depois de ela se recusar a deixá-lo na sala; não imaginava que Tomas fosse se mudar junto. O sofá tinha o cheiro dele e de outras coisas também. Mas principalmente o dele.

A primeira vez em que Erika a viu foi no verão de 1977. Ela estava deitada no rochedo mais afastado da praia, com as pernas morenas compridas despontando da parte de baixo do biquíni de bolinhas.

Erika soube no mesmo instante que aquela era a menina chamada Marion.

Ela parou e olhou. Deixou cair o maço de cigarros russos que havia encontrado na praia e ficou completamente imóvel.

Ragnar agarrou seu braço e disse:

— Vamos, Erika, vamos! Não fique olhando assim para ela. Ela é uma idiota. Vamos!

Ele pegou o maço russo, que ainda estava praticamente intacto e exibia o nome PRIMA.

— Vamos — disse Ragnar. — Vamos, Erika.

Foi Marion quem disse que o peito perfeito tinha a forma de uma taça de champanhe. Seu pai, Niclas Bodström, tinha dito isso. Mas Niclas Bodström não usara a palavra *peito*; ele dissera *seio*. Niclas Bodström tinha uma casa de veraneio do lado oeste de Hammarsö e não era qualquer um. Erika, na verdade, não sabia o que ele fazia nem mesmo qual era o seu aspecto, mas sabia que ele não era qualquer um.

Para ilustrar o que Niclas Bodström queria dizer com essa afirmação, Marion tirou da bolsa de praia rosa-choque uma taça de champanhe de cristal. Não uma *flûte* capaz de ser confundida com um copo de vinho branco, mas uma taça de champanhe larga e redonda.

Erika ficava deitada no rochedo com Emily e Frida. Havia sido convidada. Aquele era o rochedo de Marion. Nenhuma das meninas se deitava no rochedo sem ter sido convidada por Marion. Laura era jovem demais; não tinha permissão para se deitar no rochedo. No verão em que Erika conheceu Marion, ela também não tinha permissão para se deitar no rochedo.

— *Qual é o seu nome mesmo?*

Marion estava em pé cara a cara com Erika diante da loja. Como sempre, acompanhada de Emily e Frida; Eva também estava lá.

— *Ela é aquela menina norueguesa* — *disse Emily.*

— *Aquela que a irmã caçula segue por toda parte* — *disse Frida.*

— *E muito pior do que isso! Ela é aquela que anda com o Menino Psicopata* — *disse Marion.*

A taça de champanhe não estava limpa; havia uma grande marca de batom grudada à taça como uma sanguessuga.

— São os lábios da minha mãe — disse Marion, apontando para a marca de batom.

Ela se levantou e foi ficar em pé em cima do rochedo, deixando o vento soprar seus longos cabelos negros. Erika pôde ver que ela estava posando; Erika pôde ver, na verdade, que ela parecia um pouco ridícula ali em pé em cima do rochedo, fingindo estar sendo fotografada para a *Vogue* ou algo assim. Mas e daí? Só porque Ragnar não parava de encher sua cabeça de besteiras contra Marion. Como ela era vaidosa. Como era burra. Que vadia ela era. Ela era também totalmente incrível. A menina mais linda que Erika jamais tinha visto. Não era de espantar que Ragnar ficasse falando besteira.

Erika olhou para o céu e para o mar ao longe.

— Absolutamente perfeito! — disse Marion, abaixando o seio até dentro da taça.

Agora, mais de vinte e cinco anos depois, ela estava novamente a caminho de Hammarsö. Mas primeiro passaria a noite em Sunne. Ragnar tinha ido embora. Restava apenas sua respiração nos pulmões de Erika. Seu sangue nas veias de Erika. Uma enxurrada de dor, ondas, respiração. A respiração de Ragnar em seus pulmões, em sua boca, o sangue de Ragnar em suas veias.

Ela não falava sobre ele com ninguém. Nunca.

Ragnar tinha ido embora.

Não era tão difícil de dizer.

Erika disse isso no interior de si mesma: Ragnar foi embora, disse. Então disse: eu sou este carro. Eu sou esta estrada. Eu sou esta neve caindo lá fora. Eu sou estes limpadores de para-brisa. Eu sou a mulher grávida ao meu lado e o menino no banco de trás.

Estavam quase em Sunne. A mulher perguntou se podiam parar no posto de gasolina seguinte para ela ir ao banheiro. Ela precisou fazer um certo esforço para pedir. Erika aproveitou a oportunidade e ligou para Laura. A neve agora caía com força.

— Sunne, ah, sim! Tem um *spa* em Sunne! Acho que lá é

um horror. Mas você pode comer verduras com molho *pesto* e fazer sauna até brotarem árvores dos seus ouvidos — disse Laura ao telefone.

Laura tentou rir, mas Erika pôde ouvir que havia algo errado. Laura parecia irrequieta, ofegante. Erika perguntou qual era o problema.

— São os vizinhos — disse Laura.

— Você está sempre preocupada com os vizinhos — disse Erika. — Precisa parar com isso.

— É — disse Laura.

— Talvez eu ligue para Isak e diga que não vou mais — falou Erika. — Quero voltar para casa.

— Não precisa resolver agora — disse Laura. — Resolva amanhã.

— Estou com passageiros no carro — disse Erika.

— Eu sei — disse Laura. — Você me disse.

— Não sei muito bem o que fazer com eles. A mulher está grávida.

— Mas eles não querem que você os deixe em Sunne?

Erika abriu a boca, pôs a língua para fora e sentiu o gosto da neve.

— Espero que sim — disse. — Preciso dormir um pouco.

Estou acordado, disse Ragnar. Totalmente acordado; nunca estive tão acordado em toda a minha vida. Se isto não for estar acordado, se isto for estar dormindo, eu quero dormir assim para sempre. Erika, não me deixe. Nós logo vamos fazer catorze anos e precisamos ficar juntos. Eu amo você. Dia após dia, mês após mês, ano após ano eu vou amar você e me deitar ao seu lado na grama de Hammarsö para ouvir a música das águas.

II. A COLÔNIA

Todos diziam que eles tinham muita sorte em morar naquele ponto. Laura esticou os braços para o céu e respirou fundo. Um oásis idílico no coração da capital, anotou o corretor ao redigir a descrição do imóvel.

— Explique o que isso significa — disse Laura.

— O que significa o quê? — indagou o corretor.

— *Oásis idílico*. Eu quero saber o que isso significa.

Jonas Guave, prestigioso corretor de imóveis, sócio sênior da Imobiliária Próspero, era conhecido por levar as pessoas a fazer ofertas maiores do que podiam pagar. Laura havia ligado para ele numa certa manhã de tédio e dito que queria vender sua casa.

— Uma combinação de charme antigo e conforto moderno — disse ele. — É incrível o que você fez com a casa, Laura. É exatamente o que todo mundo quer.

Laura, magra feito um varapau, estava sentada na mureta de pedra em frente à porta da cozinha, com as pernas dependuradas. Pernas compridas e ossudas de criança. Seu vestido era branco, sua pele morena. No ano seguinte, Laura ficaria igualmente morena, talvez mais, e de toda forma não estaria sentada ali com as pernas dependuradas esperando Isak sair do escritório para jogar dados. No verão seguinte, estaria refestelada na praia fazendo *topless* e usando a parte de baixo de um biquíni de bolinhas, igualzinha a Erika, Marion e as outras. *Incrível Erika!* Laura certa vez tinha ouvido um menino quase grande dizer exatamente isso. O menino, que devia ter uns dezessete anos, ficou encarando Erika um tempão e disse para o amigo: Lá vai aquela garota incrível. Os cabelos de Laura estavam embaraçados, pegajosos e louro-claros, quase brancos. Fazia várias semanas que ela não os lavava. Cabelos imundos de férias de verão, dizia Rosa. Lindos cabelos de férias de verão, dizia Isak. Ele logo iria chegar. Laura fechou os olhos e imaginou-o lá dentro, em seu escritório. Ele agora estava guardando os papéis na gaveta. Agora estava apagando a luminária. Agora estava indo até a estante pegar o jogo de dados, ou então o tabuleiro de Sobe-Desce. Ela torcia para serem os dados. Sobe-Desce era para crianças pequenas; até Molly sabia jogar Sobe-Desce, apesar de em geral confundir tudo. Então ela escutou os passos do pai atravessando a sala. A qualquer momento ele iria abrir a porta e gritar: "Macacos me mordam se não está na hora de uma partida de dados, Laura! O que me diz? Vou dar uma surra em você! Você não tem a menor chance!".

Ela havia deixado suas meias e sapatos no chão da cozinha. Estava sentada na mureta chupando um pirulito de pera, balançando as pernas, olhando a praia, as pedras e o mar além dos pinheiros.

Ela havia telefonado para o corretor Jonas Guave por impulso. Não tinha dito nada a Lars-Eivind. Era um dia de janeiro perfeitamente normal, de manhã, frio e escuro, com neve pesada. Laura estava ansiosa para ficar sozinha. As crianças, sobretudo Jesper, estavam de cara feia e não quiseram tomar café da manhã; e Julia não quis dizer nada. Lars-Eivind quebrou um copo e derramou leite no paletó que havia acabado de chegar do tintureiro. Não era culpa das crianças. Não era culpa de Laura. Não era culpa de ninguém. De repente, Lars-Eivind deixou cair o copo no chão e o leite se esparramou para todo lado.

— Porra!

Julia e Jesper olharam para o pai. Jesper começou a chorar.

— Calma, Lars-Eivind — disse Laura.

O paletó, comprado em Nova York dois anos antes, tinha de ser usado para uma reunião importante. Lars-Eivind tinha uma reunião importante. Primeiro Lars-Eivind precisava ir ao médico, só uma consulta de rotina, e em seguida tinha a tal reunião importante. Muita coisa depende de como correr essa reunião, ele dissera a Laura na noite anterior, às três da manhã. Os dois estavam deitados na cama, com frio, e Lars-Eivind não conseguia dormir. Ela havia apertado sua mão e lhe dito que tudo iria correr bem. Agora teria de achar outro paletó. O que ela havia mandado para o tintureiro especialmente para essa ocasião estava com cheiro de leite. Laura o esfregou com água morna e sabonete líquido, mas não adiantou. Julia já estava vestida e pronta havia séculos, sentada em uma cadeira da sala, esperando para sair. Sentada em silêncio, observando a mãe, o pai e o irmão. O nariz de Jesper estava escorrendo. Já estava com o nariz escorrendo na véspera, antes de ir dormir, e agora havia piorado. Nada terrível, mas pior do que no dia anterior. Laura sentiu a temperatura de sua testa, levou a mão à bochecha dele, alisou seus cabelos. Movimentos de mão rápidos, eficientes, maternais. Jesper manteve-se completamente imóvel.

— Ele não parece febril — disse Laura.

Ela não mediu a temperatura do filho, não conseguia suportar a ideia de tirar sua roupa de baixo de lã, a calça de neve acolchoada e todo o resto; não conseguia suportar a ideia de Jesper ficar em casa no dia de folga dela. Um dia inteiro para si. Sentiu novamente a temperatura de sua testa.

— Ele está meio quentinho — disse ela para Lars-Eivind.

— Mas também está bem quente aqui dentro — acrescentou, em grande parte para si mesma.

— Eu tenho uma reunião importante — disse Lars-Eivind em um tom irritado.

Ele estava no banheiro, emburrado por causa do paletó.

— Você vai precisar resolver isso. Não tenho tempo — acrescentou ele.

Laura agachou-se ao lado de Jesper no hall e assoou seu nariz que escorria. Encarou-o nos olhos.

— Se estiver se sentindo mal ou o resfriado piorar, vou buscar você na mesma hora. Tudo bem, Jesper?

Jesper aquiesceu.

— Mas só se você estiver se sentindo mesmo mal, entendeu? Não se você estiver se sentindo bem e só quiser vir para casa. Nesse caso, não. Se estiver bem, você tem de passar o dia inteiro na creche.

Julia, dois anos mais velha do que Jesper, olhou para a mãe. Laura se levantou e remexeu os cabelos da filha. *Pelo amor de Deus, pare de me olhar desse jeito!*

— E, por favor, cuide-se especialmente bem hoje, está certo, Julia? Não tire as luvas... Você sempre faz isso, então não faça.

Julia nem disse sim nem disse não com a cabeça, simplesmente continuou olhando a mãe.

— É muito importante se manter agasalhada e quentinha, e não tirar o gorro nem as luvas, nem o cachecol, quando estiver do lado de fora, mesmo que sinta calor brincando — continuou Laura.

Julia deu de ombros.

O que estou fazendo de errado?, pensou Laura. *Pare de olhar para mim! Eu não fiz nada de errado.* Abraçou abruptamente os dois filhos, a menina de seis e o menino de quatro, com suas roupas de neve e seus gorros de lã, seus grandes olhos azuis e o nariz de ponta vermelha.

— Hoje à noite nós vamos fazer uma farra de chocolate quente com chantili — disse Laura. Apontou para uma das crianças de cada vez. — Você, você, papai e eu — disse. — Chocolate quente com chantili e *waffles*.

Quando Lars-Eivind saiu com Julia e Jesper para levá-los à escola e à creche e depois seguir para o médico e para o trabalho, Laura ainda não sabia que iria ligar para o corretor Jonas

Guave. Nem sequer sabia da existência dele. Tirou a mesa do café da manhã, fez um café, sentou-se em frente ao computador e começou a navegar na internet. Foi lá que encontrou o nome dele. Avaliou algumas casas à venda, olhou as fotos, viu como as pessoas haviam arrumado suas casas, salas, quartos, banheiros e cozinhas, imaginou-se morando nessa, naquela ou naquela outra. Jonas Guave era o nome do corretor associado aos imóveis mais exclusivos. Quando Erika ligou para ela do celular, insistindo para que fosse a Hammarsö, Laura não quis falar. Ir de carro até Hammarsö agora? De jeito nenhum. Laura só queria ficar ali navegando na internet, talvez esperando descobrir alguma outra coisa sobre aquele tal de Jonas Guave. Encerrou a conversa com Erika e ligou para a Imobiliária Próspero.

— Ainda não tomamos a decisão definitiva de vender — disse ela ao telefone. — Estamos pensando, mas não temos certeza.

Tudo que ela realmente queria saber era quanto poderia conseguir pela casa. Ver quanto valia. Jonas Guave disse que poderia ir até lá na mesma hora. Laura mal teve tempo de tomar uma chuveirada, maquiar-se e enfiar uma calça jeans justa. Ficou rebolando em frente ao espelho. Lars-Eivind sempre dizia que sua bunda era a melhor de Oslo, e ela queria que o prestigioso corretor visse isso.

Laura serviu um copo de água gelada a Jonas Guave. Ele não quis café, só água com gelo. Laura deixou-o passear pela casa tomando notas. Estava tudo limpo e arrumado, mas ela se desculpou pela bagunça. Sempre se desculpava pela bagunça, por mais impecável que a casa estivesse. Deixou Jonas Guave no salão e foi até a cozinha, abriu o congelador e bateu com uma das formas de gelo na bancada para fazer as pedras se soltarem; não tinha paciência de empurrá-las para fora. Isso irritava Lars-Eivind, que dizia que era o jeito errado de fazer a coisa. Segundo ele, havia um jeitinho para fazer as pedras saírem direito. Ultimamente, Lars-Eivind andava com um cheiro estranho. Não era suor nem mau hálito, mas um cheiro desagradável no corpo que se manifestava quando ele estava cansado — e ele havia ficado muito cansado durante a reestruturação no trabalho, e por não estar dormindo bem — ou quando sentia medo de alguma coisa. Laura não sabia por que achava que ele estava com medo de alguma coisa. Lars-Eivind não tinha nada a temer. A reestruturação significava mais trabalho naquele momento, mas a longo prazo seria vantajosa. Seu salário iria aumentar. Eles poderiam comprar coisas com as quais sonhavam havia muitos anos. Mandar fazer um novo banheiro, reformar os quartos de Julia e Jesper, lixar e pôr sinteco no piso. Talvez até alugar aquele tão sonhado chalé na Provença durante um verão inteiro. Viver de forma muito mais leve.

Quando Erika ligou pela segunda vez, foi para perguntar como sair de Oslo. Erika era tão incapaz, pensou Laura. Era a mais velha, a inteligente, aquela de que Isak mais se orgulhava, médica como o pai, mas mesmo assim havia nela uma incapacidade evidente.

Jonas Guave e Laura estavam sentados lado a lado no sofá cor de creme, debaixo da grande janela que se abria para o sudoeste com vista para partes do jardim e para o Oslofjord ao longe, tendo uma espécie de conversa: *Vista atraente de jardim de lilases, macieiras e arbustos frutíferos. Vista panorâmica para o fiorde.*

Laura imaginou se era possível chamar a visão do próprio jardim de *vista*. Jonas Guave afirmou que dominava perfeitamente a terminologia.

— O fato de a casa dar para o fiorde equivale a ter uma vista — disse ele. — É importante a linha de visão ser ininterrupta, e aqui é.

Laura aquiesceu.

— A senhora já pensou que, se a sua linha de visão for ininterrupta, os seus pensamentos também vão ser? — perguntou Jonas Guave.

Estritamente falando, pensou Laura, a casa não tem vista panorâmica para o fiorde. Mas se os novos donos se derem ao trabalho de pôr a cabeça para fora da janela e esticar o pescoço, olhando para o lado... Ela pôs sobre a mesa o rascunho da descrição do imóvel e olhou para Jonas Guave, sentado a seu lado no sofá, bebendo sua água gelada, distraído. Foram apenas alguns segundos. Mas Jonas Guave estava entretido com seu copo d'água, como uma criança com sua primeira Coca-Cola. Laura pôde encará-lo sem que ele percebesse. Ele não estava com a guarda montada. Estava sentado no sofá dela segurando um copo de água gelada, e por alguns segundos ficou completamente distraído. Tinha várias cicatrizes de acne no rosto, pequeninas, quase invisíveis. Um período difícil de sua juventude, pensou Laura: solitário, confuso. Ele não era do tipo que as meninas gostavam. Elas o ridicularizavam. Fingiam que queriam beijá-lo e, quando ele finalmente acreditava, quando finalmente acreditava que a menina mais bonita queria beijá-lo, todas riam e gritavam Eca, e Meu Deus, e Suma daqui. Elas estão até vazando. As suas espinhas estão vazando! Que nojo! Tudo isso havia mudado agora que ele era adulto e vivia em Oslo, frequentava a academia regularmente e livrara-se da acne, talvez com algum antibiótico. Ele pôs o copo vazio sobre a mesa à sua frente. Ela perguntou se ele queria mais água. Jonas Guave fez que não com a cabeça.

— Muito bem então — disse Laura, apontando para o rascunho da descrição. — Está ficando com uma cara ótima, mas acho que deveríamos mudar a expressão *oásis idílico*. Acho que soa estúpida.

Jonas Guave sorriu para ela.

— Estúpida?

Ele esperava uma explicação. Laura vasculhou a mente em busca das palavras certas. O que se pode dizer a um homem que não percebe que a expressão *oásis idílico* é estúpida? Enjoativa. Seria *enjoativa* a palavra? É possível qualificar uma expressão de enjoativa? Jonas Guave olhava para ela. Laura folheou os papéis sobre a mesa. Podia sentir os olhos dele sobre seu corpo, seus seios, seu rosto. Laura não era distraída. Laura nunca era distraída. Ele estaria pensando: Será que Laura Lövenstad está em apuros? Laura ergueu os olhos e sorriu. Corretores de imóveis prestigiosos nunca usam a expressão *em apuros*. Na verdade, ninguém usa expressões como *em apuros*.

— Sério, uma palavra estúpida como essa na descrição do imóvel?

Jonas Guave voltou a se recostar no sofá.

— Um espaço arejado, um refúgio da rotina do dia-a-dia, Laura. A vida é um inferno para a maioria de nós, não é mesmo? Estresse o dia inteiro, procurando alguma coisa sem saber o quê, porque já temos tudo de que precisamos. E então chegamos em casa. Aqui! Neste jardim. Nesta casa, neste oásis idílico, Laura... tudo se encaixa!

— Entre aqui, Laura, quero lhe mostrar uma coisa — chamou Isak.

Ela pulou da mureta e foi ao encontro do pai. Reparou que ele estava olhando para ela. Para seu vestido branco. Será que Isak conseguia ver que ela havia se tornado bonita, que tinha longas pernas morenas e um traseiro firme? Ela agora tinha onze anos. Isak estava junto à escrivaninha de bétula que ninguém tinha permissão para tocar por causa de todos os papéis importantes que ela continha.

— Fique aqui que eu vou lhe mostrar uma coisa especial — disse Isak.

Primeiro ele abriu a tampa frontal da escrivaninha para revelar duas grandes fileiras de gavetas, e entre elas duas outras fileiras de gavetinhas. Todas as gavetas tinham puxadores brancos de marfim. Se você pusesse a mão entre as duas fileiras de gavetinhas e afastasse um pequeno friso saliente, aparentemente apenas decorativo (caso não soubesse onde procurar), outra gaveta surgia na escrivaninha. Uma gaveta secreta. Uma gaveta invisível.

— Adivinhe o que eu tenho aqui dentro — disse Isak.

— Papéis importantes — disse Laura.

— Nada disso — disse Isak. — Tente outra vez.

— Fotos de fetos mortos — disse ela, ressabiada.

Isak sorriu, enfiou a mão na gaveta e sacou uma delicada caixa verde gravada com letras douradas.

— Chocolates finos! — disse ele. — Quer um?

Laura assentiu. Cada chocolate vinha em um invólucro separado, fino como papel de seda; o chocolate era marrom-escuro, tinha uma textura áspera e recheio de creme de hortelã. Laura comeu seu chocolate. Estava delicioso, mais ainda por terminar tão depressa. Imediatamente dava vontade de comer outro.

— Posso comer outro?

Isak fez que não com a cabeça e guardou a caixa verde na gaveta.

— Não se pode comer dois. Só se pode pegar um. Muito de vez em quando talvez se possa pegar dois. Mas jamais três.

— Que delícia — disse ela, e sorriu. Em seguida acrescentou. — *Queop deoslioscioxaov!*

Isak lançou-lhe um olhar intrigado. Laura estava falando a língua secreta que nem mesmo Isak entendia. Ele deu de ombros e entrou no escritório. Laura ficou sozinha ao lado da escrivaninha.

Erika e Ragnar achavam que ela houvesse desistido, que nunca havia aprendido a língua secreta. Eles estavam enganados, mas ela deixou que continuassem pensando assim.

ABANDONAI A ESPERANÇA VÓS QUE ENTRAIS AQUI

O grande cartaz pintado à mão, uma produção coletiva (cada casa responsável por sua letra cuidadosamente milimetrada), estava pregado acima da entrada do condomínio da Colônia.

ABANDONAI A ESPERANÇA VÓS QUE ENTRAIS AQUI

Tuva Gran contara a Laura que alguém finalmente havia comprado o velho imóvel caindo aos pedaços que ficava ao lado de sua casa, era uma família sem filhos (que pena!), e um homem solteiro chamado Paahp havia se mudado para lá.

É claro que o cartaz não dizia ABANDONAI A ESPERANÇA VÓS QUE ENTRAIS AQUI.

Dizia: BEM-VINDOS À COLÔNIA. POR FAVOR, CUIDADO AO DIRIGIR! CRIANÇAS ANIMADAS BRINCANDO! TODOS NÓS DA ASSOCIAÇÃO DE MORADORES AGRADECEMOS.

Laura empurrava o carrinho de compras à sua frente e dizia, com a voz afetada:

— Todos nós da associação de moradores agradecemos. Todos nós da associação de moradores agradecemos.

Quando o cartaz fora feito, Laura, Lars-Eivind e as crianças haviam se encarregado da letra V; Tuva, Leif Gran e suas gêmeas ficaram com o segundo M.

— Aqui, podemos deixar nossa criatividade e nossa imaginação correrem soltas — disse Ole-Petter Kramer na reunião de junho da Associação de Moradores. O único assunto em pauta era o desenho e a fabricação do cartaz, a cargo de Ole-Petter Kramer e Alf Krag. A equipe começaria o trabalho naquela semana. Laura estava confusa. Talvez, na verdade, o encarregado do projeto fosse Geir Kvikkstad. Ou Lars Krogh. Ela sabia que Lars Krogh estava no comitê do cartaz. Geir Kvikkstad também. Mas Ole-Petter Kramer era o responsável geral, porque também fazia parte do comitê de desenho, que era diferente do comitê de execução do qual ela participava junto com Tuva Gran.

— Devemos escrever "crianças animadas" ou "crianças amadas"? — perguntou Laura.

— Animadas — respondeu Ole-Petter Kramer.

Então Mikkel Skar disse:

— Acho importante... acho importante não deixar as letras do cartaz ficarem *espalhafatosas* demais. Poderíamos acabar produzindo uma overdose de variedade, criatividade, imaginação e tudo isso. Precisamos estabelecer um limite em algum lugar. Criar alguma coisa significa trabalhar com limitações tanto quanto soltar as rédeas.

Mikkel Skar era *designer* e criador do logotipo do novo cereal matinal Loucocroc. Mikkel Skar era frequentemente descrito como alguém que agrega valor. Lars-Eivind, marido de Laura, também era descrito como alguém que agrega valor por causa da importância de seu emprego. Entretanto, no que dizia respeito ao cartaz, Mikkel sem dúvida era o que mais agregava valor.

Mikkel Skar achava que havia um risco de o cartaz ficar com um aspecto demasiado... *caseiro.* Laura estava sentada em uma cadeira, imprensada entre Tuva e Leif Gran, e olhou para Lars-Eivind sentado em sua cadeira, ladeado pelos três filhos dos Åsmundsen. Ele estava esfregando os olhos com os punhos. Parece um bebê sonolento, pensou Laura. Teve vontade de estender a mão e afagar seu rosto.

Na verdade, Lars-Eivind não estava acompanhando a conversa. Ele fazia parte de um dos comitês, mas não sabia qual era nem se atrevia a perguntar. Todos na Associação de Moradores da Colônia faziam parte de algum comitê. Lars-Eivind estava olhando para um velho vestido em um terno grande demais, sentado sozinho a uma mesa no canto do refeitório, comendo um prato de ensopado marrom. Era um homem baixo, magro; o terno, que devia ter sido azul-marinho, estava manchado. O homem comia devagar. Ao lado do prato, havia um aparelho de surdez. Suas mãos tremiam; de vez em quando, ele era obrigado a pôr uma das mãos em cima da outra sobre a mesa, como se o trabalho da segunda mão fosse tranquilizar a primeira. Era o tremor que fazia a refeição demorar tanto. O homem levantou o copo ao lado do prato e sorveu ruidosamente um pouco de água.

As reuniões plenárias da Associação de Moradores da Colônia ocorriam seis vezes por ano no refeitório da Casa de Repouso Fryden para Idosos, mas eles raramente viam os idosos. O horário habitual da última refeição dos pacientes era duas da tarde, e a reunião em geral começava às sete da noite. A essa hora, os velhos já tinham sido postos na cama. Suas luzes haviam sido apagadas.

Lars-Eivind olhou para o homem. Olhou para Laura e em seguida para Mikkel Skar. Ele disse:

— Tenha paciência, Mikkel, a aparência do cartaz não é tão fundamental assim, sabe. É só por causa das crianças, não é? Estamos fazendo isso pelas crianças.

— Nós vamos ver o cartaz todos os dias — disse Mikkel. — E eu estou pensando nas crianças também. É importante para as crianças ver coisas bonitas. Existe uma coisa chamada educação estética.

— Existe mesmo? — interrompeu Laura.

— Ahn? — indagou Mikkel Skar.

— Existe mesmo uma coisa chamada educação estética?

— Só estou dizendo que não precisamos fazer um cartaz todo enfeitado e exagerado — retrucou Mikkel Skar.

Laura tornou a olhar para Lars-Eivind. Os olhos dele estavam fixos no velho, que segundos antes estava sentado sozinho. Agora havia outro homem sentado à mesa. O outro não estava comendo ensopado nem bebendo água. Vestia um casaco cinza. Nenhum dos dois dizia nada. Laura se perguntou se o homem de casaco seria um irmão ou filho. Deve ser um irmão, pensou.

Tuva Gran inclinou-se em sua direção e sussurrou:

— Está vendo aquele ali?

— Quem?

— O mais jovem.

— Estou.

— Bom, foi ele que se mudou para a casa ao lado da nossa. Paahp. Ele é... sei lá... Ele hoje deu uma pulseira para cada uma das minhas filhas.

— Pulseira? — sussurrou Laura de volta.

— É, foi ele mesmo que fez, acho. São só umas contas enfiadas em um barbante. Ele parou as meninas no caminho da escola para casa e perguntou se elas queriam uma pulseira, e elas disseram que sim e aceitaram. Eu falei que elas precisam devolver.

— Você vai devolver? — perguntou Laura.

— Eu gostaria que outra pessoa tivesse se mudado para a casa — disse Tuva Gran.

Laura estava deitada na cama extragrande que dividia com Lars-Eivind.

— Está sentindo alguma dor? — perguntou ela.

— Não, não exatamente.

— Então o que é?

— Não sei.

— Então tente dormir!

Laura virou-se de lado.

— Você tem que me acordar também quando não consegue dormir? — perguntou ela.

— Tenho.

— Por quê?

— Porque não suporto ficar aqui acordado sozinho com tudo isso.

— Tudo isso o quê?

— Não sei. Dor nas costas. Lençóis suados. Medo.

Laura sonhou que estava andando descalça por uma estrada coberta de neve, pelo chão íngreme coberto de neve, e que arrastava o cartaz atrás de si pela neve, mas o cartaz era do tamanho de um casaco, de um tapete voador ou de uma lona de circo. Era branco e pesado, e algumas vezes ela o arrastava e outras vezes carregava-o com os braços estendidos, como se fosse um estandarte. Laura cortou os pés nas pedras que despontavam no meio da neve. Seus pés sangravam, mas não tinha importância. Ela não sentia nenhuma dor. Pousou o estandarte sobre o corpo franzino do menino na cama extragrande.

— Achei que você devia estar com frio — sussurrou ela no ouvido dele.

— *Seiom queol voomceov esostáop moonlhaovdoox.*

— Decidimos mesmo vender! — disse Laura.

— E os vizinhos, são simpáticos? — perguntou Jonas Guave.

— São, sim. Muito! — respondeu Laura.

— Famílias com crianças, a maioria?

— A maioria. Com exceção de Paahp. Ele mora sozinho em uma casa caindo aos pedaços um pouco mais para cima na rua.

— Paahp?

— Isso. Ele faz pulseiras de contas e dá de presente para as menininhas do bairro. Minha filha Julia tem várias pulseiras dele.

— Todo mundo acha isso normal?

— Não, talvez não totalmente — disse Laura. — Houve alguns abaixo-assinados para ele sair.

— Talvez seja uma boa tática esperar para vender na primavera — disse Jonas Guave. — Quando os lilases estiverem florindo.

Laura sorriu.

— Minha irmã não suporta essa época do ano em que os

lilases dão flor. Não suporta o cheiro deles. O cheiro a faz lembrar de quando estava grávida e não parava de enjoar. Sabia que o enjoo das grávidas é muito parecido com o efeito da quimioterapia?

Jonas Guave olhou para ela.

— Mas os lilases têm um cheiro tão maravilhoso — disse ele.

— O que estou querendo dizer — falou Laura — é que queremos vender a casa agora, só isso. De preferência até o final de janeiro. Assim que possível, na verdade.

Laura levou Jonas Guave até o jardim. Primeiro ficaram lado a lado no hall diminuto e vestiram as roupas para enfrentar o frio lá fora. Anoraque, cachecol, luvas, sapatos quentes. Foi um processo demorado. Laura não quis olhar para Jonas Guave enquanto faziam aquilo. Quando finalmente saíram e sorveram uma golfada de ar, com a respiração condensada emanando de suas bocas em volutas, Jonas Guave parou em frente à velha bétula do jardim dos fundos, passou o braço em volta de Laura e perguntou-lhe se ela algum dia já tinha subido até lá em cima.

— Não — respondeu Laura.

— Nunca?

— Não.

— Sempre se deve subir nas árvores quando se tem uma — disse Jonas Guave. Ele apertou mais o braço em volta da cintura de Laura.

— Mas sabe como é — disse Laura. — As crianças... o trabalho... às vezes parece que não temos tempo para nada daquilo que gostamos de fazer.

Laura se sentia ligeiramente tonta. Seria o braço dele em volta de sua cintura? Era só uma ideia. Uma ideia tonta. Ela se virou e olhou na direção do portão coberto de neve no fundo do jardim, pensando que seria perfeitamente possível voltar para dentro da casa quentinha junto com Jonas Guave. Laura sorriu para ele e inclinou-se em sua direção. Tão simples. Como colher uma frutinha madura. Poderia levá-lo para dentro, subir as escadas, subir na cama extragrande que dividia com Lars-Eivind e deixá-lo afastar suas pernas e penetrá-la por trás para ela não ter de olhar para ele. Jonas Guave disse que gostava de se dedicar à jardinagem nas horas vagas.

— Um jardim bonito faz você viver mais tempo, sabia, Laura?

Ele deu várias sugestões para tornar o gramado dela mais bonito depois do inverno.

— O nosso jardim fica horrível depois do inverno — disse Laura.

— Não vou pôr isso na descrição do imóvel — disse ele, e riu como se houvesse dito algo muito engraçado. Mas na verdade não havia nenhum mistério. Tudo que precisava ser feito era plantar algumas sementes a mais e alimentá-las bem, e começar não cortando a grama com muita frequência.

Sem olhar, pensou Laura. Sem saber. Sem pensar. Sem falar. Nua e de quatro, com mãos estranhas em volta da minha cintura, do meu pescoço, nos meus cabelos.

— Isso é um erro que todo mundo comete — disse Jonas Guave.

— Qual? — perguntou Laura.

— Cortar a grama com demasiada frequência na primavera disse Jonas Guave.

Ele estava ficando animado com o tema, ela percebeu, pois começou a entrar em detalhes.

— Não seria preciso muito trabalho para deixar este jardim lindo, sabe. Como eu disse: plante uma macieira. Construa uma casinha de brinquedo. Deixe o portão entreaberto para passar uma sensação de franqueza. Portões fechados indicam mentes fechadas.

Laura aquiesceu. Jonas Guave tinha migalhas de biscoito

no canto da boca, embora ela não lhe houvesse servido nenhum biscoito. Que estranho ela só ter percebido isso agora, e não quando estavam sentados lado a lado no sofá. Ele era alto, e sua presença física era levemente opressiva.

— Quando estamos em pé na sua varanda, nosso olhar para no portão — disse Jonas Guave. — E quando o olhar para, os pensamentos também param.

Laura se perguntou com que frequência ele dizia aquilo.

Sentiu-se tomada pelo impulso de abrir a boca e rir, mas em vez disso tentou se concentrar em um pontinho vermelho no queixo de Jonas Guave, um corte antigo, resultado talvez de um descuido ao se barbear. Sorriu para ele. O que mais deveria fazer? Afinal de contas, rir não seria adequado. Nem bater nele. *Quando o olhar para, os pensamentos também param.* Blablablá. *Iofdioxtaoz! Baombaolcaot!*

Laura queria que Jonas Guave fosse embora. Ele podia vender a casa, agora ou na primavera, mas ela queria que fosse embora. Não queria explicar... Não queria ter de explicar o portão fechado. Laura sorriu. Doeu, mas ela sorriu assim mesmo. Era uma espécie de exercício de autocontrole: Não bata nele!

— Nós deixamos o portão fechado para a Late-Late não fugir e um carro passar por cima dela — disse Laura.

— E Late-Late é...? — perguntou Jonas Guave.

— Minha filha — respondeu Laura.

Jonas Guave pareceu novamente desconcertado.

— Estou brincando — disse Laura. — O nome da minha filha é Julia. Eu já disse isso, não disse? Se bem que Late-Late seria um bom nome para ela. Mas Late-Late é o nosso cachorro. Bom, na verdade é o cachorro de Julia. Sabe como é. As crianças ficam insistindo para ter um cachorro, daí ganham um, e uma semana depois já não têm paciência para levar o cachorro para passear, então ele virou mais ou menos nosso, meu e de Lars-

-Eivind. Late-Late está passando a semana com amigos nossos no campo.

Jonas Guave assentiu. Laura continuou falando. Não bata nele. Seja gentil com Jonas Guave. Não era culpa de Jonas Guave se cinco minutos antes Laura queria ir para o andar de cima com ele ou subir em árvores com ele, e agora simplesmente queria que ele fosse embora. Que desse o fora. Laura falava em voz baixa. Havia começado a nevar. Estava nevando em cima deles. Eles iriam ficar completamente cobertos de neve se continuassem ali parados no jardim de Laura e Lars-Eivind. Ela olhou bem para o rosto de Jonas Guave. Para o pontinho vermelho em seu queixo. Talvez não fosse um corte. Talvez fosse apenas um sinal de nascença que ele houvesse coçado.

— Nós o pegamos em um abrigo para cães. E eles nos alertaram... Quero dizer, é por isso que deixamos o portão fechado. Eles nos avisaram. Late-Late não tem nenhuma noção do trânsito. Ele sai correndo na frente dos carros. Igualzinho à minha irmã. Nenhuma noção do trânsito. Ela não para de ligar perguntando como chegar aos lugares. É de uma incapacidade total. Agora está a caminho da Suécia para visitar nosso pai. Ele está morrendo.

Laura parou para tomar fôlego e viu que a paciência de Jonas Guave logo iria se esgotar.

— Eu também vou, em breve — acrescentou ela.

— Para a Suécia?

— É. Vou de carro visitar nosso pai. Ele já está muito velho. Talvez eu nunca mais o veja se não for agora. Vamos todas ao mesmo tempo, vamos viajar separadamente e nos encontrar lá. Minhas irmãs e eu.

Laura olhou para Jonas Guave e riu. Todas as manhãs ela trançava os cabelos e a trança chegava quase até seu traseiro.

— E quando eu voltar podemos vender a casa, está bem?

Laura decidiu comprar flores. Iria à cidade fazer umas compras, compraria flores e deixaria tudo bem bonito em casa.

Jonas Guave tinha ido embora, e agora ela iria passar o resto do dia preparando o jantar e faria uma surpresa para Lars-Eivind quando ele chegasse tarde em casa naquela noite. Primeiro serviria uma sopa. Seu celular tocou; era Erika.

— Você mudou de ideia? — perguntou Erika.

Erika estava sentada no carro. Havia atravessado a fronteira e parado em um posto de gasolina para tomar um café e quem sabe tirar um cochilo no carro. Lembrando-se que Magnus estava na Polônia fazendo uma excursão da escola pelos campos de concentração, Laura sabia que Erika devia estar pensando no menino o tempo todo.

— Não — respondeu Laura. — Quero dizer, não sei. Tenho tanta coisa para fazer aqui em casa, tanta coisa para resolver.

— Então pode ser que você venha, afinal?

— Não. É difícil, eu acho. Talvez.

— Espero que você venha.

127

— Nesse caso — disse Laura —, nós todas deveríamos ir. Vou ligar para Molly e perguntar o que ela tem para fazer por estes dias.

— Isso iria deixar ele chocado.

— Chocado?

— Ele ficaria chocado se nós três aparecêssemos ao mesmo tempo.

Laura reprimiu uma risada.

— Então ele vai ficar mesmo chocado. E acrescentou: — Não seria má ideia ele ver quem nós somos e saber nossos nomes, que nos visse cara a cara antes de morrer.

— Ele não vai morrer nunca — disse Erika —, mas, de acordo com ele, este é o seu epílogo.

Laura percebeu que Erika estava preocupada com alguma coisa. Talvez com um copo descartável de café quente. Torceu para a irmã não estar derramando café quente em si mesma enquanto dirigia.

— O que é que você precisa resolver antes de viajar? — perguntou Erika.

— Resolver?

— Você disse — lembrou-lhe Erika — que tinha umas coisas para fazer em casa. Está tudo bem?

— Tudo bem, mas acho que vamos vender a casa e nos mudar.

Laura ouviu Erika suspirar. Então:

— Por que isso, mudar assim de repente?

— Não sei — disse Laura. — Não estamos felizes aqui. Os vizinhos são todos uns caretas. Eles estão praticamente forçando um velho a se mudar daqui porque ele fica dando pulseiras de presente para as menininhas do bairro.

— Por que ele fica dando pulseiras para as menininhas?

— Não sei — respondeu Laura.

Ela queria que a conversa terminasse.

— Eu entendo que as pessoas fiquem incomodadas — disse Erika.

Laura suspirou e disse:

— Sim, mas elas não podem forçar um homem a se mudar só porque não gostam dele.

— As pessoas fazem coisas muito estranhas — disse Erika. — Eu não deixaria Julia aceitar mais pulseiras desse homem.

— Está bem, está bem — disse Laura, e mudou de assunto. — Se você falar com Lars-Eivind... se ligar para cá e ele por acaso atender, não comente o que acabei de dizer sobre vendermos a casa. Para ele isso não é tão prioritário quanto para mim agora, se é que você me entende.

— Preciso desligar — disse Erika.

— Tudo bem, então — disse Laura. — Ligue de novo daqui a pouco para dizer como está indo a viagem.

Ela levantou a cabeça e olhou pela janela, para a neve que cobria tudo, a grama, os canteiros de flores, a bétula, o portão verde. Algumas horas mais tarde, iria passar um tempo no jardim com Julia e Jesper. Não se mostraria apressada nem responderia com irritação às suas perguntas. Faria tudo com calma. Contanto que Jesper não estivesse se sentindo mal demais. Ele sempre passava muito mal quando tinha febre; acordava no meio da noite, chorando e dizendo que estava doendo, e era impossível reconfortá-lo. Ele tampouco estava feliz naquela creche; no parquinho, ficava perambulando sozinho com o cenho franzido como o de um velho, sem querer brincar com as outras crianças. Será que ela deveria tê-lo deixado em casa hoje? Não, não, tudo bem. O resfriado dele não estava assim tão ruim. Seu rosto estava ligeiramente quente e afogueado por ele ter ficado zanzando dentro de casa com roupas de frio enquanto ela procurava as luvas de Julia. Ele iria ficar bem. Mais tarde, ela faria um boneco de neve com nariz de cenoura e um grande cachecol quadriculado em volta do pescoço; faria *waffles* e chocolate quente com chantili para o jantar; deixaria os dois dormirem na cama que dividia com Lars-Eivind, tanto Julia quanto Jesper. Deixaria que passassem a noite inteira ali, e não faria mal se eles chutassem durante o sono ou deitassem de atravessado. Laura e Lars-Eivind não conseguiam dormir muito quando as crianças estavam com eles na cama, então a regra era nada de crianças na cama à noite, mas nessa noite pouco importava se eles não dormissem e pouco importava que as crianças ficassem na cama deles. Seria bom. Tudo iria ficar bem.

— Dirija com cuidado — acrescentou para Erika, mas Erika já havia desligado.

O hall pequeno e acanhado tinha um chão de cerâmica preta e as paredes eram feitas de pinheiro sem tratamento, coalha-
das de ganchos e suportes para todo tipo de roupa de inverno —
roupas que em geral acabavam no chão em meio a pocinhas de
neve derretida. Pela terceira vez nesse dia, Laura estava em pé
naquele pequeno cômodo escuro e detestável, que ela sonhava
em redecorar ao estilo dos espaçosos e impecáveis halls brancos
das revistas de decoração. (*Se a cozinha é o coração da casa, então
o hall é a mão que a casa usa para cumprimentar. É o hall que
acolhe você, sua família e seus amigos todos os dias!*) Ela vestiu
mais um suéter de lã, seu anoraque, calçou botas grossas, pôs
um cachecol comprido e um gorro. Suas luvas estavam jogadas
no meio de uma das poças do chão; estavam completamente
ensopadas, e ela teve de vasculhar os armários para encontrar
outras. Achou uma luva de lã amarela sem dedos e uma luva
marrom de couro forrada que alguma visita devia ter esquecido.
Iam ter de servir. Mais tarde, quando estivesse quase chegando
às lojas, tiraria a luva amarela e a luva de couro e as poria no

carrinho. Laura estava indo à cidade comprar o jantar. Primeiro iria à mercearia turca, onde havia frutas e legumes frescos; em seguida à peixaria; depois à loja de vinhos; e por fim ao supermercado. Deixou o carro onde estava e pegou seu carrinho de compras azul. À noite, depois de pôr as crianças na cama e ler e cantar para elas (sem pressa), Lars-Eivind por fim teria uma refeição bem equilibrada. Fazia muito tempo que ela não cozinhava assim. Primeiro, uma sopa: possivelmente um caldo de carne bem leve, preparado do zero e temperado com raiz-forte. Laura tateou o bolso do anoraque para verificar se estava levando dinheiro; então abriu a porta da frente e saiu, puxando o carrinho de compras atrás de si. Em algum momento deste dia, dali a pouco, talvez até no caminho para a mercearia turca, ligaria para Molly. *Oi, sou eu, Laura. Erika está indo para Hammarsö. Vamos também?* Fazia vários meses que nem Laura nem Erika falavam com Molly, e não havia outro jeito de fazer a pergunta. *Há sempre o risco de ele morrer em breve,* ela talvez acrescentasse, embora isso fosse soar melodramático. Molly diria não. Diria não com sua voz portentosa, e em seguida daria uma risada. Molly diria que estava pouco ligando para o fato de o pai morrer. Ela certa vez havia lhe preparado um jantar, quando tinha apenas dezessete anos, e ele não dera as caras. Quando Molly era pequena, Isak costumava erguê-la bem alto no ar e fazê-la girar pela sala, e então Molly abria bastante os braços e fingia ser um grande pássaro.

Laura tinha sete anos. Havia percorrido um longo caminho a pé. Tinha ido até a loja e voltado a pedido da mãe, Rosa, e por isso tinha ganho um sorvete. Era um dia de verão de 1975 em Hammarsö, e mesmo nessa época Laura já tinha um carrinho de compras. O carrinho estava cheio, e ela o puxava atrás de si pela estradinha de terra batida.

— Não há nada mais prático para compras do que um carrinho de tamanho decente — dizia Rosa.

Assim que Laura guardasse as compras nos armários e nas gavetas da cozinha, iria se deitar no meio da grama alta atrás da casa branca de calcário, para ficar lendo as revistas norueguesas de Erika.

Se um norueguês ou uma norueguesa abrisse a boca para dizer alguma coisa, Laura não entendia uma palavra; o norueguês era quase tão incompreensível quanto o dinamarquês.

Erika tinha lhe dito que todo mundo que morava na Noruega entendia sueco. Isso porque os noruegueses captavam a televisão sueca. Captavam a televisão norueguesa *e* a televisão sueca. Na Suécia ninguém entendia norueguês, e ninguém tampouco captava o canal de televisão norueguês. No entanto, até onde Laura sabia, ninguém se importava com isso. Os suecos não se importavam com não entender norueguês nem com não captar o canal de televisão norueguês, então Erika não precisava ficar esnobando por causa disso.

Erika falava norueguês e sueco. Erika era meio em tudo. Meio sueca. Meio norueguesa. Meia-irmã.

Quando Laura era mais nova, não fazia ideia de que tinha irmãos, fossem eles meios ou inteiros, grandes ou pequenos, meninos ou meninas, mas então Erika apareceu em Hammarsö chamando o pai de Laura de papai, e Rosa teve de explicar que Isak já fora casado com uma mulher chamada Elisabet e que os dois tinham tido uma filha. Frida, amiga de Laura, dizia que não era impossível Isak Lövenstad, o *conhecido colecionador de mulheres*, ter uma penca de filhos espalhados pela ilha. Frida tinha ouvido seu pai dizer exatamente isso para a mãe. E, de acordo com Frida, isso devia significar que Laura tinha uma porção de irmãos e irmãs.

Isso levou Laura a dizer:

— Seria ótimo ter um irmão mais velho.

Frida tinha um irmão mais velho que de vez em quando lhe comprava balas de alcaçuz, e alcaçuz era a melhor coisa em que Laura conseguia pensar.

Primeiro veio Erika, depois Molly. Tudo que Laura precisou fazer foi fechar os olhos e tornar a abri-los, ou ir a pé até a loja e voltar sem demorar sequer uma hora — e essas coisas aconteceram. Ela abriu o portão, fechou-o atrás de si e percorreu a curta distância que restava até a casa, puxando o carrinho de compras atrás de si, e bem em frente à casa havia um carrinho de bebê vermelho, e dentro do carrinho um bebê com um gorro vermelho na cabeça, gritando. Não era um recém-nascido. Laura chegou perto do carrinho; não era um recém-nascido porque era já grandinho e conseguia ficar sentado sozinho, e na verdade precisava ficar amarrado para não cair do carrinho. Laura não tinha muita certeza, mas o bebê parecia uma menina. De qualquer modo, era pequeno demais para conseguir falar direito e dizer quem era. Laura olhou em volta. EI, chamou. EI, ESTE BEBÊ AQUI É DE ALGUÉM? Ela havia deixado o carrinho de compras virar, e duas alfaces e um vidro de geleia haviam rolado para fora. Laura tornou a pegá-los, endireitou o carrinho, levou-o até a porta e gritou EI. Olhou para o relógio. Era horário de ar livre, o que significava que não poderia continuar gritando daquele jeito.

Erika estava com Ragnar em algum lugar, e Rosa talvez tivesse ido fazer alguma coisa no continente. Isak estava no escritório e não deveria ser incomodado por nenhum motivo. Laura não achava que bebês perdidos pudessem constituir uma exceção. Laura olhou para o bebê. Era claramente uma menina — ninguém poria um gorro daqueles na cabeça de um menino — e tinha gritado tanto e por tanto tempo que estava cansada demais para fazer outra coisa que não soluçar. E fungar. Se ela fosse entregar o bebê a Isak, o pai começaria a gritar. Aquilo era um problema de Laura. Quando Rosa chegasse em casa, seria um problema de Rosa, mas até lá era um problema de Laura. Olhou para o bebê. Bolou um plano. Primeiro, pensou, entraria de fininho na cozinha e guardaria todas as compras na geladeira e na despensa, depois levaria o bebê para um passeio e torceria para Rosa chegar logo em casa.

Laura começou a empurrar. Teve de empurrar com força para fazer o carrinho andar; era muito maior e mais pesado que o carrinho de compras. Avançaram lentamente. Uma das rodas prendeu em uma pedra e o carrinho quase virou. Ela conseguiu endireitá-lo, mas o bebê recomeçou a gritar.

— Oi, você aí — disse Laura, empurrando o carrinho. As rodas rangiam. — Meu nome é Laura.

O bebê olhava para ela e gritava; tinha os olhos vermelhos e inchados, e de vez em quando levantava a mão, apontava para o ar e gritava palavras semirreconhecíveis: *mamãe, vovó, olha! olha!*

— A gente vai dar um passeio — disse Laura —, e você vai ficar sentadinha no carrinho completamente, totalmente calada.

O bebê olhou para ela e soluçou. Laura começou a andar mais depressa. Foi marchando pela estradinha de terra, empurrando o grande carrinho vermelho à sua frente. Nada de correr mais riscos. Laura segurou a barra com mais firmeza e virou no caminho que entrava pela floresta. A floresta verde e silenciosa pareceu acalmar o bebê; a menina olhava em volta, apontava para tudo e não parava de dizer Olha! Olha! Havia as árvores atarracadas, vergadas pelo vento, e os galhos que se esticavam roçando o carrinho; havia tocos, raízes e troncos podres, e um ou dois pássaros mortos (às vezes até alguma coisa ainda maior, como uma raposa morta); e havia as outras trilhas que conduziam diretamente ao mar, a prados verdes de vegetação baixa, aos pés secretos de morangos silvestres que Ragnar tinha mostrado a Laura e Erika no verão em que o conheceram. Agora Erika e Ragnar não queriam mais a companhia de Laura. Diziam que Laura não sabia onde ficava a cabana secreta, mas ela sabia, sim. Já tinha ido lá muitas vezes; tinha até ajudado Ragnar a fazer uma cortina e pendurá-la em frente à grande rachadura na madeira que servia de janela.

Certa vez, muito tempo antes, Laura, Erika e Ragnar estavam sentados na cabana, no escuro, e Ragnar havia tirado um canivete do bolso da calça para todos poderem cortar os polegares e misturar seu sangue. Laura havia pegado o canivete, cortado-se com ele e feito o polegar sangrar com muita facilidade. No entanto, quando passaram o canivete para Erika, ela ficou sentada remexendo no polegar e não teve coragem de cortar fundo o suficiente. Não saiu nenhuma gota de sangue.

— Vai, vai — disse Ragnar.

Os polegares de Ragnar e Laura estavam sangrando, e os dois estavam prontos para esfregá-los, e se Erika não se apressasse o sangue iria coagular e eles teriam de cortar de novo.

— Vai — repetiu Ragnar, zangado.

— Não quero — disse Erika.

— Você precisa — disse Ragnar.

— Você precisa — disse Laura.

— Não quero — gritou Erika, e então Ragnar cansou de esperar.

Arrancou o canivete de Erika, agarrou sua mão, segurou-a firme e enfiou a lâmina no polegar. O sangue brotou imediatamente do corte. Erika deu um grito e retirou a mão. Gritou, gritou, em seguida começou a chorar. Laura quase chorou também, com medo de Ragnar ter cortado fundo demais e de que a irmã fosse se esvair em sangue, mas as duas se controlaram e estenderam as mãos quando Ragnar disse que estava na hora de esfregarem os polegares.

— Agora somos irmãos e irmãs de sangue, na vida e na morte e para toda a eternidade, em Hammarsö, na Suécia, na Terra e em todo o universo — disse Ragnar.

Erika e Ragnar tinham agora nove anos (os dois faziam aniversário no mesmo dia, como irmãos gêmeos!), e Laura só sete, pequena demais, segundo os dois. E eles achavam que Laura não sabia onde ficava a cabana só porque Ragnar tinha lhe dito tantas vezes: *Você não sabe onde fica a cabana, você não sabe onde fica a cabana, você não sabe onde fica a cabana.* Ragnar achava que conseguia hipnotizar as pessoas. Acreditava nisso porque certa vez tinha olhado para Frida e dito: *Frida ama Ragnar, ama Ragnar, ama Ragnar,* e então Frida dera uma risadinha, estendera as mãos à frente do corpo, caminhara com passos trôpegos até Ragnar como se fosse uma sonâmbula e lhe dera um longo e profundo beijo na boca. Depois, Frida havia sussurrado para Laura que estava apenas fingindo. Frida tinha beijado Ragnar porque ele era muito nojento, e porque às vezes era preciso fazer coisas nojentas, disse ela, como engolir a nata do leite ou beber Coca-Cola quente. Laura e Frida tinham sido as melhores amigas de férias durante anos, mas agora Frida não queria mais andar com ela. Frida preferia andar com Marion, a menina de cabelos negros compridos.

Laura olhou para o bebê no carrinho vermelho. Agora já fazia muito tempo que ele estava quieto. De vez em quando, suas pálpebras se fechavam e parecia que ele estava prestes a pegar no sono. O carrinho sacolejava por cima de galhos, pinhas e gravetos.

— Não sei o que fazer com você — disse Laura.

Ela estava cansada e ofegante, e o dia estava mais frio e nublado. Laura tinha ido mais longe do que pretendia. Encontrou o freio do carrinho, estacionou-o debaixo de uma árvore e olhou em volta. Não tinha certeza do caminho que havia usado para chegar até ali, nem do caminho de volta. Quando o bebê recomeçou a gritar (talvez porque o carrinho tivesse parado de sacolejar), Laura berrou para que parasse.

— Pare com isso! Pare com isso!

Laura queria encontrar a saída da floresta para ir chamar Rosa, e poderia fazer isso mais depressa se deixasse o carrinho debaixo da árvore. O carrinho era muito mais pesado do que ela pensava quando começou aquele passeio.

— Espere aqui. Eu já volto — disse Laura.

Ela se virou e começou a andar. Estava fazendo tudo errado agora, tudo estava desmoronando, as pessoas iriam se zangar com ela e gritar com ela ou então ignorá-la à mesa do jantar; para começo de conversa, ela não deveria ter levado o bebê para a floresta, e depois não deveria tê-lo deixado debaixo da árvore. Mas ela precisava encontrar Rosa. Somente Rosa sabia a coisa certa a fazer em situações como aquela. Laura não sabia a coisa certa a fazer. Laura nunca sequer havia tocado em um bebê. Os gritos da criança se transformaram em choro. Laura continuou andando depressa, sem se virar. Afinal de contas, nada poderia acontecer com o bebê ali, meio sentado, meio deitado, preso no carrinho. Ele não passaria muito tempo sozinho. Laura iria encontrar Rosa o mais rápido possível, e Rosa saberia o que fazer. Com certeza o bebê queria comida e leite, e sem dúvida precisava que lhe trocassem a fralda.

— Não vou demorar! — disse ela em voz alta, ainda sem se virar. — Já volto!

Não havia perigo. Nada poderia acontecer. Não havia ursos naquela floresta. Quando Laura era pequena, aos quatro, cinco anos tinha medo de ursos. A culpa era de Isak. Rosa havia tentado fazê-lo calar-se, não queria que a filha ficasse com medo, mas Isak achava que ter medo não fazia mal às crianças, então contou a história do urso de Hammarsö, que controlava a ilha. O urso de Hammarsö tinha o pelo branco e podia viajar por terra ou por mar, pois era metade mamífero e metade criatura marinha. Tinha dentes afiados, olhos que chispavam, garras pontiagudas e uma boca que babava e soltava profundos suspiros quando estava com fome, o que sempre acontecia. E, se tivesse oportunidade, ele estraçalhava menininhas e lhes devorava o corpo pedacinho por pedacinho.

Laura ouviu um farfalhar entre as árvores, e um galho rangendo um pouco mais longe. As trilhas todas se pareciam. Ela não conseguia mais ver o bebê, mas podia ouvir seu choro. Laura parou para escutar. O choro agora estava diferente, como se o bebê estivesse prestes a desistir. Laura continuou andando, mas tornou a parar. Não havia jeito. Impossível deixar o bebê sozinho. Teria de voltar e empurrar o carrinho para fora da floresta como pudesse. Não era *tão* pesado assim. Se ela havia conseguido empurrá-lo para dentro da floresta, com certeza seria capaz de tirá-lo de lá. Iria encontrar o caminho de casa. Iria encontrar Rosa. Laura saiu correndo. Primeiro viu a árvore, em seguida o carrinho, em seguida o bebê, que havia tentado se desvencilhar do cinto, mas em vez disso ficara embolado, de modo que não conseguia mais mexer o braço direito. Laura correu até o carrinho, soltou o cinto e pegou o bebê no colo.

— Shh, shh — sussurrou, embalando a menininha nos braços. — Shh, shh. Não vou deixar você sozinha de novo. Eu juro.

Laura pegou o cobertor de lã branca do carrinho, enrolou com ele o corpo do bebê em prantos e sentou-se no chão debaixo da árvore. Logo começaria a tentar achar o caminho de casa. Mas primeiro ela e o bebê ficariam ali descansando sob a árvore. A menininha estava tão cansada de chorar que adormeceu imediatamente no colo de Laura, recostando a cabeça pesada em seu ombro. Com um dos dedos, Laura afagou a testa e o nariz da menina, sua nuca macia, seus pulsos finos e suas mãozinhas.

Enquanto a menina estivesse dormindo, ela continuaria sentada ali debaixo da árvore, sem se mexer.

Isak, Rosa, Erika. Ela ouviu as vozes chamando. Havia tornado a pôr o bebê no carrinho e estava tentando achar o caminho para fora da floresta.

— Laura! Laura! — A voz de seu pai.

— Ei, Laura! Você está aí?! — A de sua mãe.

E então uma desconhecida gritando: — Molly! Venha com a mamãe, Molly!

— LAURA! — A voz de seu pai de novo, zangado.

Isak veio correndo pela trilha em sua direção. Era uma visão incomum: Isak correndo pela trilha, mais frenético e petrificado do que zangado, com os cachos de cabelos dourados voando em todas as direções. Quando viu a filha com o carrinho, correu ainda mais depressa, e era difícil dizer se iria tomá-la nos braços ou lhe dar um tapa na orelha. Talvez por estar tão ofegante, não fez nem uma coisa nem outra. Olhou para dentro do carrinho e viu que a criança estava viva e intacta. Laura abriu a boca para dizer alguma coisa, mas Isak levantou a mão, e isso significava que era melhor ela ficar quieta. Ele ainda estava ofegante, ofegante demais para dizer qualquer coisa, e teve de ficar de cócoras para se recuperar. Então, em voz baixa, disse:

— Onde você estava, Laura? Que diabo você fez? O que deu nessa sua cabeça de bagre para você pegar um carrinho com um bebê dentro e sair por aí?

Depois de recuperar o fôlego, Isak se levantou. Levantou-se, ficando alto e portentoso à sua frente, abriu a boca e rugiu:

— Tivemos de chamar a polícia! Eles estão a caminho! Você tem ideia do que fez?

Laura cruzou os braços e apertou os olhos para o pai. Não estava com medo dele. Não, não estava com medo dele. Ficou repetindo isso a si mesma. Não estou com medo de você. Mas o bebezinho no carrinho vermelho nunca tinha escutado o rugido de Isak; iria escutá-lo muitas vezes na vida, mas agora, ali na trilha da floresta, tinha apenas um ano de idade e nunca ouvira ninguém rugir daquela forma, e ficou tão espantado que também começou a gritar. Laura o pegou no colo, encarou Isak e disse:

— Você vai assustar o bebezinho rugindo desse jeito.

Isak fechou a boca e olhou para Laura, em seguida para o bebê.

Nesse instante, Rosa, Erika e uma mulher que Laura nunca tinha visto chegaram correndo pela trilha. Quando a desconhecida viu Laura e o bebê, acelerou o passo, correu até elas, agarrou a criança e apertou-a de encontro ao peito. Laura viu que a mulher estava chorando, e que estava chorando havia muito tempo. Seu rosto tinha manchas vermelhas e estava inchado. Rosa havia parado de correr e agora andava calmamente pela trilha na sua direção, com Erika saltitando logo atrás, mascando chiclete. Laura viu na hora que Erika estava gostando daquela situação. Era um pouco parecido com assistir a um programa de TV, e ninguém estava gritando com ela. Não era Erika quem

142

tinha saído correndo para o meio do mato com o bebê de outra pessoa e deixado a mãe apavorada e forçado Isak a ligar para a polícia, que estava a caminho, vindo do continente: uma longa fila de carros preto-e-brancos. Rosa pousou uma das mãos no ombro de Laura e perguntou-lhe baixinho por que ela havia saído com Molly.

— Eu não sabia que o nome dela era Molly — disse Laura, zangada.

Ela encarou a criança, agora no colo da mãe; encarou a desconhecida, tentando entender se estava sendo considerada uma delinquente.

A mão de Rosa pesava em seu ombro.

— Pouco importa se você sabia ou não o nome dela — disse Rosa com aquela voz baixa. — O que importa é que você pegou o carrinho e saiu sem avisar ninguém.

— Vocês não estavam em casa! — disse Laura. — Não estavam em casa. Eu chamei e vocês não estavam em casa.

A mão grande e larga de Rosa continuava apertando o ombro de Laura. Laura espiou furtivamente Isak, que apenas meneava a cabeça em pé ao lado da mulher. O que quer que sua mãe dissesse, ele meneava a cabeça. Como se tudo que ela dissesse fosse óbvio.

— Nós estávamos na varanda tomando café com Ruth — disse Rosa. — Papai e eu estávamos na varanda. Estávamos na varanda o tempo todo. Molly estava no berço, dormindo bem em frente à casa, e nós estávamos todos na varanda.

— Eu chamei — disse Laura. — Vocês não estavam lá. Vocês não me ouviram.

— Se você tivesse chamado, nós teríamos escutado — disse Rosa. — Estávamos com a porta da varanda entreaberta para ouvir se Molly acordasse. E ela prosseguiu, soando mais conciliatória: — Ruth veio para Hammarsö com a filha, Molly. Agora

143

ela vai voltar para casa, e Molly vai passar um tempo conosco. As coisas não começaram exatamente bem para Molly e Ruth, nem para nenhum de nós, não foi? Ficamos todos morrendo de medo e de preocupação.

Era como se a mão da mãe em seu ombro estivesse queimando Laura cada vez mais fundo até chegar ao lugar onde ficavam armazenadas as lágrimas, o muco e o vômito, e Laura, que havia começado a tremer inteira, abriu a boca e gritou: Eu chamei você, mamãe, mas você não estava lá! Laura agitou os braços de um lado para o outro antes de se curvar para passar mal. Não conseguiu mais parar. Aquilo simplesmente continuou saindo de sua boca em ondas. A mão de Rosa soltou seu ombro e passou para sua testa. Laura respirou fundo e fechou os olhos. Tinha sete anos. Limpou a boca com as costas da mão e repetiu: Eu chamei você e você não estava lá.

Paahp mudou-se para uma das casas da Colônia em algum momento da primavera de 2004 para ficar perto do irmão, morador da Casa de Repouso Fryden. Quando seu irmão morreu, no final de outubro do mesmo ano, Alfred Paahp ficou sozinho na casa caindo aos pedaços, sem irmão mais velho para cuidar. Nenhum dos moradores da Colônia sabia de onde ele vinha. Alguém sugeriu o Leste Europeu, mas alguma outra pessoa disse que Paahp não era um nome do Leste Europeu. Seria simplesmente dinamarquês? Seria Paahp um nome dinamarquês? Mikkel Skar disse que expressões como *Leste Europeu* não tinham mais sentido, não depois da queda do Muro e do colapso da União Soviética. Mas *Europa central* não tinha problema, disse ele, sem expressar nenhuma opinião sobre Paahp ser dinamarquês ou não. A Associação de Moradores fazia uma de suas reuniões — às sete da noite no refeitório da Fryden, como sempre. Paahp surgiu como um assunto à parte na pauta, depois do item "Mutirão de outono na casa de Marie e Nils Åsmundsen". O motivo para esse assunto específico da pauta era o seguinte: Paahp não havia cortado sua grama uma vez sequer. Não havia catado as folhas mortas. Paahp estava deixando sua casa mergulhar em um estado de abandono terrível. Quando algumas crianças jogaram uma pedra em sua vidraça, Paahp não tomou nenhuma providência para consertá-la. Não ligou para o vidraceiro. Pegou um pedaço de papelão e prendeu-o da melhor maneira que pôde.

— Está um horror — disse Mikkel Skar. — Aquilo parece uma maldita zona de guerra.

Lars-Eivind disse que Mikkel Skar talvez não estivesse vendo o noticiário da TV ultimamente, para achar adequado usar a expressão *zona de guerra*.

— Eu não fico pesando cada uma das minhas palavras — disse Mikkel Skar, azedo.

— Bom, talvez devesse pesar — disse Laura.

— Acho que vocês todos estão tendo uma reação exagerada — disse Tuva Gran, apoiando Mikkel Skar.

Todos escutavam Tuva Gran. Afinal de contas, ela e sua família eram os vizinhos mais próximos de Paahp. Tuva havia torcido por uma família com crianças.

Era um dia de outubro, e a filhinha de Laura apontou para Paahp, sentado em um banco do parque sob o sol em frente à escola. Ela disse:

— O irmão dele morreu.

Laura baixou os olhos para a filha.

— Morreu? Como é que você sabe? — Então arrematou: — Não aponte.

Julia deu de ombros.

— Acho que devemos ir lá dar os pêsames para ele — disse Laura.

Julia tornou a dar de ombros.

— Dar os pêsames significa dizer que você está triste porque alguém morreu — explicou Laura.

— Mas eu não estou triste — disse Julia.

— Não, mas Paahp está, então você pode ir lá ficar triste com ele um pouquinho.

Julia cruzou os braços e olhou para a mãe. Ela havia acabado de aprender a revirar os olhos.

— Vamos, vamos até lá, Julia!

Laura se arrependeu de não ter simplesmente continuado a andar e deixado o assunto para lá. Arrastou a filha até o banco de Paahp e sentou-se ao lado dele. Em voz baixa, disse:

— Ouvi dizer que você perdeu seu irmão.

Paahp virou-se para Laura devagar. Seus olhos eram grandes e azuis, como os de uma criança. Grandes e azuis, com longos cílios pretos. Ele segurou a mão dela e apertou.

— Fica tudo silencioso quando os corvos morrem — disse.

Laura aquiesceu; sorriu para ele.

— Fica tudo silencioso — disse Paahp.

— É — disse Laura.

— Fica tudo silencioso quando os corvos morrem — repetiu ele.

— Não estou entendendo muito bem o que você quer dizer — disse Laura.

— Eu me mudei para cá por causa dele — disse Paahp.

— Por causa do seu irmão?

— É, por causa dele. Eu me mudei para cá por causa dele.

— Paahp enterrou o rosto nas mãos e pôs-se a soluçar.

Laura afagou-lhe os ombros.

— Por favor, aceite os meus pêsames — disse ela, pondo-se de pé.

As palavras *aceite os meus pêsames* se projetaram de sua

boca feito uma locomotiva. Ela segurou a mão de Julia e começou a andar. Paahp continuou a chorar. Laura apertou a mão de Julia e seguiu andando.

Depois de andarem um pouco, Julia disse:

— Paahp é nojento.

— Nojento? Nojento por quê? — perguntou Laura.

— Porque sim — disse Julia.

— Tudo bem, mas por quê?

Laura analisou o rosto da filha.

— Ele algum dia fez ou disse alguma coisa que você tenha achado nojenta?

— Não — respondeu Julia. — Ele me dá pulseiras. São feitas com pedrinhas e contas, e algumas vezes com pedaços de pinha. Ele enfia tudo em um barbante. São bonitas. Mas Paahp é nojento... todo mundo sabe disso.

Não era só uma questão de catar folhas mortas e cortar a grama. Isso com certeza fazia parte do problema. Mas todos sabiam que o verdadeiro problema eram as pulseiras. Tanto Mikkel Skar quanto Ole-Petter Kramer tinham dito a Paahp que a Associação de Moradores não queria que ele parasse as menininhas na volta da escola para casa e lhes desse pulseiras de presente, mas Paahp continuou a fazê-lo. E as menininhas continuaram aceitando. Todas as crianças do condomínio da Colônia, sobretudo as meninas, receberam dos pais a ordem de não conversar com Paahp sob hipótese nenhuma, e de não aceitar pulseiras, e aliás nenhuma outra coisa, dele ou de qualquer desconhecido; elas deveriam simplesmente agradecer e continuar andando. Não adiantou. Havia pulseiras por toda parte. Ao redor de pulsos. Em mochilas escolares. Em mesinhas de cabeceira. Em caixas de joias. Em casas de bonecas. Debaixo de travesseiros. No meio de peças Lego. Em volta do pescoço das bonecas. Em peitoris de janelas. Em bolsos de calças. Caídas atrás de aquecedores. Enfiadas dentro de camas.

A questão em pauta agora era se havia algum jeito de obrigar Paahp a se mudar. De se livrar dele, para falar friamente. Mas não havia. Andreas Knudsen e Line Disen eram advogados; eles moravam na Colônia; eram casados e tinham filhos. Tinham avaliado a questão e concluído que não havia embasamento legal para fazer nada. Paahp está limpo, disseram. Nada temos contra ele. Ele não fez nada de errado. Então a Associação de Moradores decidiu que Ole-Petter Kramer, ele próprio pai de três filhas, tentaria falar com Paahp mais uma vez.

Acontecia de vez em quando. Depois de Laura ir para a cama e apagar a luz, Isak bateu na porta, abriu uma fresta e sussurrou:

— Laura, você está dormindo?

— Não, não estou dormindo.

— Quer que eu leia para você?

— Quero, por favor.

Isak sentou-se na beira da cama e folheou o livro de poemas que sempre trazia consigo.

— Este! — disse, e continuou a virar as páginas. — Não, este! — Virou mais páginas. — Não, este: olhe, este aqui é lindo! Está pronta?

— Estou, mas depois não me pergunte o que eu achei.

Isak olhou para a filha sob a luz da cabeceira. Antes de ela ir se deitar, havia desfeito a trança e escovado os cabelos. Seus cabelos eram compridos. Tão compridos quanto os de Rosa. Suas outras filhas não tinham os cabelos tão compridos. Laura estava deitada debaixo das cobertas, com a cabeça e os lindos cabelos compridos em cima de um grande travesseiro branco.

— Você está brilhando para mim deitada aí — disse Isak, e acariciou-lhe a bochecha.

— Vamos, papai — disse Laura.

— Está pronta? — perguntou Isak.

— Estou.

— Como assim, eu não posso perguntar o que você achou? — indagou Isak.

— Eu nem sempre entendo as coisas que você lê — disse Laura. — Mas não faz mal. É bom mesmo assim.

E Isak leu:

E ninguém ouve essas canções
ouve o sussurro
calma, luz, esquecimento
a memória nesse dia — ocaso

— Essa foi a primeira estrofe — disse Isak. — Agora vou ler a segunda estrofe.

O dia passa como um hino
claro e parado
e em canção tudo soa
e contra a ilha nebulosa de um penhasco
e como aflito para tocar a praia

Isak ergueu os olhos do livro.

— Quer que eu leia o poema de novo? — perguntou.

— Não — respondeu Laura. — Agora eu vou dormir.

Isak curvou-se por cima dela e beijou-lhe a testa.

— Boa noite, Laura. Durma bem.

Ele se levantou e começou a andar até a porta. Laura sentou-se na cama.

— Papai!

Isak abriu a porta. Parou na soleira, sob a luz do corredor.

— O que quer dizer *ocaso*? — perguntou ela.

— Eu acho — disse Isak — que deve ser uma espécie de redemoinho de escuridão.

— Redemoinho de escuridão?

— É... ele puxa você e você cai dentro dele devagar. Mas não é desagradável. Um dia você vai querer estar lá.

Era Marion dos cabelos negros quem decidia os que deveriam ser punidos, e como. Antes disso, era sempre Emily quem decidia. Já tinha sido Frida, mas Frida sempre começava a rir, então todos se voltavam contra ela e a puniam.

— Você nunca decide? — perguntou Laura.

— Decido o quê? — disse Erika.

— Quem vai ser punido — disse Laura.

Laura tinha onze anos no verão de 1979; sua trança se balançava de um lado para o outro quando ela percorria a estrada até a loja. Erika agora estava sempre com Marion, Frida e Emily. Ou então com Ragnar. De toda forma, Erika nunca tinha tempo de andar até a loja com Laura.

Se fossem ficar juntas, tinha de ser à noite. Algumas vezes Molly dormia com Laura na cama de Laura, e nesse caso Erika não dava a menor bola para Laura. Mas havia ocasiões em que Laura dormia com Erika na cama de Erika, e nesse caso elas ficavam conversando até as quatro, cinco ou seis da manhã. Rosa dizia que cada uma deveria dormir em seu próprio quarto e em sua própria cama, mas ninguém dormia. Às vezes, depois de Rosa e Isak terem ido se deitar, Erika saía de fininho e ia dormir com Ragnar na cabana secreta da floresta. Erika não achava que ninguém soubesse, mas Laura sabia; Laura sabia muito mais do que Erika imaginava.

Erika disse:

— Uma vez eu estava lá quando puniram Marion.

— Eu achava que nunca ninguém punisse Marion.

— Ah, sim, ela também. Ninguém se safa. Todos nós a punimos juntos. Frida, Emily, Pär, Olle, Fabian e Ragnar também.

— Ragnar estava com você?

— Ele algumas vezes está lá, só ultimamente é que nem tanto. Ele sempre fica muito esquisito quando estamos em grupo. Fica pulando para cima e para baixo, e fazendo caretas ou cantando desafinado só para chamar atenção. E fica muito carente comigo. É irritante. Me dá vontade de bater nele.

— Por que você anda com ele, então?

— Ele é diferente quando estamos sozinhos, quando somos só ele e eu. Na verdade, a ideia foi de Ragnar.

— Que ideia?

— De punir Marion.

— Como vocês fizeram?

— Nós a fizemos chorar.

— Mas como?

Erika deu uma risadinha e remexeu-se para chegar mais perto de Laura. Ela sussurrou:

— Nós a obrigamos a tirar o carrapato da bunda de Fabian com a boca.

Laura ficou olhando para Erika no escuro. Estavam deitadas tão juntas que Laura podia sentir o hálito de Erika em sua bochecha.

— Que nojo — disse Laura. — E ela obedeceu?

— Ela não teve escolha — disse Erika. — Nós a obrigamos. Estávamos no jardim de Emily e Marion jogou os cabelos negros para trás e disse: Não podemos ir à praia em vez de ficar sentados aqui? Estou entediada. Então Pär disse para ela calar a boca.

— Pär não é namorado de Marion?

— Ahã. Faz um tempão que eles estão juntos. E ele disse pra ela calar a boca, e então Fabian começou a rir. Então Ragnar começou a rir, depois Olle. Todo mundo estava entediado, e acho que eles gostaram de Pär ter dado um fora em Marion. Ninguém nunca dá um fora nela. Foi bom ele ter sido um pouco duro com ela. Enfim, ela ficou com o rosto todo vermelho e ninguém saiu em sua defesa. Nem mesmo Emily, que é tipo a melhor amiga dela. Então Pär perguntou para Fabian se ele ainda estava com o carrapato grudado na bunda. Fazia séculos que o carrapato estava ali. Fabian queria ver até onde ele engordava antes de cair. Por sorte, disse, o carrapato estava suficientemente em cima para não ser esmagado quando ele sentava o bundão em uma cadeira. Fabian só fez rir, tirou a calça e a cueca e mostrou a bunda para todo mundo. Devia fazer uma semana que o carrapato estava lá. Era do tamanho de uma uva, marrom, nojento, reluzente e prestes a estourar. Então Ragnar disse para Fabian: Eu acho que Marion deveria tirar isso para você. Que ideia interessante, disse Fabian, e rebolou a bunda. É, muito interessante, disse Pär. Como você acha que ela poderia fazer isso? Frida, Emily e eu só rimos, e então Ragnar disse: Eu acho que já que a Marion é mesmo uma vadia, ela deveria morder o carrapato, mastigar e engolir. Marion gritou para Ragnar ir para o inferno e que ele era um escroto — Você é mesmo uma porra de um psicopata, ela disse para ele — e então Ragnar disse para ela retirar o que tinha dito. Ela devia parar com aquilo. E foi então que Pär passou o braço em volta dela e disse: Talvez você não devesse chamar os outros de psicopata, Marion, e então continuou a segurá-la e disse que se ela não tirasse o carrapato da bunda de Fabian com a boca ele ia cortar todo o cabelo dela. Você sabe que Pär sempre anda com um canivete. E ele estava com o canivete nesse dia também, e levantou para Marion ver, para ela saber que ele estava falando sério. Então todo mundo começou a rir de novo. Até Marion riu um pouco e disse: Pare com isso, Pär, vamos para a praia agora, ou até a loja buscar uma Coca-Cola, mas então Fabian se curvou e empinou a bunda para cima e Pär segurou a mão de Marion e disse: Vamos, vamos lá, sua piranha. Ele não queria dizer nada de mais com aquilo. Provavelmente estava só brincado. Mas foi nessa hora que Marion começou a chorar. As lágrimas começaram a escorrer de seus olhos. Ela não disse nada. Simplesmente ficou chorando. Então Emily e eu pedimos que Pär parasse com aquilo, mas Frida não conseguia parar de rir.

Erika fez uma pausa. Era o meio da noite. Laura estava achando aquilo incrível, ficar ali acordada falando sobre aquelas coisas.

— Eu estava certa — disse Erika — que ela não ia obedecer.

— Como assim? — perguntou Laura. — Você está querendo dizer que ela comeu mesmo o carrapato?

— Comeu — disse Erika. — Ela meio que tomou coragem. Não conseguia aguentar nós estarmos ali vendo ela chorar, então tomou coragem. Soltou-se de Pär e ficou ali, titubeando um pouco. Tudo bem, disse ela, e jogou os cabelos para trás. Tudo bem. Ela se agachou atrás de Fabian, que naturalmente não tinha voltado a vestir a cueca, e mordeu aquela bunda enorme fazendo ele gritar. Então se levantou para todos podermos ver o carrapato entre seus dentes, tenho certeza de que ainda estava vivo, e então ela fechou a boca e começou a mastigar.

Laura sentou-se na cama e encarou a irmã.

— Ela engoliu?

— Engoliu.

— Aposto que estava cheio de sangue.

— É.

— Ela recomeçou a chorar?

— Não. Ela não chorou.

— Coitada da Marion — disse Laura.

— Mas todo mundo estava rindo — disse Erika. — Até a Marion estava rindo. Acho que todo mundo achou aquilo nojento e teve vontade de ir para casa e esquecer tudo, mas todos riram. Então Pär de repente parou de rir e disse que Ragnar era mesmo um psicopata total. Comer o carrapato tinha sido ideia de Ragnar. E Pär disse: Você é mesmo um psicopata! Dê o fora daqui, Ragnar! Então tudo voltou ao normal. Ragnar se levantou e foi embora. Marion jogou uma garrafa de Coca-Cola vazia nele que bateu de raspão na cabeça, e ele começou a correr. Saiu correndo do jardim, subiu a estrada e entrou na floresta.

— Coitada da Marion — repetiu Laura.

— Não fique com pena dela — disse Erika.

— Coitado do Ragnar, então.

— Também não precisa ficar com pena dele.

Erika puxou Laura para perto de si. Passaram algum tempo deitadas uma ao lado da outra sem se mexer.

— A questão é que não é preciso ficar com pena de ninguém — disse Erika. — De ninguém.

Laura deu uma risadinha e virou-se para a irmã.

— Precisa, sim! — disse. — Do carrapato! — Fez uma pausa. — Eu estou com pena do carrapato.

Seu celular tocou. Laura carregava uma bolsa grande de couro marrom a tiracolo. Dentro dessa bolsa era o caos. No carrinho de compras, ela mantinha sempre tudo em ordem. Mas dentro da bolsa era o caos. Chaves, dinheiro, cartões, passagens de bonde, recibos, a chupeta de Jesper, pacotes de chiclete, invólucros de chocolate, um pacote de salgadinhos de toucinho, que eram a coisa mais gostosa que ela conhecia, os horários de suas aulas, canetas e cadernos, um folheto da igreja sobre serviços de batismo e funeral que ela queria copiar e entregar a seus alunos para eles poderem discutir o que era um ritual. Laura fizera muitos planos quando havia começado a lecionar para crianças de treze a dezesseis anos, mas não chegara sequer à metade do que queria. Se enfiasse a mão dentro da bolsa para procurar alguma coisa, por exemplo vinte coroas para pagar o metrô, espetava-se em algum objeto e fazia sangrar a ponta do dedo. Um alfinete. Uma ponta de caneta. Teve de esvaziar a bolsa. Seu celular estava piscando. Era Lars-Eivind. O médico quis fazer mais exames do que o previsto, e ele quase não havia chegado a tempo para sua reunião importante.

— E a reunião foi horrível — disse ele. — Não consegui dizer nada do que tinha planejado. Fui idiota e desajeitado.

Laura estava em pé diante do balcão da mercearia turca, comparando dois tipos de tomate. Ela disse:

— Por que o médico precisou fazer tantos exames?

— Foi só rotina.

Laura pressionou o telefone contra o ouvido.

— Tem certeza?

— Eles sempre fazem um monte de exames, Laura. Tenho certeza.

Laura olhou fixamente para os tomates. Outro cliente a cutucou por trás.

— Tenho certeza de que você foi bem na reunião.

— Não fui, não. Fui uma merda.

— Vou preparar uma coisa gostosa para você hoje à noite.

Ela podia ouvir a respiração de Lars-Eivind do outro lado. Ele estava respirando. Estava vivo. Estava perto. Tinha um rosto, um corpo, duas mãos e uma voz que naquele instante falava com ela. Laura pôs dois tomates na cestinha. Precisava de muitas outras coisas; havia planejado uma grande refeição, e precisaria de mais legumes; depois iria à peixaria, à loja de vinhos e ao supermercado, mas naquele momento não conseguia se concentrar em nada a não ser nos dois tomates.

— O que você fez hoje? — perguntou Lars-Eivind. — Na sua folga?

— Não sei — sussurrou Laura. Ela precisava se afastar do balcão da mercearia. — Não fiz muita coisa. Falei com Erika. Ela está indo para Hammarsö. Vai visitar nosso pai.

A voz de Lars-Eivind diminuiu de volume por alguns instantes. Alguém onde ele estava o chamou ou pediu sua atenção. Então ele voltou.

— Falo com você depois, Laura. Ligo à tarde. Está tudo bem.

Laura estava deitada sozinha em sua própria cama, em seu próprio quarto. Era assim que Rosa queria que as coisas fossem. Cada irmã em seu próprio quarto, em sua própria cama. No verão, nunca escurecia totalmente. Talvez em agosto, mas em junho e julho nunca escurecia totalmente. Pelo menos não em Hammarsö. O Festival de Hammarsö marcava a transição de julho para agosto, do verão para o outono, da luz para a escuridão. Depois do Festival de Hammarsö, ainda restavam três semanas das férias de verão, mas de certa forma as férias de verão já haviam acabado. Em agosto a noite caía depressa e todo mundo ficava perguntando se você estava animada com o começo das aulas. E, mesmo que você não estivesse animada, mesmo que detestasse ir à escola, precisava responder que sim. Era o esperado, dizia Rosa, que sempre sabia o que se devia dizer ou fazer em qualquer situação. Era preciso estar animada para ver o professor e os colegas, e para aprender coisas novas. Mas ali, naquele instante, agosto estava muito longe. Ainda era início de julho, e como sempre acontecia no início de julho não se podia conter a luz do lado de fora, mesmo que Rosa tivesse ido ao continente e comprado um tecido para cortinas que prometia fazer justamente isso. A luz sempre encontrava uma frestinha, rachadura ou furo por onde penetrar, ou um pedaço puído de tecido para atravessar. A janela em geral ficava um pouco aberta e, embora fizesse calor e quase não houvesse vento (sim, diziam que era o verão mais quente desde 1874), as cortinas balançavam suavemente para a frente e para trás, o que facilitava as coisas para a luz. Se Laura abrisse os olhos, podia ver o rádio sobre a mesinha de cabeceira; as fotos de cachorros, cavalos e estrelas da música e do cinema nas paredes; os quadrinhos do Pato Donald no chão; as roupas que ela havia usado e tirado e que tornaria a usar no dia seguinte formando uma pequena pilha sobre a cadeira.

Laura fechou a porta da varanda atrás de si. Ia pegar o atalho até a praia para nadar. Havia posto tudo de que precisava em uma grande bolsa azul que levava pendurada no ombro. Biquíni, toalha, toca-fitas, revistas, batatas *chips*, refrigerante, chocolate, balas: tudo que havia comprado com o próprio dinheiro, economizado e escondido de Rosa. Rosa dizia que só se podia comer meio pacote de *chips* e uma barra de chocolate por semana, e que tinha de ser na sexta ou no sábado e de forma alguma na quarta, por exemplo.

Logo do lado de fora da casa, debaixo de uma árvore, um passarinho estava caído no chão, tremendo. Batia as asas, mas não conseguia voar; simplesmente continuava ali se debatendo. Não piava nem chilreava nem cantava nem grasnava; Laura não sabia que sons os passarinhos faziam quando estavam deitados no chão sem conseguir voar. Aquele passarinho, de toda forma, estava silencioso, e nenhum som lhe escapava do bico. A única coisa que ela conseguia escutar era o barulho de suas asas batendo no chão. O passarinho não desistia. Tensionava-se, tomava coragem e batia as asas com o máximo de força de que era capaz, e quando nada acontecia encolhia-se todo e esperava um pouco antes de tentar novamente. Isso aconteceu várias vezes. Laura preferia não ter visto o passarinho. Estava a caminho da praia para ir nadar, e o dia se estendia à sua frente, comprido e ensolarado, e então o passarinho apareceu ali caído e se debatendo; ele estava muito mal e poderia morrer logo e era responsabilidade sua ajudá-lo. É claro que ela poderia simplesmente passar direto, deixá-lo ali caído batendo as asas, convencer-se de que poderia esquecê-lo conforme o dia fosse passando. E talvez até o esquecesse por um tempo, mas alguma coisa obrigatoriamente a faria se lembrar. Poderia ser absolutamente qualquer coisa: os cisnes no mar, uma pedra na beira da praia, uma canção em seu toca-fitas.

Laura olhou para o passarinho que agora havia se tornado sua responsabilidade. Que passarinho idiota! Que passarinho idiota! Tudo estava tão bem, e agora aquele passarinho idiota lhe exigia que fizesse alguma coisa, qualquer coisa para pôr fim à sua dor. Ela teria de matá-lo; era isso que se fazia com passarinhos que não conseguiam voar e ficavam caídos no chão batendo as asas e se encolhiam e tornavam a bater as asas. Laura cutucou o passarinho com o pé e ele se assustou e fez Laura se assustar também. Sentou-se no chão a seu lado e sentiu as lágrimas brotarem e acariciou o pequeno corpo do passarinho com o dedo. Era como acariciar um pedaço de musgo. Vou ter de matar você, seu passarinho idiota, vou ter, porque você não consegue voar. Continuou a acariciá-lo. Pensou que poderia pisar nele, mas nesse caso iria senti-lo no pé pelo resto do dia, talvez pelo resto da vida. Poderia se levantar, fechar os olhos e deixar a bolsa cair em cima dele, pois a bolsa estava pesada; mas nesse caso a bolsa ficaria suja de passarinho morto, de sangue e gosma e penas e entranhas de passarinho, e ela não poderia mais usá-la.

Enquanto estava ali sentada pensando, Isak apareceu. Ele muitas vezes dava voltas na casa mais ou menos a essa hora. Voltas e mais voltas. Tinha um papel no Festival de Hammarsö, e quando dava a volta na casa daquele jeito de manhã Laura sabia que ele estava decorando suas falas. É claro que ele nunca conseguia se lembrar das falas. Trazia o texto da peça na mão e precisava ficar conferindo. Isak conseguia fazer tudo, conseguia se lembrar de tudo, até de poemas difíceis que ninguém entendia, poemas sobre mergulhar no ocaso, mas era incapaz de decorar suas falas para o Festival de Hammarsö daquele ano. Isak parou quando viu Laura e o passarinho no chão.

— Ah, que pena — disse ele, e cutucou o passarinho com o pé, como a filha havia feito. — Bom, vamos ter de matá-lo — disse ele. — Para acabar com a sua dor.

O passarinho bateu as asas. Isak sentou-se no chão e deu um suspiro; repousou todo o peso do corpanzil no chão, e Laura pensou que se ao menos o pai tivesse sentado em cima do passarinho a essa altura já estaria tudo terminado; mas Isak não sentou em cima do passarinho, sentou-se de modo que ele e Laura ficaram com o passarinho trêmulo entre si. Laura continuava a acariciar-lhe o corpo com o dedo. Isak franziu o cenho.

— Talvez eu pudesse dar uma injeção nele — disse. — Ou talvez pegá-lo e arremessá-lo no chão, isso daria um jeito. Pobre passarinho. — Olhou para Laura. — Você está com pena dele, não está?

Laura aquiesceu.

Nenhum dos dois fez nada. Laura estava contente por seu pai ter aparecido, pois agora não era mais responsabilidade sua matar o passarinho, mas por que ele não acabava logo com aquilo? Algumas vezes, agora que Laura estava mais velha, parecia que seu pai queria que os dois conversassem sobre coisas importantes. Parecia que ele queria ouvir o que a filha tinha a di-

165

zer; como se esperasse alguma coisa dela em forma de palavras, esperasse que ela abrisse a boca e compartilhasse com ele suas opiniões, ideias, pensamentos e visões. Certa vez, chegara até a lhe perguntar qual era sua visão do futuro, mas Laura não sabia o que era uma visão, então só fizera sacudir a cabeça e dar de ombros, e seu pai parecera decepcionado. Laura sabia que era porque ele a amava mais do que às outras. Amava-a mais do que a Erika ou Molly. Não por nada que ela houvesse feito, nem por ela ser especial, mas porque ele amava muito sua mãe, porque Rosa o havia salvado do abismo, como ele dizia, e Laura não fazia ideia do que isso significava.

Você é filha do amor, ele lhe dizia, você é especial, e com o passar do tempo isso começou a soar como uma espécie de reprimenda. Ela não era pequena, graciosa e engraçada como Molly, nem alta, atraente e boa aluna como Erika. Não conseguiu pensar em nada de interessante para dizer enquanto ficavam ali sentados com o passarinho moribundo entre si, e não tinha visão nenhuma, disso estava quase certa, pelo menos não do tipo que fosse fazer Isak menear a cabeça com ar de aprovação e dizer: Isso, Laura! Isso! Isso mesmo! Que menina sensata você é! Laura havia perguntado a Rosa se a mãe tinha visões, mas Rosa respondera que tudo que tinha eram roupas no corpo, comida na barriga e sono à noite, e era só disso que precisava mesmo, e que Laura deveria parar de bancar a esnobe com perguntas esquisitas que não tinham nenhuma utilidade para ninguém.

Laura olhou para o pai. Ele sorriu para ela.

— Então aqui estamos, você e eu — disse ele.

— É, mas você não vai matar logo o passarinho? — perguntou Laura, impaciente. — Eu estava indo para a praia tomar sol.

Isak suspirou e olhou para o outro lado.

Laura segurou a mão do pai e apertou-a.

— Mas agora estamos aqui, você e eu — repetiu ela, e então ele sorriu de novo.

Laura e Isak passaram muito tempo sentados ali no chão, de mãos dadas, e o passarinho bateu as asas e estremeceu algumas vezes, e Laura sabia que seu pai considerava aquele um momento importante — ele chegou até a dizer: Você vai se lembrar deste momento a vida inteira —, mas Laura queria se levantar e esticar as pernas, precisava fazer xixi, queria descer até a praia para nadar antes de o tempo fechar e ficar frio. E por fim Rosa apareceu na porta da varanda com uma garrafa térmica em uma das mãos e um jornal na outra. Rosa gostava de ficar um pouco sozinha de manhã, tomando café e lendo. Ao ver Laura e Isak sentados no chão, estacou, pousou a garrafa térmica e o jornal sobre a mesa do jardim e disse:

— Mas o que é que vocês estão fazendo?

— Estamos aqui sentados vendo um passarinho morrer — respondeu Isak.

Rosa aproximou-se alguns passos, franziu o cenho e levou as mãos aos quadris. Meneou a cabeça na direção de Laura.

— Levante-se daí, menina — disse ela. — Você vai se resfriar e pegar uma infecção urinária sentada no chão desse jeito.

Ela meneou a cabeça na direção de Isak.

— Você quer que a Laura pegue uma infecção urinária? E ainda se diz médico? Levantem-se os dois daí!

Ela esticou os braços, estendeu uma das mãos para cada um e puxou-os para fazê-los levantar.

Então curvou-se para olhar o passarinho.

— Vamos ter de dar um fim nele — disse, girando nos calcanhares e desaparecendo atrás da casa.

Laura e Isak ficaram ali em pé sem dizer nada. Laura olhou para o passarinho. Quando ele não estava batendo as asas, mas simplesmente caído ali, descansando entre dois intervalos de esforço, ela podia ver seu corpinho subindo e descendo. Ele estava respirando. Seu coração estava batendo. Aquilo não era *ocaso*. Laura olhou para Isak com um ar desafiador. Não disse nada.

Mas o passarinho não estava ansiando pelo ocaso.

Ele era um redemoinho de respiração, calor e luz.

Rosa voltou com uma pá que Isak havia comprado no verão anterior para abrir valas ao redor da casa. Foi direto até o passarinho.

— Saiam do caminho, vocês dois — disse, gesticulando com impaciência. Laura e Isak recuaram alguns passos.

Rosa ergueu a pá, respirou fundo e abaixou-a com força.

— Pronto! — falou.

Virou-se para Laura e Isak.

Rosa sempre tinha as bochechas muito vermelhas e afogueadas.

Ela puxou a trança de Laura e disse:

— Não se esqueça de pôr um biquíni seco quando sair da água! Infecção urinária é coisa séria.

Mas é assim que sempre é, pensou Laura. Estava nevando de novo, e dali a menos de uma hora estaria completamente escuro. Que desperdício de dia! Dali a pouco ela teria de ir buscar Jesper na creche e Julia no ateliê que a filha frequentava depois da escola, e nada do que ela planejara tinha sido feito. Havia comprado dois tomates e um buquê de tulipas brancas, e agora estava em pé na calçada em algum ponto entre o supermercado e a igreja, deixando a neve cair sobre si e sobre o carrinho de compras. Mas agora eu vou assumir o controle da situação. Vou à loja de vinhos, à peixaria e ao supermercado, e depois vou voltar à mercearia turca para comprar tudo mais de que precisar. Depois vou buscar Jesper na creche e Julia no ateliê. Vamos brincar no jardim. Vamos fazer um boneco de neve. Não vou me apressar. Vou preparar um delicioso jantar. Ela ficou parada ali. Pensou: Se eu disser pé direito, para cima, e der um passo à frente, então meu pé vai se erguer automaticamente e dar um passo à frente. E se eu disser pé esquerdo, para cima, e der um passo à frente, então o pé vai se erguer automaticamente e dar um passo à frente, e então eu estarei andando pela neve, pé direito, pé esquerdo, pé direito, pé esquerdo. Vou tirar meu celular da bolsa e ligar para Jonas Guave e dizer a ele que no final das contas não vamos vender a casa. Lars-Eivind algumas vezes falava sobre querer morrer naquela casa. Não agora, mas daqui a muitos anos. Queria ver as crianças crescerem; queria ficar rodeado de netos; queria envelhecer com Laura e depois queria morrer. Tudo na mesma casa. Então o que eu disse hoje de manhã foi só um capricho. Tudo o que eu disse. Jonas Guave podia esquecer que até mesmo a havia conhecido. Eu vou fazer todas essas coisas. Todas essas coisas. Ficou parada ali. A neve caía sobre seu gorro, sobre a trança que escapava do gorro, sobre o anoraque, a calça, os sapatos, e o carrinho de compras que não estava bem fechado, de modo que a neve caía sobre os tomates e as tulipas brancas lá dentro. Laura fechou os olhos e tornou a abri-los. Aqui vamos nós. Primeiro o pé direito, depois o esquerdo. Ainda nada. Ela continuou parada ali. Laura continuou parada ali até um rapaz vir andando pela calçada, falando no celular e carregando uma sacola do supermercado. O homem esbarrou em Laura e continuou andando. Não doeu, mas mesmo assim o contato foi duro, perturbador, intrusivo, invasivo. O homem havia esbarrado em cheio nela, esbarrado nela e passado por ela e continuado pela calçada como se ela não estivesse ali, como se não existisse nem ocupasse espaço.

— Desculpe, hein! — gritou ela para o homem.

O homem se virou. Ainda estava com o celular pressionado contra a orelha.

— Quem me deve desculpas é você! — gritou ele de volta.

— Você trombou de frente comigo! — disse Laura. — Não pode simplesmente trombar com os outros!

— Se os outros estiverem no meio da calçada sem sair da frente, posso sim — disse ele.

E saiu andando. Laura pegou o carrinho de compras e foi atrás dele. Ele não podia simplesmente trombar com ela e ir embora daquele jeito. Ela queria chamá-lo, queria brigar, mas não sabia como. Queria lhe dar um chute nas costas e então, quando ele se virasse, um soco no queixo. O homem começou a andar mais depressa. Laura começou a andar mais depressa. Ele deveria deixar os outros em paz. Laura só queria ser deixada em paz. O homem parou; virou-se e olhou para ela.

— Ei, me deixe em paz! — disse. — Esqueça isso!

— Mas você não poderia simplesmente ter me deixado ali em pé? — perguntou Laura. — Não poderia simplesmente ter me deixado ali em pé na calçada, em paz?

O homem balançou a cabeça, farto dela, e seguiu andando. Atravessou a rua e desapareceu dobrando uma esquina.

E foi então que Laura se viu em pé diante da igreja. Fazia seis anos que ela e Lars-Eivind moravam na Colônia, e aquela era a igreja deles; naquela igreja haviam se casado e seus filhos haviam sido batizados. A porta, é claro, estava trancada.

Quando Laura tinha vinte e quatro anos e sua mãe adoeceu e não conseguia mais andar nem falar (Rosa usava uma cadeira de rodas e comunicava-se com os olhos ou digitando as palavras *sim*, *não*, *cansada*, *chega* em um pequeno computador), pediu à filha que a levasse à igreja de vez em quando. Então Laura levou.

E muito antes disso, muito antes de Laura ficar adulta e de Rosa adoecer, muito antes de Erika e Molly entrarem em sua vida, Laura costumava ir com Rosa à loja de Hammarsö. No caminho de casa, passavam pela igreja de pedra; sempre passavam pela igreja de pedra no caminho da loja para casa, e Rosa lhe dizia que a igreja tinha muitas centenas de anos, que guardava muitos segredos e que seus sinos badalavam marcando cada hora e cada meia hora, durante todo o dia e toda a noite, durante todo o ano.

Em Hammarsö a porta da igreja nunca ficava trancada (os ilhéus insistiam que se lembravam de Deus mesmo que Deus os houvesse esquecido), e Laura puxou a manga de Rosa e perguntou se podiam entrar para dar uma olhada. Então entraram. Em seguida Laura puxou novamente a manga de Rosa e perguntou se ela podia lhe dar cinquenta centavos para acender uma vela.

— Mas para quem você vai acender uma vela? — perguntou Rosa.

— Não sei — disse Laura, e riu. — Talvez eu acenda uma vela para você, se você me der cinquenta centavos.

Rosa lhe deu cinquenta centavos.

Uma mulher magra, com lindos cabelos escuros e compridos, usando um vestido cor de laranja curto e listrado, chegou deslizando em silêncio pelo chão da igreja e parou ao lado delas.

Com uma voz muito baixa, a mulher disse:

— Então aqui está você, Rosa Lövenstad, acendendo velas com sua filha.

Rosa sobressaltou-se e virou-se rapidamente para a mulher.

— Ann-Kristin! Que susto você me deu.

A mulher riu, quase para si mesma.

— Acho que faço isso com frequência.

— O quê? — perguntou Rosa.

— Dar sustos em você.

Rosa segurou a mão de Laura e disse:

— Não, Ann-Kristin, você não me dá susto nenhum.

— Ragnar esteve doente. Com febre. Eu estou cansada.

— Mas ele agora está melhor? — perguntou Rosa.

— Sim, ele agora está melhor — disse a mulher.

— Que bom — disse Rosa.

— Diga a Isak que eu mandei um oi — pediu a mulher.

— Pode ser que eu diga, pode ser que não — respondeu Rosa, puxando Laura consigo para longe das velas acesas e para fora da igreja.

— Quem era? — perguntou Laura.

— Alguém que papai conheceu muito tempo atrás — disse Rosa. — Ela mora aqui na ilha durante o verão e em Estocolmo durante o inverno, como nós.

— Mas quem é Ragnar? — perguntou Laura.

— Um menino.

— Quantos anos ele tem?

— Não sei. Mais do que você. Seis, talvez.

Anos depois, quando sua mãe estava à beira da morte, Laura lhe perguntou se ela acreditava em Deus.

Sua mãe não tinha mais músculos suficientes no corpo para poder dizer sim ou não com a cabeça, e tampouco conseguia sorrir. Ainda tinha algum movimento no indicador, e usava-o para digitar palavras em seu computador. *Não sei*, escrevia ela. Olhava para Laura. *Pergunte a Isak. Ele fala. Estou cansada.* Seu olhar era mais penetrante agora que ela só dispunha de poucas palavras. Na época, Laura achava que sua mãe estivesse guardando um segredo, uma resposta para mil perguntas, mas depois concluiu que todos que estavam morrendo sem dúvida davam a impressão de estar guardando um segredo. Era o desejo daqueles que seguiam vivendo por significado, coerência, explicação, consolo.

Quando ela finalmente morreu, foi Laura quem lhe deu banho e quem a vestiu com o vestido de estampa florida delicada que era seu havia muitos anos e os sapatos de lona azul que ela gostava de usar no verão. Sua mãe também tinha sapatos elegantes, de salto alto, mas nem Laura nem Isak achavam que ela devesse ir para o túmulo de salto alto. Laura penteou e trançou os cabelos da mãe da mesma forma que penteava e trançava os próprios cabelos. Então analisou o rosto da mãe. Encontrou um batom na bolsa, e pintou a pele pálida com um pouco de vermelho. Pronto! Laura deu um passo para trás para poder examinar o que havia feito. Vestido florido, sapatos de lona azul, uma trança comprida, bochechas rosadas. Agora Isak podia vir. Rosa estava pronta.

Laura deu meia-volta e foi para casa. Guardaria o carrinho de compras e pegaria o carrinho de bebê. Jesper nunca conseguia fazer todo o trajeto da creche até em casa a pé, pelo menos não quando estava frio e nevando. Ainda não eram nem quatro da tarde, mas logo estaria completamente escuro. O jantar especial, na verdade, não tinha importância. Eles poderiam pedir uma pizza. Ela iria decorar a pizza com seus dois tomates, e os cabelos da filha e os seus com as tulipas brancas. Depois todos poderiam se aconchegar juntos na cama para ver televisão. Laura passaria os braços em volta de Lars-Eivind, Julia e Jesper; seus braços eram suficientemente compridos. Eles comeriam pizza e ficariam aconchegados na cama, e as crianças poderiam dormir a noite toda lá, se quisessem, deitadas de atravessado.

— Molly, é você?

Laura foi andando pela rua e passou pelo cartaz. CRIANÇAS ANIMADAS! Dobrou à direita; agora estava quase em casa. CRIANÇAS ANIMADAS! Segurou o celular junto à orelha. Molly estava com a voz alegre. Quando Laura se casou com Lars-Eivind e mudou-se de Estocolmo para Oslo, pensou que iria ver Molly com muito mais frequência. Mas não tinha sido assim. De vez em quando, encontravam-se as três, Erika, Laura e Molly, para conversar sobre assuntos diversos, e prometiam que dali para a frente iriam se encontrar mais. Afinal de contas, eram irmãs.

— Molly, é você *mesmo*!

Molly riu.

— Eu sei que faz uns seis meses que não nos falamos, então me deixe dizer o que liguei para dizer, para você poder pensar no assunto e me ligar de volta.

— Mas o que foi que você ligou para dizer? — perguntou Molly.

— Erika está indo para Hammarsö visitar nosso pai — disse Laura.

— Nosso pai? — indagou Molly.

— É, Isak — disse Laura. — Ele agora está velho.

— Está mesmo — disse Molly. — Mas eu não falo com ele há muitos anos.

— Justamente — disse Laura. — Então Erika e eu pensamos que seria uma boa ideia passarmos alguns dias com ele.

— Em Hammarsö? — indagou Molly.

— É, em Hammarsö — disse Laura. — Assim ele pode nos ver e nós podemos vê-lo, se é que você me entende.

— Eu não vou a Hammarsö desde que tinha... o quê? Cinco anos, acho.

— Você tinha cinco anos — disse Laura.

— Você quer dizer ir agora? — perguntou Molly.

— É, agora! Neste instante! — disse Laura. — Quero dizer, eu vou amanhã de manhã. Erika já está a caminho, mas ela fez um desvio por Sunne. E eu vou amanhã de manhã. Posso dar carona a você.

— Sim, mas eu não posso fazer isso. Meus ensaios começam daqui a menos de uma semana. Não posso simplesmente... assim do nada... A minha vida não tem mais a ver com Isak.

— Eu também tinha resolvido não ir — interrompeu Laura. — Mas agora, no final das contas, resolvi ir.

— Você e Erika acham que ele vai morrer? Nosso pai está doente?

— Não, nós não achamos que ele vá morrer, Molly. Ele está velho, não doente. Diz que vai morrer em breve, mas faz doze anos que ele vem dizendo isso.

— Eu muitas vezes acho que seria um alívio se ele morresse — disse Molly.

— Por quê?

— Não sei. É o que eu sinto, só isso.

* * *

A mãe de Molly, Ruth, morrera quando Molly tinha sete anos. Laura, na época com catorze, passou pela porta entreaberta da cozinha do apartamento de Estocolmo e ouviu Rosa e Isak discutindo se Molly deveria ir morar com eles, agora que sua mãe tinha morrido. Afinal de contas, Isak era pai da menina. Vozes, sussurros.

— Mas você está sempre no apartamento de Lund — disse Rosa. — Nunca está aqui comigo. Eu sou obrigada a cuidar de Laura sozinha, e agora você quer que eu traga esse filhote de cuco para dentro do ninho também?

— Não — respondeu Isak. — Não. Eu não quero isso. Ela pode ir morar com a avó em Oslo. Vai ser melhor assim.

E Laura e Molly passaram muitos anos sem se falar. Cresceram bastante separadas. Laura estudou para ser professora e Molly frequentou a academia de teatro de Oslo e virou diretora.

— E por que ela não poderia ter aprendido uma profissão de verdade e arrumado um emprego de verdade? — Foi a reação de Isak.

Laura e Erika saíram em defesa da irmã caçula. Disseram que Isak deveria sentir orgulho dela. Disseram que ela era muito boa no que fazia. Disseram que todos concordavam que ela era muito boa.

No entanto, ao longo dos anos, Laura e Molly haviam perdido contato.

Molly! Eu estava com o braço em volta da sua cintura na cama estreita, no quarto escuro da ilha que achávamos que seria a nossa ilha para toda a eternidade. Estávamos deitadas bem juntinhas na cama, escutando a voz de Isak no outro quarto. Ele estava no quarto de Erika. Estava sentado na borda da cama de Erika, tentando reconfortá-la. Era o meio da noite, mas todos na casa estavam completamente acordados. Foi aquela noite em que ninguém dormiu. Foi aquela noite terrível em que ninguém conseguiu dormir, você sabe por quê, e eu disse a você para esquecer tudo o que tinha visto. E então — você se lembra, Molly? — Isak começou a cantar! Tinha uma voz grave, retumbante. E você olhou para mim e sorriu seu adorável sorriso e disse: Bum, bum, bum!

Durante muitos anos o silêncio havia reinado entre elas, mas quando Rosa morreu Laura recebeu uma carta de Molly.

Querida Laura, dizia a carta. *Agora nós somos as duas órfãs de mãe. Será que isso nos tornará um pouco mais irmãs? Estou com dezoito anos agora. Ainda moro com vovó, mas vou me mudar em breve. Se você vier a Oslo ou se eu for a Estocolmo, quem sabe podemos nos encontrar? Um beijo, Molly.*

P. S. Diga oi ao nosso pai por mim. Erika diz que ele quer se matar depois do que aconteceu com Rosa. Não acho que ele vá fazer isso. Acho que ele vai viver até virar um homem bem velhinho.

Na mochila da escola, Julia trazia um bilhete endereçado a todos os pais da Colônia, assinado por Mikkel Skar, Geir Kvikkstad, Tuva Gran e Gunilla e Ole-Petter Kramer. O bilhete era sobre a reunião de dezembro da Associação de Moradores da Colônia, quando o comportamento de Paahp voltara a ser discutido.

No início de novembro, Ole-Petter Kramer tentara conversar com Paahp. A conversa tinha sido boa, ou pelo menos assim pensara Kramer na hora. Haviam se sentado em cadeiras duras de madeira na cozinha desenxabida de Paahp. Haviam tomado um café solúvel insípido. Paahp havia meneado a cabeça e dito que aquilo não tornaria a acontecer; ele entendia que as meninas do bairro não deveriam ficar achando que não havia problema em aceitar pulseiras de desconhecidos; entendia que isso deixava os pais preocupados. Também entendia, agora que estavam tendo aquela conversa franca, de vizinho para vizinho, de homem para homem, que era importante não deixar sua casa chegar a um estado de tamanho abandono a ponto de prejudicar o bem-estar da comunidade, dos vizinhos. Paahp prometeu ligar para um vidraceiro e varrer as folhas de seu jardim no dia seguinte, e limpar a neve em frente da casa quando chegasse a época. Paahp concluiu segurando a mão de Kramer e dizendo alguma coisa sobre corvos que Kramer não entendeu muito bem, mas Kramer entendeu que a conversa havia sido um sucesso total. Portanto, foi Ole-Petter Kramer quem exprimiu desagrado na reunião de dezembro. Raiva até. Cerrou o punho e disse: Quero que esse idiota vá para o inferno! Por tradição, a reunião de dezembro era reservada principalmente a uma interação social agradável e vinho com especiarias; o único assunto em pauta era a oficina de Natal sob a direção da família Krag. Mas a agradável interação social foi se evaporando à medida que uma família depois da outra falava de mais e mais pulseiras. Agora, depois de inúmeros sermões dos pais, as menininhas já sabiam que não deveriam conversar com Paahp nem aceitar suas pulseiras. Mesmo assim, continuavam aceitando. Aceitavam as pulseiras, punham-nas nos pulsos umas das outras e comparavam as contas, conchinhas, pedrinhas e pedaços de pinha; e, ao chegarem em casa, escondiam-nas dentro de bonecas e ursinhos de pelúcia, em caixas vazias de CD, nos livros de contos de fadas que não liam mais, e atrás das janelinhas que escondiam os dias dos calendários usados para esperar o Natal. Então os pais encontravam uma e depois outra, e depois outras ainda. As coisas não podiam continuar assim. Paahp tinha de ir embora.

— Não entendo isso — disse Ole-Petter Kramer. — Não entendo. Nós conversamos. Ficamos sentados na sua cozinha imunda bebendo aquela água suja que ele chama de café, e ele entendeu tudo que eu disse. Não usei uma só palavra que ele não pudesse entender. Ele entendeu como a situação era séria. E mesmo assim continua. Será que ele está gozando com a nossa cara? Será que ele pensa que não estamos vendo? Será que acha que somos bobos?

Ele estende sua mão comprida e magra de homem velho para nossas meninas, as faz parar no caminho da escola para casa, conversa com elas, dá-lhes presentes; segura as mãozinhas macias com as suas.

Um comitê foi montado, uma espécie de comitê extraoficial, um comitê clandestino, chegou-se a pensar, uma vez que não tinha nome e operava fora das estruturas habituais; um grupo de estudos destinado a elaborar propostas diversas para uma solução definitiva para o problema que havia surgido na área residencial da Colônia.

— Então essa é a solução? — perguntou Laura no celular.

Ela estava andando de um lado para o outro do jardim conversando com Tuva Gran. Segurava a carta na mão. Já estava escuro do lado de fora, e Julia e Jesper haviam começado com relutância a fazer um boneco de neve. Em vez de fazer aquilo, Julia queria ver televisão e Jesper queria ficar sentado no colo de Laura, mas Laura disse que seria divertido fazer um boneco de neve: eles lhe poriam um nariz de cenoura e amarrariam um cachecol em volta de seu pescoço, e o boneco ficaria no jardim pronto para dizer oi ao papai quando ele chegasse em casa mais tarde.

Então ela leu a carta encontrada na mochila de Julia.

— É um ato simbólico — disse Tuva Gran. — Uma atitude silenciosa, um aviso civilizado para ele parar de atormentar nossas filhas.

— Ele não está atormentando nossas filhas — disse Laura,

olhando para onde Julia ajudava o irmão menor a enrolar uma bola de neve.

— Não sabemos do que ele é capaz — disse Tuva Gran baixinho. — Eu ouvi histórias. As minhas meninas disseram que ele é nojento. Por que ele é nojento, Laura? Por que elas dizem que ele é nojento?

— Não sei — respondeu Laura.

— As minhas meninas disseram que ele perguntou se elas queriam ir para casa com ele. Por que ele quer que elas vão para casa com ele? Elas disseram que Jenny Åsmundsen, que tem quatro anos... quatro anos, Laura, disse que ele deu uma pulseira para ela e apontou para os próprios genitais.

— As crianças falam tantas coisas — disse Laura.

— Por que elas iriam mentir? — perguntou Tuva Gran. Sua voz estava aguda. — As meninas me disseram isso por livre e espontânea vontade; eu não fiz nenhuma pergunta. Elas disseram que Jenny Åsmundsen ganhou uma pulseira e que depois ele apontou para as partes baixas. Se quiser saber as palavras exatas, o que elas disseram foi "e aí ele apontou para o pipiu". E nós vamos ficar parados deixando isso acontecer? É isso que você quer?

— Não, claro que não — disse Laura. — Mas eu simplesmente não acho que ele... Não acho que Paahp seja... Acho que ele é um homem velho e solitário, só isso.

— Mesmo assim não é um comportamento normal — interropeu Tuva Gran — um homem adulto ficar procurando nossas meninas e seduzindo-as com presentes. Você sabe disso! Você sabe disso, Laura! E ele continua mesmo depois de termos implorado que parasse.

Na carta, o comitê pedia que todos os pais vasculhassem os quartos das filhas e encontrassem o maior número de pulseiras que conseguissem. Uma lista de possíveis esconderijos acompanhava a carta. Em seguida, solicitava-se que os pais entregassem todas as pulseiras a Mikkel Skar, Geir Kvikkstad, Tuva Gran, Gunilla Kramer ou Ole-Petter Kramer. O comitê iria coletar todas as pulseiras (dentro de um balde? de uma sacola? de uma caixa de papelão?) e devolvê-las pessoalmente a Paahp.

— Se quiser, pode vir também quando formos devolver as pulseiras — disse Tuva Gran. — Vamos nos encontrar na Fryden hoje à noite e depois seguir em grupo para a casa de Paahp.

— Quantas pessoas? — perguntou Laura. — Quantos de vocês vão em grupo até a casa de Paahp às nove da noite?

— Não sei — respondeu Tuva Gran. — Vários, eu acho. Ele precisa entender de uma vez por todas que deve ficar longe.

Laura olhou para Julia e Jesper.

— Preciso desligar agora — disse para Tuva Gran.

As crianças precisavam da sua ajuda. Não conseguiam fazer o boneco de neve sem a mãe, e ali estava ela, andando de um lado para o outro do jardim falando no celular. A ideia tinha sido sua. Ela é quem dissera que seria divertido fazer um boneco de neve, e agora estavam os três ali se arrastando no escuro pela neve amolecida e molhada, cada vez com mais frio. O boneco de neve ainda não tinha cabeça, e seus filhos queriam entrar em casa. Ela respirou fundo, segurou-os pela mão e disse: — Muito bem, está na hora. Está na hora de fazer uma bola de neve gigante. Vamos enrolar, enrolar, enrolar, todos juntos, e quando terminarmos de enrolar teremos uma cabeça.

— Com um nariz de cenoura! — gritou Jesper.

— Com um nariz de cenoura, claro — disse Julia.

Laura olhou para os filhos. Ela havia se esquecido de comprar cenouras.

— Com um nariz de tomate! — disse Laura. — Este boneco de neve vai ter um grande nariz de tomate vermelho, é muito melhor.

Ela olhou para a filha. *Eu não vou deixar ninguém tocar em você.*

— Não é, Julia?

Julia abriu a boca e tornou a fechá-la. Jesper limpou o rosto com a luva sem dedos e começou a dar pulinhos para se aquecer, e toda vez que pulava sussurrava: Enrolar, enrolar, enrolar, enrolar, enrolar, enrolar.

— Um nariz de tomate também é legal — disse Julia baixinho.

Laura correu. Ela corria mais depressa do que todos. Só Ragnar corria mais depressa. Laura sempre soubera correr. Correu pelo portão, saiu pela estrada, fez a curva, passou pela casa de Tuva Gran e foi até a entrada da garagem coberta de neve que ninguém havia limpado desde que começara a nevar, e subiu pela entrada da garagem até a casa abandonada com várias vidraças partidas. Bateu na porta. O velho abriu a porta e olhou para ela.

— Quer entrar? — perguntou.

— Quero — respondeu Laura.

— Vamos sentar? — perguntou Paahp.

— Vamos — disse Laura.

Ele seguiu na frente, cambaleando pelo piso de um hall escuro e de uma sala também escura. Laura foi atrás. Sentaram-se na cozinha. A mobília consistia em duas cadeiras de madeira duras e uma grande mesa amarela. Do teto pendia uma lâmpada solta. No peitoril da janela havia quatro vasos de plantas. Não estavam murchas. Sobre a mesa amarela havia diversas caixas contendo contas, pinhas, pedaços de vidro e conchas. Ele ofereceu a Laura um café solúvel. Estava insosso. Paahp não perguntou por que ela estava ali. E ela tampouco sabia ao certo. Tinha dito a Lars-Eivind que precisava fazer uma coisa e que ele só pedisse pizza para ele e as crianças.

— Mas você não ia preparar o jantar? — perguntou ele, olhando em volta para a cozinha imaculada.

— Ia. E vou, outro dia — disse Laura. — Mas agora preciso fazer uma coisa... e de toda forma agora está tarde demais para começar a cozinhar.

Então ali estava ela, sentada na casa de Paahp sem saber o que dizer. Passava um pouco das nove.

— Como você sabe, eu perdi meu irmão — disse Paahp.

Laura aquiesceu.

— Ele era o último. Eu agora não tenho ninguém.

Laura tornou a aquiescer. Ela disse:

— Eu sempre quis ter um irmão.

— Eu posso ser seu irmão — disse Paahp. — Assim o silêncio não vai ser tão grande.

— Melhor não — disse Laura. — Não sou lá essas coisas como irmã.

Paahp curvou-se por cima das caixas e escolheu uma grande conta vermelha. Depositou-a na mão de Laura.

— Para minha irmã — disse ele.

E então alguém bateu na porta. Laura pôde ouvir vozes do lado de fora da casa. Outra batida. Uma voz chamou:

— ABRA, PAAHP!

Paahp olhou para Laura.

— Mais visitas — disse.

— Sim, mas acho que você não deveria abrir a porta para elas — disse ela.

— Por que não?

Laura aproximou a cadeira do outro lado da mesa e foi se sentar ao lado dele.

Alguém lá fora havia cerrado o punho e começado a socar a porta. Ela agora podia ouvir mais vozes.

— ABRA! ABRA!

Paahp estava sentado curvado por cima da mesa. Afastou as caixas depressa. Suas costas eram uma fina coluna. Suas mãos eram esguias.

— ABRA!

— Por que eu não deveria abrir a porta? — repetiu ele.

Laura não tinha comido nada o dia inteiro. O café de Paahp queimava seu estômago. Houve mais socos na porta:

— ABRA! ABRA! ABRA!

Ela levou a mão à frente da boca. Balançou a cabeça. Não conseguiu conter as lágrimas. Não conseguiu conter nada do que vinha de dentro dela. Tudo simplesmente saiu jorrando. Ela não conseguiu segurar. Passou os braços em volta de Paahp e recostou a cabeça no ombro dele.

— Não fique com medo — disse ela.

Paahp não se mexeu. Ela não podia ouvir seu coração batendo, mas imaginou que podia. Visualizou Paahp como um grande coração vermelho batendo, um coração que ele lhe dera, que pusera cuidadosamente em suas mãos. As pessoas do lado de fora da casa continuaram a socar a porta. Algumas vezes batiam, outras vezes socavam, de vez em quando gritavam, outras vezes sacudiam a maçaneta mesmo sabendo que a porta estava trancada. Acabariam desistindo; virariam as costas e iriam para casa sem ter cumprido sua missão. Mas por enquanto ainda esmurravam e socavam a porta, e parecia que aquilo nunca ia terminar. Era como se fossem ficar ali em pé esmurrando e socando para

sempre e como se ela fosse ficar ali sentada para sempre abraça-
da àquele homem e aquilo nunca fosse terminar.

Ela o puxou para mais perto de si e tornou a sussurrar:

— Por favor não fique com medo.

Lars-Eivind e as crianças sabiam que Laura estava indo. Haviam todos dormido na mesma cama, alguns deitados retos, outros de atravessado. Era de manhã cedo e ainda estava escuro quando Laura entrou no carro e percorreu a curta distância que separava a Colônia de Majorstua. Molly morava em um dois-quartos em Schønningsgate. Laura nem sequer precisou tocar a campainha para pedir que ela descesse. Molly estava em pé na frente do prédio, pronta e à espera. A seu lado, na calçada, havia uma grande mala vermelha.

Laura teve de saltar do carro para ajudá-la a pôr a mala no bagageiro.

— Está pensando em se mudar para a casa do velho? — perguntou Laura, ofegante, apontando para a mala grande. — Vai se mudar para Hammarsö e ressuscitar o Festival?

Molly riu.

— Como diretora?

— Naturalmente.

Laura deu a partida no carro.

— Ainda me lembro de algumas falas minhas naquele verão — disse Molly.

Ela olhou para a estrada.

— Então diga — falou Laura. — Eu não me lembro de nenhuma das minhas.

— *E apesar de a noite estar caindo* — disse Molly baixinho —, *a lua cheia está clara como o dia.*

— E depois?

— Só isso. Só me lembro disso.

Laura entrou na autoestrada E6 e pegou a direção de Estocolmo.

— Podemos parar em Örebro — disse. — Lá podemos jantar bem e passar a noite em um bom hotel, depois seguir viagem de manhã.

— Está bem — disse Molly. — Boa ideia.

Laura localizou o celular sem tirar os olhos da estrada. Era boa motorista. Ligou para o telefone de Erika.

— Alô — disse. — Estamos a caminho. Pode ligar para o nosso pai e dizer a ele que estamos todas indo para Hammarsö?

Olhou para Molly e sorriu.

— Diga a ele que estamos indo as três.

III. O FESTIVAL DE HAMMARSÖ

Molly segue aos pulinhos por uma trilha na floresta que nunca viu antes; na verdade não é uma trilha, apenas um fino sulco no chão, e no final dele a mata se abre e há uma pequena campina verde, e no meio dessa campina ergue-se uma cabana de madeira torta. Molly sabe que, se for se deitar no chão um pouco afastada da cabana, atrás de alguma vegetação baixa ou arbusto, se for se deitar no meio da grama alta, então ninguém poderá vê-la. Ela estará invisível. Pode ficar ali deitada, sozinha debaixo do sol, e comer morangos silvestres até ficar toda vermelha. É isso que ela vai fazer.

Se Deus por acaso abrir seu grande olho negro e olhar para a pequena ilha de Hammarsö, talvez fique surpreso por algum dia ter criado um lugar tão bonito e marcado pelo tempo, e depois se esquecido dele. Com certeza existem lugares no mundo mais bonitos e marcados pelo tempo do que Hammarsö, e Hammarsö não é a única ilha do mundo que Deus esqueceu. A verdade era que, sempre que Deus relembrava Sua criação e chamava cada coisa e cada lugar pelo nome e decidia se eram bons ou ruins, Hammarsö não passava de um pontinho minúsculo em meio a todas as coisas que Deus se esquecia de enumerar. Ser esqueci-do pelas pessoas já é doloroso o suficiente, porém ser esquecido por Deus, muitos dizem, é viver sem esperança, é como fitar um abismo; mas, até onde os habitantes de Hammarsö sabiam, o lapso de memória de Deus no que lhes dizia respeito não havia produzido nenhuma grande catástrofe ali. Ano após ano, eles haviam limpado terrenos e quebrado pedras — revirando, ca-vando, arando —, e revelara-se possível sobreviver, mesmo que com dificuldade, à medida que iam se virando apesar dos pesares, que homens e mulheres saíam para o mar e caçavam focas, algumas vezes voltando e outras não — e assim a história de Hammarsö poderia ser praticamente a de qualquer ilhota obstinada no mundo. Havia fome, labuta, tempestades, choro de criança, mortes e afogamentos, sim, havia tudo isso, mas não mais do que se poderia esperar de qualquer pedaço de terra árida no meio do mar. Os habitantes — que foram rareando cada vez mais à medida que as gerações gradualmente se transferiam para o continente — seguiam vivendo, aceitando os longos invernos, a vegetação pouco hospitaleira que lembrava a savana da África, os lagos pálidos e as vacas brancas e caladas de olhar manso, desanimado; aceitando a música das águas ao mesmo tempo linda e insuportável; as histórias de mortos que não conseguiam encontrar descanso e assombravam velhas cozinhas, a pocilga, o arbusto de lilases ou o buraco debaixo da escada em caracol, assustando crianças pequenas e cachorros; seguiam vivendo e aceitavam (pelo menos em parte) um Deus que os havia esquecido. *Querido Deus*, diziam suas orações noturnas, *que reina sobre a Suécia, a Noruega, a Dinamarca e grandes trechos de Hammarsö, abençoe nossos filhos e faça com que muitos navios carregados de ouro aportem aqui, e que vivamos felizes pelo resto de nossas vidas.* Os habitantes de Hammarsö tinham seus amigos e inimigos, e sempre havia sido assim. Podiam se gabar de um ou dois assassinos, e os assassinatos eram descritos em detalhe por quem ainda conseguia recordá-los; e sempre houvera loucos, havia sempre alguém que tocava fogo em um celeiro, ou que praticava atos bestiais com as ovelhas, ou então que espalhava mentira sobre os outros, e havia sempre alguém que não conseguia o que queria em casa e corria atrás de rabos de saia; havia o Mulherengo, e havia também o filho do Mulherengo e seu neto, pois, segundo se dizia em Hammarsö, esse tipo de coisa corria no sangue. Porém, com exceção de pequenas coisas assim, as pessoas de Hammarsö tinham vivido em paz na companhia umas das outras como amigas ou como inimigas. Eram apenas os turistas que elas não conseguiam aceitar. Não que reclamassem deles. Os turistas, que começaram a chegar no final da década de 1950 e se multiplicaram como ervas daninhas ou algas tóxicas, mostraram-se rentáveis; compravam comida na loja, cachorros-quentes e jornais no quiosque, e chinelos de pelo de ovelha e quadros de paisagens na feira de artesanato montada durante o verão no centro comunitário; mas daí a considerá-los amigos ou mesmo dignos de inimizade — isso nunca!

Se Deus algum dia pousasse os olhos em Hammarsö, certamente ficaria surpreso com a paisagem, com as pessoas e com tudo que Ele havia criado e esquecido. Talvez Ele visse a menininha agachada catando morangos silvestres, enfiando as frutinhas em um pedaço de palha para fazer um colar de pérolas vermelhas. Ela pousa o colar de morangos em cima de algumas pedras no meio da grama alta do prado acima da casa de seu pai e se esquece dele. Agora vai fazer outra coisa. Talvez alguém a esteja chamando, ou talvez ela vá dar um mergulho no mar enquanto ninguém está vendo. Tudo que podemos fazer é imaginar a agradável surpresa da menina ao acordar na manhã seguinte e se lembrar do tesouro escondido na grama, esperando ela chegar e se enfeitar com ele, ou então comê-lo e ficar toda vermelha. Deus ergueria Seu imenso e pesado punho e esfregaria Seu grande olho negro para poder ver tudo isso com clareza, e Ele então veria não apenas a menininha com os morangos silvestres; veria também crianças a brincar na praia, construindo coisas estranhas com pedras e objetos trazidos pelo mar; veria um velho viúvo sentado sozinho à mesa de sua cozinha e duas meninas, cada qual com um sorvete de casquinha pingando na mão, no caminho da loja para casa; veria um galo vistoso no meio da estrada principal — a estrada que serpenteia desde o terminal da balsa ao norte até as praias de areia solta e os chalés de veraneio do sul — e uma família suada de turistas abrindo a janela de seu Volvo para gritar para o galo sair do caminho; veria um cordeirinho morrendo debaixo de uma árvore, rejeitado pelo rebanho porque sua mãe se recusava a cuidar do rebento e a mulher do fazendeiro havia decidido que o pobrezinho não seria criado na mamadeira; veria papoulas vermelhas brilhantes em uma pradaria e um menino magricelo correndo pela floresta de pinheiros perseguido por uma procissão de crianças aos berros; veria uma cabana torta, escondida em um canto da pradaria, e veria um homem usando uma barba postiça comprida e dando tudo de si para declamar algo para a mulher, mas as palavras que lhe saem da boca não fazem sentido e nem mesmo Deus é capaz de entender o que ele está dizendo. Tudo isso Deus veria caso baixasse os olhos por um instante para esse pequeno apanhado de coisas esquecidas. Olharia para aquilo tudo e diria a Si mesmo: É assim que é, Eu criei isso e tudo tem um nome, essa ilha é um lugar no mundo e essas pessoas agora existem.

Palle Quist (conhecido entre as crianças de Hammarsö como pai de Emily e Jan) era o cérebro por trás do renomado Festival de Hammarsö. Todos os anos, de 1971 a 1979, ele escrevia uma peça inteira novinha em folha, que depois de um período caótico de ensaios com intérpretes amadores e figurantes era encenada no centro comunitário no final de julho, antes de os veranistas carregarem seus carros e irem embora. Palle Quist não era escritor por profissão, mas havia publicado duas novelas na década de 1960. Uma delas tinha noventa páginas, a outra oitenta, e depois disso sua "veia criativa secou", como ele disse ao jornal da ilha em 1979. Durante a década de 1960, ele se divorciou de sua primeira mulher, Magdalena, mãe de sua filha Emily, então com dois anos. Nos anos 1970, casou-se de novo e teve outro filho, um menino, Jan, e foi também nomeado para um cargo modesto no primeiro governo de Olof Palme. "Outrora escritor de novelas incompreensíveis e membro ativo do Partido Comunista — e hoje um leal socialdemocrata com direito a

Volvo, família e cachorro —, ele redescobriu seus dons criativos em Hammarsö", dizia o breve artigo de jornal. O que o jornalista deixou de mencionar foi que Palle Quist havia tentado em duas ocasiões — em 1976 e em 1977 — escrever peças de teatro com um subtexto político. O retrato indireto, mas ainda assim malicioso do primeiro-ministro Thorbjörn Fälldin na peça *Suécia, minha pátria*, incomodou alguns espectadores, mas, falando francamente, foi a paródia cheia de desprezo do palácio real que fez muita gente se levantar e ir embora. Palle Quist jurou que não estava pensando em Carlos Gustavo e em sua noiva Sílvia quando escreveu a cena. Pelo contrário: ele venerava Sílvia!

No ano anterior, ele havia tentado escrever uma peça sobre a energia nuclear e seus perigos. A peça se chamava *P!P!P! Plutônio*, e a crítica do jornal local foi morna. Muito se falou sobre o fato de ninguém saber o que significava *P!P!P!* Seria uma mensagem secreta? Ou será que *P!P!P!* representava apenas a palavra *plutônio?* Nesse caso, as iniciais eram inteiramente supérfluas e só provavam que o dramaturgo estava fazendo força demais para impressionar, isso na opinião do resenhista, um rapaz de vinte e dois anos de Örebro que estava passando férias na ilha e nem sequer se deu ao trabalho de fazer alguma referência ao enredo, à mensagem geral, à intepretação, direção ou cenografia. Isso magoou Palle Quist, que pensou que *P!P!P! Plutônio* fosse mobilizar em especial a geração mais jovem. No final dos anos 1970, Palle Quist decidiu evitar qualquer assunto político controverso e, como era apropriado para Hammarsö, concentrou-se em escrever espetáculos inspirados por antigas baladas, pela dramaturgia clássica, pelo *music hall* e pelas histórias folclóricas.

Pale Quist dividia com Isak o cargo de diretor. As peças recém-escritas eram produzidas em parceria pelos dois cavalheiros, com reuniões gerais duas vezes por semana nas quais todos os envolvidos, independentemente do tipo de participação, podiam fazer sugestões, fossem elas sobre o roteiro, sobre a direção ou sobre o cenário. A princípio, Palle Quist pensava que um sistema de organização não hierárquico era a única forma de viver e trabalhar em grupo, mas a verdade era que ele detestava organizações não hierárquicas. Detestava reuniões gerais porque as mudanças propostas para o roteiro e a direção sempre conduziam à trivialização e ao empobrecimento intelectual de sua visão.

Todos os moradores e veranistas que quisessem tentar atuar e estivessem disponíveis durante aquelas três semanas de julho eram bem-vindos. Isso aconteceu não só em 1979 como em todos os outros anos. A única condição era que, como sempre, manifestassem seu interesse até o início de maio, no máximo até o dia dez — enviando uma carta ou telefonando para Palle Quist.

O exigente trabalho de escrita começava já em junho. Os atores deviam comparecer a todos os ensaios na garagem de Linda e Karl-Owe Blum e a todas as reuniões gerais. Ausências em razão, digamos, de uma escapada para a praia por causa do tempo bom podiam significar a expulsão da peça sem aviso prévio.

No verão de 1979, Isak pediu para ser dispensado das exigências da codireção; ele disse que queria tentar a chance como intérprete. Palle Quist concordou na hora e sentou-se diante da máquina para escrever o papel feito sob medida do Velho Sábio, um narrador ou profeta onisciente, papel que deixou Isak contente, embora ele tenha confessado a Rosa durante uma conversa particular ter lá as suas dúvidas com relação ao longo poema em rima que encerrava a peça e falava do desejo dos mortos de voltar à vida. O Festival de Hammarsö daquele ano — um tributo à natureza e ao povo, à história e à rica tradição oral da ilha — era o espetáculo mais ambicioso de Palle Quist até então.

O motivo pelo qual Palle aceitou tão prontamente o desejo de Isak de atuar em vez de dirigir era que no papel de diretor Isak havia demonstrado algumas tendências tirânicas com os outros participantes. No ano anterior, tinha criticado uma cena crucial do roteiro de Palle Quist, cena de que o próprio Palle Quist particularmente gostava. Isak achava a cena piegas e pouco original e, como um dos responsáveis artísticos, não podia defendê-la. Mais tarde no mesmo dia, repreendera a fiel atriz principal do Festival de Hammarsö, Ann-Marie Krok (avó de Marion), por não se lembrar de suas falas; conseguiu até questionar a adequação de Ann-Marie Krok ao papel de Rainha dos Elfos.

Todos os anos, era basicamente o mesmo elenco que subia ao palco, e devagar o Festival de Hammarsö foi se tornando uma tradição tão forte quanto o Campeonato Aberto de Tênis de Hammarsö e a cantoria coletiva anual na sala de estar da casa de Caroline e Bosse Althof (tia e tio de Pär). Em 1978, o festival finalmente recebeu boas críticas do jornal local, e Palle Quist portanto estava sentindo tamanha pressão para ser elogiado outra vez que todo o projeto quase foi por água abaixo.

No verão de 1979, os ensaios se prolongaram novamente por vinte e um dias, e como de hábito foram planejadas três apresentações para o público: o ensaio geral, a estreia e a última noite.

Ragnar está correndo pela floresta. Ragnar corre mais rápido que os outros. Eles não sabem onde ele se esconde. Não sabem nada sobre a ilha. Vão até lá todos os anos com os pais; vão até lá para odiá-lo e não sabem nada. NADA! Marion é a pior de todos. Marion é uma puta. Psicopata, ela grita sempre que o vê, mas a psicopata é ela. Os psicopatas são Marion e toda a sua gangue. Ele pode ouvi-los, bem lá atrás. Pode ouvi-los gritando para ele. Pode ouvir a própria respiração e os próprios pés batendo no chão, e então de repente não consegue sequer ouvir os pés batendo. Apenas a respiração. Corre depressa, quase como se não estivesse tocando o chão. Está ofegante, mas ainda tem algumas reservas. Ainda não está sentindo pontadas na barriga. É mais rápido do que eles. Marion aumentou sua gangue neste verão; conseguiu a adesão de alguns meninos também. Antes de isso acontecer, Ragnar costumava andar com os meninos que agora corriam atrás dele. Ragnar lhes mostrou a ilha e tudo que se podia fazer ali (menos a cabana!), e roubou alguns fundos de uísque, vodca e gim do armário de bebidas da mãe que misturou dentro de uma garrafa de refrigerante e compartilhou com todos eles como um irmão. Agora todos os meninos preferiam a ideia de trepar com Marion e, se não conseguissem trepar com Marion, trepavam com Frida ou com Emily. Ele sempre havia corrido mais depressa do que eles. Sabe que Fabian, Olle e Pär estão correndo atrás dele, correndo, correndo com Marion, Frida e Emily. Erika detesta Marion. Quando Ragnar e Erika eram mais novos, tinham planos de entrar de fininho no quarto dela uma noite e cortar seus cabelos negros e compridos enquanto ela estivesse dormindo. Pär tinha ficado gigantesco e peludo desde o verão anterior, alto, peludo e musculoso. EU SOU MAIS RÁPIDO DO QUE QUALQUER UM DE VOCÊS! Ragnar se vira. Ele para um instante e tenta recuperar o fôlego; grita: VÃO SE FODER! VÃO SE FODER! ME DEIXEM EM PAZ! Sua voz é carregada pelo vento. Eles não se atrevem a tocá-lo. Marion, que agora namora Pär, diz que vai arrancar todas as suas roupas e obrigar Jocke Júnior a comer o rabo dele, ou então que vai enfiar a agulha de tricô da avó dentro do pau dele, ou talvez uma das meninas se sente no calombo entre as suas sobrancelhas e esfregue a xoxota ali. VOCÊ É FEIO COMO A PORRA, RAGNAR!

Na cabana torta na floresta, que ele próprio construiu, conserta e amplia a cada ano, há um espelho pendurado. Ele tem um sinal de nascença entre as sobrancelhas, mas Erika se inclina por cima dele e o beija, primeiro na boca, depois nos olhos. Nem sempre Ragnar é feio. Depende da luz; depende da expressão que tem no rosto e da roupa que está usando. Com o chapéu quadriculado de Londres e uma camiseta tamanho extragrande, ele até fica bem bonito. O sinal nem aparece. Quando ele se vê através dos olhos de Marion, é um deformado, um mongoloide, uma porra de um monstro; mas quando se vê através dos olhos de Erika não é nada disso. Se ele concentrar toda a energia nos olhos, o rosto no espelho fica com um aspecto razoável, um pouco bruto. Em uma cidade como Londres as pessoas o deixariam em paz. Ou Nova York. Ali não era o seu lugar. Ele detesta a Suécia. Detesta todos os malditos socialdemocratas e os malditos trabalhadores sociais. Encara sua imagem no espelho. *Está falando comigo? Está falando comigo? Está falando comigo?* Eles não conseguirão encontrá-lo na cabana, e as férias de verão em Hammarsö não são tão longas assim, e depois das férias ele e sua mãe voltam para Estocolmo, onde há mais lugares para se esconder. Nos parques, cinemas, e em um banco debaixo de um poste de rua onde ninguém mais se senta e que ele chama de seu. Um dia, ele quer se sentar naquele banco ao lado de Erika. Erika mora em Oslo. Um dia ele irá a Oslo. Mas a vida na Noruega não é melhor; lá é tudo a mesma merda. Talvez eles possam fugir para Los Angeles ou para mais longe até, Sydney ou Hong Kong. Em Estocolmo, os filhos da puta não se chamam Marion, Emily, Frida, Pär, Fabian e Olle; lá eles têm outros nomes. Mas, quaisquer que sejam seus nomes, estão sempre atrás dele. Ragnar faz outra careta. *Está falando comigo?*

Certa vez, anos antes, antes de ele conhecer Erika, ele e Marion tinham sido muito amigos. Tinham até chegado a sair juntos. Com oito anos de idade os dois já eram um casal. Ele quase se esqueceu disso; fazia tanto tempo.

— Não acredito — disse Erika. — Você e Marion?

Erika muitas vezes está com ele na cabana. Traz pãezinhos de canela e leite com Nescau, e às vezes um pouco de vinho que consegue pegar sem Rosa e Isak perceberem.

— É verdade. A gente andava pela praia, de mãos dadas, e dizia que estava namorando.

Erika se vira para ele.

— Por que ela detesta você agora?

Ragnar não responde. O que mais quer é se deitar no colchão ao lado de Erika e não dizer nada, ou pelo menos não falar em Marion e nos outros. Aquilo não quer dizer nada.

— Isso não quer dizer nada — diz ele.

É horrível: contar os dias até ele e sua mãe terem de ir embora de Hammarsö e voltar para sua casa em Estocolmo, para longe daqueles filhos da puta. É verdade, ele prefere os filhos da puta de Estocolmo aos filhos da puta de Hammarsö. Marion não mora em Estocolmo. Ou melhor, mora em Estocolmo, mas não na Estocolmo de Ragnar. Eles moram em duas cidades diferentes. Da mesma forma que ali moram em duas ilhas diferentes. Ninguém conhece a Hammarsö de Ragnar, exceto talvez Erika, um pouco. E ninguém conhece a Estocolmo de Ragnar.

Certa vez, no inverno anterior, ele havia esbarrado com Marion na cidade, em frente ao cinema Rigoletto na Kungsgatan. Eles haviam acenado um para o outro com a cabeça como se fossem conhecidos perfeitamente normais. Ela estava resfriada e parecia pálida, e usava um gorro ridículo puxado sobre as orelhas e um casaco de matelassê abotoado até o queixo. Ele não podia ver seus longos cabelos negros. Jamais iria admitir, nem mesmo sob tortura, que achava Marion linda, e nesse dia na Kungsgatan ela não estava linda nem sequer bonita, era apenas uma garota muito normal com um gorro ridículo. Na sua Estocolmo existe Puggen, e Puggen é adulto. Puggen e Ragnar são amigos. É horrível! O problema em contar os dias para ir embora de Hammarsö é que ele também estará contando os dias para se separar de Erika. Quando era pequeno, ele contava os dias para o Natal, para o seu aniversário e até mesmo para o dia do seu santo (como se houvesse alguma coisa a comemorar no fato de se chamar Ragnar!), porque sua mãe sempre lhe dava um presente. Mas nem mesmo um louco conta os dias para

205

ser mergulhado em ácido ou para se separar da pessoa amada. Ragnar não se dá mais ao trabalho de contar os dias para o seu aniversário. Ragnar e Erika fazem aniversário no mesmo dia. Nesse ano eles vão fazer catorze anos. E, quando esse dia chegar, faltarão apenas três dias para a noite de estreia do Festival de Hammarsö e seis dias para ele e sua mãe voltarem para Estocolmo. Seis dias. Não é nem uma semana. Seis dias é um tempo insuportavelmente curto, qualquer que seja o ponto de vista. Ragnar observa seu rosto no espelho. *Então com quem mais você está falando?* Um dia, ele vai fazer uma operação para tirar o sinal de nascença entre os olhos, e depois vai aparecer em Hammarsö e todo mundo vai ficar impressionado. PORRA, AQUELE ALI É O RAGNAR?, vão dizer. Porque ele não apenas se livrou do maldito sinal, não apenas está com uma testa lisa e bronzeada, mas também cresceu; está mais alto e mais forte do que Pär e do que aqueles imbecis totais. E vai agarrar os cabelos negros de Marion e arrastá-la pela estrada atrás dele. Ele pisca o olho para si mesmo e dá dois tiros com os indicadores partindo da cintura, uma pistola em cada mão.

O vestido é azul. Molly também tem outros vestidos, mas o que mais gosta de usar é o azul. A mãe de Molly lavou o vestido na máquina várias vezes, até o tecido ficar bem fino. Sempre que Molly acorda no meio da noite, vai procurar a mãe, que dorme na cama do quarto ao lado. Aninha-se na grande cama da mãe, ao lado do corpo cálido da mãe, e aperta-se cada vez mais entre os braços compridos da mãe.

O motivo pelo qual Molly não quer dormir em sua própria cama à noite é que tem um urso no seu quarto, dentro da parede.

No verão, quem lava o vestido azul na máquina é Rosa. Dormir na cama de Rosa à noite não é permitido, porque Isak dorme lá. Se Molly tentar — se entrar de fininho no quarto de Rosa e subir na cama de Rosa —, Isak acorda e começa a gritar.

Laura é a única que não se incomoda em ouvir falar no urso dentro da parede.

— Pode dormir comigo na minha cama — diz Laura.

Molly aquiesce e baixa os olhos para o chão. Ela tem duas irmãs, que se chamam Erika e Laura. São suas irmãs durante o verão, só nessa época.

— Eu tenho as unhas afiadas como garras e posso arrancar fora os olhos dele, e tenho dentes afiados como lanças e posso morder o pescoço dele e fazer o sangue esguichar — diz Laura.

Laura não é grande, rechonchuda e macia como a mãe de Molly, e sim magricela e pontuda, igualzinha à sua cama. A cama de Laura não foi feita para duas meninas dormirem. As meninas deveriam ficar cada uma na sua cama e dormir a noite inteira. É isso que Rosa diz. Quando Molly acorda no meio da noite e fica com medo do urso, Laura sussurra em seu ouvido que vai matar o urso com uma de suas facas e depois esfolar o bicho. Vai vender a pele na loja e ganhar muito dinheiro, que não vai dividir com ninguém, nem mesmo com Molly. Laura quer ficar com todo o dinheiro para si.

— O urso é meu — diz Molly.

— Mas quem vai matar sou eu — diz Laura.

Por último, vai ferver o urso para fazer uma sopa e servir para Isak, que come esse tipo de coisa.

— Ele nunca come isso! — diz Mollly, sem muita certeza.

Está escuro; a noite é longa. O relógio de carrilhão da sala bate três horas. Laura diz que Molly precisa dormir, mas sem recostar a cabeça no braço de Laura, porque dói. Laura canta a canção de Molly:

Eu sou pequenininha
Do tamanho de um botão
Carrego papai no bolso
E mamãe no coração

Depois de lavar o vestido azul, Rosa o pendura, ainda pingando, em um varal branco dentro de um armário aquecido na lavanderia. A mãe de Molly não tem uma lavanderia. Somente Rosa tem uma lavanderia. Na lavanderia, Rosa lava as meias, as camisas e as calças de Isak, depois as pendura em varais brancos dentro do armário aquecido. Todos os dias há meias, camisas e calças dentro do armário aquecido, e algumas vezes o vestido azul também fica pendurado ali, entre as roupas de Isak, em varais brancos.

Você não pode entrar na lavanderia e não pode abrir a porta do armário aquecido e não pode ficar sentada dentro do armário aquecido para se esquentar depois de nadar no mar frio. Se fizer isso, pode morrer. Por exemplo, se a porta se fechar e você não conseguir mais abrir. Mas é agradável e reconfortante rastejar para baixo das pernas úmidas das calças de Isak e ficar ali sentada para se aquecer junto com Laura. Quando Erika entra na lavanderia, quase sempre é para enxaguar o biquíni em água fria, e não por querer ficar sentada dentro do armário. Erika é grande demais para ficar sentada dentro do armário.

No armário de secar da lavanderia, Isak pregou um aviso, e o aviso diz: ESTE ARMÁRIO DE SECAR NÃO DEVE SER USADO POR CRIANÇAS DEPOIS DE NADAR! QUEM DESRESPEITAR ESTA REGRA SERÁ PUNIDO SEM MISERICÓRDIA! Está escrito com uma caneta vermelha de ponta porosa grossa, e embaixo das palavras Isak desenhou um urso com dois chifres tortos na cabeça.

Laura lê o aviso para Molly. Ela diz que o desenho não é um urso, é um diabo.

Erika está em frente à pia enxaguando o biquíni. Ela revira os olhos. Quase nunca se dá ao trabalho de brincar com Laura e Molly. Algumas vezes, Rosa oferece cinco coroas para qualquer uma das duas irmãs mais velhas que se disponha a ficar com Molly enquanto ela vai ao continente ou realiza as tarefas domésticas. Erika não tem tempo. Erika precisa encontrar Marion ou Ragnar, ou ir à loja comprar um sorvete, ou algo assim. Laura diz que na verdade também não tem tempo, mas que precisa do dinheiro.

Molly estuda o desenho do pai e diz que não acha que aquilo seja um diabo. Diz isso embora não faça ideia do que seja um diabo.

— É um urso — diz Molly.

— É um diabo — diz Laura.

— É um urso — diz Molly.

— Ursos não têm chifre na cabeça — diz Laura, apontando para os chifres.

— Isso não são chifres... são dentes — diz Molly.

— Ninguém tem dentes na cabeça, sua boba.

— Ah, tem sim! — diz Molly.

— Bom, ursos não. Eu nunca vi um urso com dentes na cabeça.

Molly perde a paciência. "Mas eu já!"

Erika segura Laura pelo braço e a manda parar com aquilo. Laura diz que a *baby-sitter* não é Erika. Erika pode ir cuidar da própria vida enquanto Laura faz seu trabalho de *baby-sitter*.

Erika dá de ombros.

Laura torna a apontar para o desenho e diz a Molly: — É um diabo com chifres.

— São dentes! São dentes! — guincha Molly.

Ela se senta no chão e se põe a bater no armário de secar com os punhos fechados.

Erika torce o biquíni e vai embora.

— Eu conheço papai um pouco melhor do que você, então sei que tipo de desenho ele faz — diz Laura.

Ela cutuca o desenho com o indicador.

— E isto aqui não é um urso.

— Estou pouco ligando para você. É um urso, sim, e todos os ursos têm dentes na cabeça!

Um dia ensolarado depois do outro. Ar quente, mar quente, grama quente. Quase quente demais para usar o vestido azul. É melhor ficar praticamente nua. Só de calcinha e camiseta sem manga. Ou então de biquíni. O aniversário de Molly está chegando. Ela vai fazer cinco anos. Quer um biquíni de aniversário.

Molly sabe que é possível nadar e no entanto, ao mesmo tempo, não saber como nadar. É difícil explicar isso a Rosa e Isak. Para eles, ou você sabe nadar ou não sabe. Para eles, quando se trata de nadar, a coisa é bem clara. Para eles, sob hipótese alguma você pode entrar no mar quando só tem quatro anos e cinquenta e uma semanas e não tem certeza se sabe nadar. Isak a pega no colo, levanta-a bem alto e a faz girar.

— Faça o que eu digo! Ou então eu nunca mais ponho você no chão.

Isak a chama de flor azul. Não porque ela seja uma flor, mas porque tem um vestido preferido que é azul.

A barriga e a cabeça de Molly ficam leves e molengas, e Molly ri bem alto e Isak a faz girar ainda mais depressa.

Molly sabe que Isak não entende o que ela quer dizer. Ele quase nunca entende. Ele é um gigante e ela uma flor azul. O mais importante é que ela sabe que é capaz de nadar ao mesmo tempo em que não sabe nadar. É por isso que Molly só entra na água quando não tem ninguém olhando. Ela desce até a praia. Tira o vestido, dobra-o com cuidado e coloca-o em cima de uma pedra. Deita-se na água, no fundo pedregoso, e deixa que as ondas a cubram.

É verão de 1979, o verão mais quente desde 1874. Saiu no jornal. É julho. Molly sabe contar até dez. Sabe contar até cem e ao mesmo tempo não sabe. No quarto de Molly há um calendário com fotografias de gatinhos. Toda noite, Molly faz uma cruzinha sobre um dia do calendário. Desenha um grande X vermelho por cima do dia que acabou de terminar e nunca mais vai voltar, talvez só no Paraíso, onde tudo acontece várias vezes. Pelo menos é isso que Isak diz.

Fazer xis no calendário é um jeito de ter certeza de que o tempo está passando. O outro jeito é ficar sentada debaixo do relógio de carrilhão na sala e prestar atenção sempre que o ponteiro grande se mexer, o que acontece todo minuto.

Quando as crianças maiores vão nadar, Molly fica em pé na praia olhando, gritando EI EI EI. Erika, Laura, Ragnar, Marion e os outros jogam água, brincam, se divertem e acenam para ela.

Sempre que uma das crianças desaparece debaixo d'água — isso acontece algumas vezes; uma onda chega e a criança desaparece dentro da onda —, Molly estica a mão na direção do céu e grita EI EI EI tão alto que a criança torna a aparecer, tão viva quanto antes.

Daqui a quatro semanas, que é tempo que passa, a mãe de Molly vai lavar o seu vestido e pendurá-lo em um varal do lado de fora da janela do quarto no apartamento do terceiro andar. A mãe de Molly não tem lavanderia, e tampouco tem um armário de secar. Molly mora com a mãe em um apartamento em Oslo. Molly não mora em Hammarsö.

Laura lhe disse que uma vez, muito tempo antes, quando Molly era bebê, ela estava dentro de seu carrinho em frente à casa de Isak e gritava tanto, mas tanto, que Rosa e Isak não tiveram escolha senão abrir a porta e levá-la para dentro junto com eles. A mãe de Molly lhe diz ao telefone que não foi isso que aconteceu.

— Você é tão bem-vinda em Hammarsö quanto suas meias-irmãs — diz a mãe. — Da próxima vez que Laura disser uma coisa dessas, diga a ela para deixar de falar besteira.

Um dia, Molly vai se sentar sozinha em frente ao relógio de carrilhão de Isak, determinada a continuar ali até chegar a hora de voltar para casa em Oslo. Ou pelo menos até chegar seu aniversário. Fica sentada no chão durante séculos. O tempo passa devagar quando você presta atenção. Enquanto ela está sentada ali, um passarinho entra voando na sala. Há três janelas na sala de Isak e apenas uma está aberta, e o passarinho entra pela janela aberta. É pequeno e cinza e fica zumbindo pela sala feito uma vespa, só que pior porque é maior do que uma vespa. E de repente ele bate com a cabeça em uma das janelas fechadas. TUM! Molly se levanta do chão e corre na direção do passarinho, unindo as mãos em concha.

— Venha aqui, passarinho! Venha aqui!

Mas o passarinho não a ouve; torna a se lançar contra a janela fechada. TUM! E de novo TUM! Então ele faz cocô. Um cocô branco de passarinho escorre pela janela fechada. O passarinho passa por ela rodopiando e Molly cai ajoelhada no chão.

Ela fecha os olhos com força, tapa os ouvidos e sussurra: "Socorro! Socorro! Socorro!".

O passarinho sobe voando em direção ao teto e vai se encarapitar em cima da escrivaninha de Isak. Não está mais se mexendo. Molly ainda está ajoelhada no chão olhando para o passarinho por entre os dedos esticados. Tudo agora ficou silencioso; só o que ela consegue escutar são as batidas do relógio de carrilhão. Decide que, se fechar os olhos com força e contar até dez, o passarinho vai sair voando sem bater em nada. Ela fecha os olhos com força.

— Um... dois... três... quatro... cinco... seis... sete... oito... nove... dez.

Ela abre os olhos.

O passarinho continua ali.

Uma pequena mancha cinza respirando em cima da escrivaninha.

Ela deseja que tudo volte ao normal para poder se sentar e ficar olhando o tempo passar e tornar a se sentir entediada. Mas nada pode ficar normal enquanto o passarinho estiver dentro de casa.

Molly se levanta devagar, aproxima-se da janela com cuidado e abre primeiro uma, depois a outra.

— Olhe ali, passarinho! Olhe ali! Pode sair!

O passarinho a olha. Ela não tem certeza de que ele pode vê-la, mas parece estar olhando para ela. Ela não quer que ele comece a voar de novo, zumbindo feito um louco de uma parede para a outra, batendo com a cabeça na janela fechada e fazendo cocô. Mas tampouco quer que ele simplesmente fique ali, encarapitado na escrivaninha, olhando para ela sem fazer barulho. Não quer que ele sinta tanto medo, pelo menos não enquanto ela for a única a saber que ele está com tanto medo assim. Com certeza ele poderia sair voando e ir ter medo em algum outro lugar onde ela não precisasse cuidar dele. Ninguém espera que Molly cuide de todos os passarinhos do mundo. Podem ser passarinhos que ficaram com as asas cobertas de óleo e não conseguem mais voar e ficam jogados na praia, morrendo; isso acontece o tempo todo. É triste, mas não horrivelmente triste. Podem ser passarinhos que são comidos por outros passarinhos ou que entram voando na sala de outras pessoas ou que ficam presos no galho de alguma árvore. Eles não são problema de Molly. Se Isak, Rosa, Erika ou Laura tivessem entrado na sala, ela poderia ter saído correndo e então aquele passarinho tampouco teria sido problema seu. Mas, do jeito que as coisas estão, ele é. Molly e o passarinho estão sozinhos juntos. De repente, ele levanta voo e vem voando direto para cima dela, precipitando-se na sua direção. Ela ergue os olhos para proteger o rosto e solta um grito, fechando os olhos com força.

O mesmo barulho outra vez. TUM!

— Por favor! Saia voando! Saia voando!

Molly agora está chorando.

E então, de repente, nada. Silêncio total. Ela ergue os olhos para a escrivaninha. Ele não está ali. Ela olha em volta. O passarinho foi embora. Não está mais ali. Saiu voando por uma das janelas abertas, e foi Molly quem as abriu.

Molly salvou o passarinho e agora ele foi embora.

Não existe mais.

Molly saltita pela floresta, entrando e saindo do meio das árvores. Está calçando sandálias vermelhas novas. Quando faz tanto calor quanto agora, é melhor estar de sandália. O problema é que seus dedos do pé ficam para fora e, se alguém tiver uma tesoura bem afiada, pode cortá-los todos fora. Cada dedinho. É isso que Laura diz. Não que Laura (que tem uma tesoura afiada assim) vá cortar os dedos de sua irmã menor, por exemplo quando ela estiver dormindo e não estiver nem de sandália, mas com certeza existem outras pessoas que poderiam fazê-lo. Ragnar, por exemplo, e Ragnar também tem uma cabeça chifruda. Não dois chifres como no desenho de Isak. Só um.

Uma noite, quando Molly estava deitada na cama estreita de Laura, Laura acendeu a luz da cabeceira e sussurrou:

— Se você olhar para Ragnar com atenção, vai ver que ele tem um calombo marrom na testa. Antigamente era um grande chifre, mas Isak fez uma operação nele e cortou a maior parte fora.

— Não acredito.

— É verdade — disse Laura.

— E depois?

— Quando a mãe de Ragnar estava tendo ele, tudo quase saiu terrivelmente errado. Eles não conseguiam tirar ele de lá por causa do chifre.

Laura levou as mãos à garganta e fez um barulho horroroso, e então o azul de seus olhos desapareceu para cima e seus globos oculares ficaram inteiramente brancos.

— E depois? — perguntou Molly.

— Depois — disse Laura —, quando Ragnar estava com um ano de idade e já tinha aprendido a andar, a mãe pegou ele pela mão, levou até Isak e pediu para ele fazer a operação. Mas Isak, mesmo sendo médico, não conseguiu tirar tudo.

Molly saltita de um lado para o outro em meio às árvores da floresta. O biquíni que ela pediu de aniversário vai ser de bolinha, igual ao de Erika, e o bolo que Rosa vai fazer será decorado com morangos silvestres — e Erika e Laura vão colher os morangos. Quanto a Molly, ela vai passar o dia inteiro sentada em uma almofada vermelha comendo pudim de chocolate. Foi Isak quem disse.

Se Molly não está em casa quando Rosa começa a preparar o jantar, coisa que ela faz às quatro e meia da tarde — uma hora e meia antes de a refeição ir para a mesa —, suas irmãs saem para procurá-la. Algumas vezes podem vê-la de bem longe, escondida atrás de uma árvore, porque Molly é muito boa em se esconder mas ao mesmo tempo não é muito boa. Algumas vezes as irmãs não conseguem vê-la. Algumas vezes ela não responde quando as irmãs chamam. Em geral está usando o vestido azul, então é isso que elas esperam ver. O vestido está completamente desbotado e mal cobre o seu bumbum. Nesse verão, Molly vai poder participar do Festival de Hammarsö. É preciso ter seis anos para participar. Mas Isak diz que Molly pode participar mesmo tendo só quatro anos e cinquenta e uma semanas. Rosa vai lhe fazer um vestido de veludo roxo, e ela vai ficar em pé no meio do palco e cantar, e quando terminar de cantar vai fazer uma reverência quase até o chão para a plateia e dizer:

E agora que a noite vai caindo
A lua cheia está clara como o dia
Estamos a meio caminho entre luz e escuridão
E a meio caminho de nossa peça.

Erika pode ouvir Laura chamá-la, mas finge não ouvir. Está sentada em cima de sua cama desfeita lendo uma carta de Ragnar. Há algo que ele quer lhe dizer pessoalmente, escreve ele. *Vá me encontrar na cabana!* Ela está levando algum tempo para ler a carta, porque ele a escreveu inteira na língua secreta que eles costumavam falar quando eram menores. O rádio estava tocando música — Jam, Stranglers, Boomtown Rats —, mas eles interromperam a música para dar notícias sobre o atentado terrorista nos *resorts* de praia espanhóis. Erika ergue os olhos da carta por alguns instantes, escuta, e torna a se virar para a carta... *Três finlandeses e um sueco morreram... Os turistas da Costa del Sol estão nadando no próprio sangue.*

— Erika! — chama Laura da cozinha.

Erika não responde.

— Cadê você? — chama Laura.

Erika se enterra debaixo do edredom e põe o travesseiro em cima da cabeça.

Mais vozes.

— Erika! Erika! — chama Rosa.

E então a voz aguda da irmã caçula.

— Erika, você precisa vir agorinha! — chama Molly.

Erika pressiona o travesseiro sobre o rosto com mais força e espera alguém abrir a porta e encontrá-la. (Abrir a porta sem bater! Ninguém nunca se dá ao trabalho de bater, apesar do cartaz que diz NÃO ENTRE SEM BATER! O único que bate é Isak.)

— Erika! — chama Laura.

— Erika! Erika! — guincha Molly.

— Erika, quer vir aqui neste instante? Estamos precisando de você! — chama Rosa.

Erika joga o edredom longe. Dá calor demais ficar deitada assim. Nessa noite ela vai dormir nua, coberta apenas com a capa do edredom, e pôr o edredom debaixo da cama. Rosa não gosta que se guarde o edredom. Por algum motivo desconhecido, ela acha que se deve manter o edredom mesmo quando faz calor. Mas esse é o verão mais quente desde 1874, e até Rosa, reconhecidamente a contragosto, deixa que se abram janelas suficientes para fazer uma corrente de ar circular pela casa. Rosa na verdade não consegue imaginar nada mais ameaçador para o bem-estar de sua família do que uma corrente de ar.

O que os jornais locais dizem sobre esse ser o verão mais quente desde 1874, segundo Isak, não pode ser verdade. Isak diz que não é preciso remontar além de 1971 para encontrar as mesmas altas temperaturas estivais prolongadas.

— Erika, você tem que vir! — chama Laura.

— Vamos, Erika, você tem que vir ajudar! — chama Rosa.

— ERIKA! — guincha Molly.

Erika está sentada imóvel sobre a cama escutando as vozes do lado de fora, vozes vindas da sala, vozes vindas de algum lugar na varanda. Então alguém bate de leve na porta.

— Erika — diz Isak, e ela o visualiza curvando a grande

cabeça na direção da porta para ela poder ouvir o que ele está dizendo.

— Estamos precisando de você. Você tem que cantar. Não pode abrir a porta?

Erika desce da cama e se arrasta pelo chão. Por cima da parte de baixo do biquíni, está usando uma camisa branca ajustada no corpo que acha que fica bem em contraste com a pele bronzeada. Seus cabelos estão compridos e embaraçados; agora passam dos ombros. Os cabelos de Laura são mais compridos.

Erika abre a porta, apoia-se no batente e olha para o pai. Ele sorri ao vê-la. Ela retribui o sorriso.

Erika se lembra de que está mascando chiclete, e rapidamente o engole antes de abrir a boca para falar. Isak não gosta de meninas que mascam chiclete. Diz que não fica bem.

— Em que posso ajudar? — pergunta ela.

— Um enterro — diz Isak.

— Quem morreu?

— Um pardal — responde Isak.

Ele torna a sorrir.

— Molly está muito triste desde que o encontrou; nós não queríamos de jeito nenhum que ela o encontrasse.

— Passarinhos morrem, e crianças de cinco anos os encontram e choram — disse Erika.

— Ela está muito ansiosa esperando o enterro — diz seu pai. — Acho que foi ideia de Laura.

Isak estende uma cruzinha de madeira.

— Eu fiz isto aqui.

— Tá bom, tá bom — diz Erika, dando de ombros. — Eu já vou.

A cabana de Ragnar é equipada para que ele possa sobreviver a qualquer coisa, menos a uma bomba atômica ou a uma explosão nuclear no leste. Quando ele era menor, tinha medo dessas coisas todas, de plutônio, explosões e bombas, e para reconfortá-lo sua mãe dizia que a Suécia nunca seria atingida por uma bomba atômica e eliminada da face da Terra porque a Suécia era um país neutro e defendia a paz mundial. Mas Ragnar sabia que não era assim; ninguém escapava à bomba atômica. Apesar disso, ele continuava tentando imaginar uma Suécia completamente normal em um mundo por sua vez inteiramente exterminado. Não era uma ideia lá muito edificante. Ragnar agora não fica mais pensando tanto na bomba atômica; afinal de contas, não sabe fazer nada para se defender dela, e em caso de guerra talvez isso seja até melhor. Aniquilação total! Morte global! Ragnar pensa em outros perigos (porque em Hammarsö ninguém é neutro — é uma guerra eterna), então a cabana é concebida não apenas como um lugar para ficar, com Erika por exemplo, mas também como uma fortaleza não muito diferente dos velhos fortes em ruínas do lado oriental da ilha. Só que a sua fortaleza é feita de madeira, não de pedra. Um dia, quem sabe no verão que vem, ele vai construir uma fortaleza de pedra. O trabalho já começou. À noite, ele cata grandes pedras na praia que coloca dentro de um carrinho de supermercado roubado da loja, carrega por entre os galhos e arbustos até a cabana na floresta, e guarda debaixo da cama de campanha ou então do lado de fora, espalhadas por toda a clareira.

A principal vantagem da cabana é sua localização. Ela fica em um trecho de prado aberto atrás de uma floresta de pinheiros praticamente impenetrável, densos arbustos de junípero, roseiras, e árvores decíduas imensas, verde-escuras. Ninguém usa essa trilha, ninguém se aventura nessa parte da floresta. E por que deveriam se aventurar quando há tantas outras trilhas de floresta mais bonitas para se usar, na direção dos prados abertos e floridos do interior da ilha, ou então descendo até o mar? As pessoas só fariam se arranhar nos espinhos, tropeçar e cair por cima da vegetação rasteira, e ser mordidas por carrapatos, moscas varejeiras e outros insetos nojentos. É o esconderijo perfeito, e ele tem tudo de que precisa: um estoque de comida enlatada que, contanto que não coma todos os dias até ficar saciado (na verdade, ele leu em algum lugar que a sensação de saciedade só vem meia hora depois de comer), deveria durar três semanas. Ele tem trinta litros d'água, quarenta e sete garrafas de Coca-Cola e dez garrafas de refrigerante Pommac (o refrigerante com o pior gosto do mundo, nesse caso previsto para as situações em que tudo o mais tiver sido consumido e não restar mais nenhuma esperança). Tem cinco fichários com exemplares de colecionador de gibis do *Fantasma* e do *Super-Homem*, séries completas. Tem duas lanternas que funcionam, um bom toca-fitas que ganhou de aniversário da mãe e sua fita cassete preferida da banda Television. Tem uma caixa cheia de pilhas novas e outra cheia de batatas *chips*, cigarros e fósforos. Na parede há um pôster de Robert de Niro no papel de Travis Bickle assinado por Puggen — outro presente de aniversário do ano anterior. Tem um saco de dormir, um cobertor sobressalente e um ursinho de pelúcia marrom puído que esconde atrás das pedras debaixo da cama de campanha sempre que Erika vem visitá-lo. Tem pratos, talheres, copos e xícaras para duas pessoas, e uma toalha impermeável florida para a mesa de acampamento.

Ragnar tem um papel no Festival de Hammarsö desse ano. A ideia não foi sua; ele acha tudo isso uma inutilidade. Mas sua mãe foi procurar Isak e lhe disse que dessa vez era melhor ele garantir que seu filho tivesse um papel, para variar um pouco.

No início, Ragnar não fazia ideia do que Isak estava querendo dizer quando ele lhe telefonou certa noite e disse que estavam procurando um anjo para a produção daquele ano, e que esperava que Ragnar pudesse aceitar.

— Por que eu? — perguntou Ragnar.

— Porque seria engraçado — respondeu Isak. Ele faria o papel do Velho Sábio, acrescentou.

Ao ouvir isso, Ragnar começou a rir.

Isak disse também que todas as suas filhas fariam o papel de espíritos da floresta; até Molly nesse ano tinha um papel.

— E Erika? — perguntou Ragnar.

— O que tem Erika? — retrucou Isak.

— Erika também está na peça?

Isak não comentou com Ragnar que sua mãe tinha ido procurá-lo e suplicado que ele incluísse seu menino na peça. Foi Erika quem lhe contou isso algumas semanas depois. Ragnar disse que não conseguia entender por que de repente tinham lhe oferecido um papel. Por que Isak tinha lhe telefonado, todo simpático e caloroso. Ele não entendia. Então Erika lhe contou a verdade: que Ann-Kristin tinha ido procurar Isak e implorado pelo filho. Ele podia visualizar a cena: a mãe em frente à porta da casa de Isak — feia, malvestida e velha. E Isak nem sequer convidando-a para entrar e tomar um café. ELE QUE VÁ PARA O INFERNO. Ragnar comparece a todos os ensaios na garagem. Todos comparecem, vestidos como espíritos da floresta, anjos e velhas camponesas. Marion, Frida, Emily, Pär, Fabian e Olle. Erika faz caretas para ele quando ninguém está olhando, e algumas vezes segura sua mão e aperta-a de leve. Erika sorri quando ele diz suas falas, um verso que começa com as palavras *Eu sou um anjo que veio do norte.* Marion não diz muita coisa. Fica mascando chiclete e recitando suas falas. Faltam apenas dez dias para a estreia no centro comunitário. Palle Quist grita com a pianista, que perdeu a hora pelo quarto ensaio seguido porque não conseguiu acordar. Isak Lövenstad, com uma barba branca postiça, não consegue acertar seu segundo monólogo. A atriz principal, Ann-Marie Krok, está nos estágios iniciais da demência senil (dizem) e confunde as falas desse ano com as do ano anterior. Palle Quist senta-se no chão, põe as mãos na cabeça e grita: NÃO! NÃO! NÃO!

Marion corre uma das mãos pelos cabelos negros e sorri para ele.

— Oi, Ragnar.

Ele olha para ela e ela não desvia o olhar. Revira os olhos e dá de ombros para indicar como todo mundo está se comportanto feito idiota — Isak, Ann-Marie Krok, Palle Quist.

— Está vendo essa gente?

Ele aquiesce. Os dois estão vendo a mesma coisa. Ann-Marie Krok começa a chorar, desce correndo do palco e sai da garagem. Palle Quist sai correndo atrás dela. Marion se inclina até bem perto dele e sussurra:

— Aquela é minha avó. Todas elas querem ser jovens e lindas.

Ragnar aquiesce. Em um instante de intimidade possessiva, pensa em contar a Marion o que está planejando. Ela iria entender. É a única que iria entender. Nem mesmo Erika iria apoiá-lo ou entendê-lo (Erika foi escolhida para cantar e está levando a peça muito mais a sério do que deixa transparecer), mas Marion detesta aquele espetáculo tanto quanto ele. Ragnar quer dizer a ela que está pensando em sabotar todo aquele festival idiota. Em vez de dizer suas constrangedoras falas de anjo, vai ler algo bem diferente. Vai declamar um manifesto. Na noite da estreia, vai aparecer diante de todos como um anjo de verdade! Não um anjo de conto de fadas todo de branco, mas um aterrorizante anjo da morte! Um anjo da verdade e da escuridão!

Imagino que isso vá fazer todo mundo sentado aqui no centro comunitário cagar nas calças, ele sente vontade de dizer. Mas fica de boca fechada. Olha para Marion. Ela torna a passar a mão pelos cabelos.

— Nos vemos mais tarde, está bem? — diz ela.

Ela está de saída, mas se vira e lhe dá um sorriso. Tem olhos grandes, quase negros.

— Está bem?

— Nos vemos — responde Ragnar.

A procissão fúnebre se move lentamente em direção ao mar: primeiro Molly, vestindo uma longa combinação preta fabricada às pressas para ela com um pano velho de vestido que Rosa guardava no fundo de algum armário; em seguida Laura e Erika lado a lado, Erika segurando os *Hinos antigos e modernos* na mão direita; depois Isak com a barba branca postiça, erguendo bem alto a cruz de madeira; por fim, Rosa com uma cesta de piquenique cheia de licor de frutas e pãezinhos. Laura arrasta uma pá atrás de si. O pardal morto jaz em um leito de algodão branco dentro de uma caixa de sapatos da loja de departamentos Nordiska Kompaniet.

Erika prometeu ao pai que cantaria no enterro — seria difícil recusar —, mas assim que terminar vai atravessar correndo a floresta até a cabana de Ragnar. Vai deitar em sua cama e esperar por ele. Está com saudades dele. É tudo tão difícil. Ela não pode contar para ninguém, não pode contar para Marion, nem para Frida, nem para Emily. À simples menção do nome de Ragnar, Marion enfia o dedo na goela e diz: ECA! Então Frida e Emily enfiam o dedo na goela e dizem: ECA! Marion, na verdade, gostaria que Erika ficasse com Fabian da língua grossa. *Vocês ficariam bem juntos, eu simplesmente sei, então vá lá beijá--lo!*, e Erika se atraca um pouquinho com Fabian só para deixar Marion contente.

A procissão fúnebre vai se aproximando do mar. Molly segura a caixa de sapato nas mãos com cuidado. Não está chorando agora; está preocupada em manter o equilíbrio e não tropeçar na combinação preta, que está um pouco comprida demais. Insistiu para calçar seus melhores sapatos, sapatos novos pretos de verniz comprados no continente. A ideia era usá-los pela primeira vez no seu aniversário de cinco anos e depois, uma segunda vez, no Festival de Hammarsö. Depois disso, os sapatos seriam embrulhados em papel de seda, guardados na mala e levados para Oslo. Lá a mãe de Molly os tiraria da mala e poria no fundo do guarda-roupa do quarto de Molly para esperar a próxima ocasião importante.

— Sapatos bons — disse Rosa — só devem ser usados em ocasiões especiais; eles costumam machucar e fazer bolhas.

Rosa também disse que os sapatos ficariam arranhados e estragados se Molly os usasse na praia. Mas Molly chorou e disse que queria usar os sapatos novos no enterro, que eram pretos e combinavam com a roupa preta, e embora Rosa tenha dito não, e novamente não, Isak disse que tudo bem. E é Isak quem toma as decisões finais.

Molly disse às irmãs para usarem roupas bonitas também. Laura disse que de jeito nenhum iria se dar ao trabalho de se vestir bem para uma porcaria de um passarinho morto, e isso fez Molly começar a berrar.

— Será que não dá para você ser simpática ao menos esta vez? — sibilou Erika para a irmã. — Não dá? É difícil demais para você?

Laura deu de ombros.

Erika vestiu a fantasia que iria usar no Festival de Hammarsö, que Rosa havia acabado de costurar à máquina. Era um vestido de algodão fino com renda nas mangas e uma fita de cetim branco na cintura. Erika não tinha muita certeza de qual era o aspecto de um espírito da floresta, mas, de acordo com Rosa, pondo renda e cetim não havia como errar.

De qualquer forma, o mais importante é que ela vai cantar. Não só agora, durante o enterro, mas no Festival de Hammarsö. Palle Quist tinha pedido que Erika, Marion e Frida fizessem um teste para o grande número final, e a escolhida fora Erika.

— Você canta como um anjo — disse Palle Quist, e Erika olhou para Marion e Frida do outro lado da sala e soube que elas a fariam pagar por aquelas palavras, pela admiração de Palle; podia ver isso nos olhos delas, em seus risinhos sarcásticos. Não sabia exatamente como, mas elas com certeza a fariam pagar. Fariam-na passar por idiota, ou então a expulsariam do rochedo à força, ou a obrigariam a andar sozinha até a loja todos os dias durante uma semana para comprar sorvete e Coca-Cola para todo mundo. Alguma coisa! Marion não estava nem aí para o Festival de Hammarsö; era isso que dizia: estou pouco me fodendo para essa porcaria de peça; mas mesmo assim tinha ido fazer o teste para cantar, e ficara lançando olhares sedutores para Palle Quist e jogando os longos cabelos negros para trás. E então ele deu o papel para Erika.

A praia abaixo da casa de Isak é comprida e deserta: nada além de pedras, espinhos, e muito de vez em quando uma desafiadora flor amarela de praia. As pedras têm quatrocentos milhões de anos; muitas são totalmente planas, claras e lisas como as palmas das mãos de Molly. Está fazendo mais calor do que em todos os dias de calor, mas na beira do mar o vento está tocando tudo que pode ser tocado e mexido — a roupa preta de Molly, o vestido branco de Erika, a barba postiça de Isak, os cabelos compridos de Rosa. Deve ser uma procissão estranha para alguém que por acaso a veja de longe. Eles seguem pisando, dançando ou se equilibrando sobre as pedras, e o sol arde no céu. De repente, Isak para, ergue a cabeça e exclama:

— Parem! É aqui. É aqui que vamos enterrar o passarinho morto.

Molly estende para todo mundo canetas de ponta de feltro tiradas do estojo de canetas na cesta de Rosa. Pede a eles que escrevam na caixa de sapatos.

— Para o passarinho — diz Molly. — E quem sabe para Deus.

— Por quê? — pergunta Laura, revirando os olhos.

— Porque *sim*, sua boba! — sussurra Erika.

— Eu escrevo primeiro — diz Isak.

Algumas vezes, Erika diz a Ragnar que vai visitá-lo e, em vez disso, sobe na bicicleta e vai se encontrar com Marion. Algumas vezes vai de bicicleta visitar Emily, que na verdade é a melhor amiga de Marion, ou Fabian da língua grossa. Ela sabe que Ragnar fica louco quando a espera na cabana e ela não aparece. Ele lhe escreveu uma carta falando para ela não dizer que vai visitá-lo quando não for.

Erika sente saudades dele quando passam algum tempo sem se ver, mas quando estão juntos tudo que ela quer é ir embora.

É como se Ragnar estivesse sempre com ela. Ela se pega imaginando-o em pé a apenas uns poucos passos de distância, a observá-la. Como agora, ali na praia. Tudo que ela faz, tudo que ela diz. Depois do enterro, ela vai correr ao seu encontro. Então ele vai beijá-la e tirar sua roupa. Ela muitas vezes sente vergonha do que os dois fazem juntos.

Trocar beijos com Fabian de vez em quando não significa nada. A língua dele preenche sua boca inteira, e certa vez lhe deu ânsia de vômito, mas ela pôs a culpa em alguma coisa que tinha comido, de modo que ficaram jogando dados e dividiram um pacote de batatas *chips* em vez de se beijar. Isso nunca teria acontecido com Ragnar. Para começo de conversa, ser beijada por ele não lhe dá ânsia de vômito; ela chega mais perto dele, pega suas mãos e as coloca sobre os seios, entre as pernas. Ela o puxa para cima dela e sente-o deitado ali em cima dela e não quer que aquilo termine nunca. Mas não quer que ele leve tudo tão a sério. Eles ficam deitados na cama de campanha tocando o rosto um do outro, os olhos, nariz, boca e bochechas um do outro, e Ragnar às vezes diz: Nós somos parecidos, Erika, eu e você.

Da última vez ele pegou um espelhinho de bolso. Estavam deitados juntos na cama de campanha; ela havia puxado a coberta até o queixo, subitamente sem vontade de que ele visse seus seios. Ele inclinou o espelho de modo que os dois rostos ficassem refletidos e disse:

— Dá para ver, não dá? Nós parecemos irmãos.

Erika pegou o espelho da mão dele e atirou-o debaixo da cama. O espelho não quebrou. Ela disse que queria uma Coca. Ou um chiclete. Ou alguma coisa gostosa para comer.

Ragnar às vezes diz: Não me deixe! E isso só faz Erika querer se levantar e sair correndo da cabana para nunca mais voltar. Nessas horas ela quase o odeia, odeia-o porque um pouco antes estava sentindo saudades dele.

Molly quer que todo mundo escreva alguma coisa na caixa de sapatos. Ela escreveu o próprio nome em grandes letras inclinadas, assim: MOLLY. E agora quer que os outros escrevam outras coisas.

— Não posso escrever só meu nome também? — pergunta Laura quando Molly lhe entrega a caixa.

— Não! — diz Molly. — Você tem que escrever mais.

— Mas você escreveu só o seu nome — diz Laura.

— Foi, mas *você* tem que escrever mais — declara Molly.

Laura revira os olhos. — Mas por quê? Por que eu tenho que escrever mais se o enterro é *seu*?

Rosa dá um puxão na trança de Laura e lhe diz para calar a boca e fazer o que Molly pede. Um vento fresco está soprando por cima da água; todos levantam a cabeça e fecham os olhos, deixando o vento acariciar o rosto. Tudo dura apenas um ou dois segundos. Molly se ergue na ponta dos pés e olha bem de frente para Laura. O vento agita sua roupa preta. Ela diz:

— Você tem que escrever mais! Escrever só o seu nome não basta.

Laura pega a caixa de sapatos e escreve depressa:

Obrigada Senhor pelo mundo tão doce
Obrigada Senhor pela comida que comemos
Obrigada pelo passarinho que o Senhor matou
Faça com que ele esguiche sangue e vísceras
Descanse em paz, AMÉM

Rosa olha por cima do ombro da filha e diz:

— Ah, não, Laura!

Isak se curva por cima da caixa de sapatos e lê. Os lóbulos de suas orelhas enrubescem e ele ergue a mão para a barba postiça como se quisesse arrancá-la.

— Sua pirralha — sussurra para Laura. — Quer que eu corte fora seus dedos agora ou depois?

Laura olha para o pai com ar de desafio.

— Mas é verdade!

— O quê é verdade? — sibila ele.

Laura dá de ombros.

— Sobre o passarinho.

— O que está escrito? — grita Molly. — O que foi que a Laura escreveu? O que foi que a Laura escreveu?

— Nada — responde Rosa, concisa. — Laura não escreveu nada.

— Mas ela TEM QUE! — grita Molly. — Ela TEM QUE escrever alguma coisa.

Isak se controla, ergue uma das mãos e diz:

— Shh, todo mundo. Shh! Caladas! Preciso pedir que fiquem caladas agora. Está na hora de enterrar esse passarinho.

— Até que enfim — resmunga Erika.

— Venha, Molly — diz Isak.

Ele segura a mão da caçula.

— EI! EI! EI! — grita Molly.

— Vamos, Molly — repete ele. Todo mundo tem de ficar quieto agora.

Sem cruzar olhares com Laura, Isak pega cuidadosamente a caixa de sapatos de suas mãos e a entrega a Rosa.

— Agora escreva alguma coisa você — diz à mulher.

— Vou tentar — diz Rosa. — E depois vamos fazer um piquenique. Tenho várias coisas gostosas na cesta.

Rosa escreve: "Passarinho, você agora vai voar para o Menino Jesus no Céu".

Rosa passa a caixa para Erika.

Erika escreve: "Querido Deus, abençoe todas as pessoas e todos os passarinhos aqui na Terra, com meus melhores cumprimentos, Erika".

Erika passa a caixa para Isak.

Isak escreve: *Não fomos embora anônimos / Nossa vida foi nomear.*

Quando Erika vê Ragnar, meio escondido atrás de uma árvore, não sabe há quanto tempo ele está ali olhando para eles. Ele está bem longe, na clareira entre as árvores, onde a floresta deixa de ser floresta e começa a virar praia. Ela não sabe há quanto tempo, mas pressentiu, pressentiu que Ragnar a observava. Sempre que ela ergue a mão ou dá um passo, é como se o estivesse fazendo para ele.

O que você acha do jeito que eu levanto a mão? O que você acha do jeito que eu ando na praia? Estou linda com este vestido branco de fita de cetim? Estou, Ragnar?

Ela ergue a mão, em parte para acenar para ele, em parte para proteger os olhos do sol. É aquela hora da tarde em que a luz está mais branca. Tudo branco e ofuscante. É preciso fechar os olhos com bastante força para conseguir ver qualquer coisa. Ragnar não acena de volta. Não é para ela que ele está olhando. É para Isak. Isso não é nenhuma grande surpresa, pensa Erika, porque Isak está com um aspecto muito estranho — pelo menos visto de longe como Ragnar o está vendo. Isak está em pé sobre um rochedo que avança para o mar, com a barba postiça esvoaçando e os braços erguidos para o céu. Está falando. É uma espécie de sermão.

Erika torna a se virar para Ragnar. Ele não repara nela. Ela tenta acenar, mas Ragnar só tem olhos para Isak. Está parado, bem paradinho atrás da árvore, encarando seu pai.

Isak é o rei malvado do país de Morofteok que enfeitiçou a ilha e todos que moram nela — pessoas, ovelhas, vacas, árvores, peixes. Ele tem uma orelha grande como as janelas altas do centro comunitário. Escuta tudo. Cada som. O estalo dos peixes batendo no fundo pedregoso do mar. As pinhas dos pinheiros se abrindo. A sua respiração quando você corre pela floresta. E tudo que ele ouve escreve em um livro que esconde em sua casa. Dentro do relógio de carrilhão? Dentro da escrivaninha? Ragnar vai derrotá- -lo, encontrar o livro, queimá-lo e libertar as filhas do rei. Quando Isak morrer, eles vão morar na cabana secreta da floresta e governar eles próprios a terra e o mar. Mas primeiro você precisa me contar tudo sobre ele: o que ele faz de manhã, à tarde, à noite, de madrugada quando vocês todos pensam que ele está dormindo. Para matá-lo, eu preciso conhecê-lo como um filho.

Erika e Ragnar têm quase catorze anos agora. Existe algo entre eles, algo sério que precisa ser mantido em segredo. Ninguém pode saber. Ninguém.

Isak está em pé sobre o rochedo que avança na direção do mar com os braços erguidos para o céu dizendo:

— Querido Deus que governa a Noruega, a Suécia, a Dinamarca e grandes trechos de Hammarsö, leve este passarinho embora com a Sua mão e dê a ele um lugar no Céu.

Ele gesticula para as outras moverem pedras e cavarem um buraco. Rosa pega a pá que Laura pousou no chão e faz o que Isak manda. Rosa é forte; não demora muito. Rosa é capaz de fazer coisas que ninguém mais consegue ou tem energia para fazer. Pôr as correntes nos pneus do carro. Fazer um suflê. Cavar uma cova decente e profunda. Isak desce do rochedo, caminha pela água rasa e torna a subir a praia. Quando o buraco está fundo o suficiente, a caixa de sapatos é posta lá dentro. Todo mundo menos Laura ajuda a catar pedras e tornar a encher o buraco. Por fim, Isak enfia a cruzinha de madeira entre as pedras mais bonitas que foram dispostas por cima.

234

— Agora vamos todos ficar em círculo e Erika vai cantar —
diz ele.

Eles formam um círculo. Erika, Isak, Rosa, Laura e Molly.
Erika abre o hinário. Um pouco antes de começar, vira-se para
ver se Ragnar continua lá, atrás da árvore.

Isak segura sua mão e a aperta de leve. Inclina-se até junto
dela.

— Ele não está lá — sussurra ele.

Erika olha para o pai.

— Ele não está lá — repete Isak.

— Quem cochicha o rabo espicha — murmura Laura.

— Shh — diz Isak.

— SHH — grita Molly. — Agora a Erika vai cantar para o passarinho.

Erika solta a mão de Isak, respira fundo e canta:

Seguro, bem seguro estás aqui guardado
Longe do sofrimento, longe do pecado;
Foram-se embora os pesares e temores infantis,
Foi-se embora a tristeza com seus prantos mis;
Pois o ser que um dia já foi jovem e fecundo
Não mais se preocupa com as agruras deste mundo;
O próprio Deus agora irá sua alma guardar
E permitir assim a Seu amado descansar.

Erika sabe que sua voz não vai deixá-la na mão. Então canta
o mais alto que consegue. Quer que Ragnar a escute. Ele agora
está correndo pela floresta, entre os juníperos e arbustos de espinhos, pela trilha que não é uma trilha, mas apenas uma fina linha
no chão, correndo, correndo, correndo sem parar até quase não
lhe sobrar mais ar nenhum. E a voz dela não a deixa na mão.

Marion tem uma bolsa de praia grande rosa-choque, onde guarda tudo que precisa para ser Marion. Escova de cabelos, espelho, brilho labial, batom, Coca-Cola, absorventes internos, *Histórias da vida real*, *Hits de sucesso*, pílulas anticoncepcionais (Marion tem quinze anos agora, e de acordo com a lei sueca já alcançou a idade do consentimento), calcinhas de biquíni, uma camiseta, uma toalha, um toca-fitas a pilha, um vibrador a pilha (também chamado de massageador) que zumbe alto quando você o segura na mão, e também sua fita cassete do Blondie, que ela já tocou um número incontável de vezes. É o único cassete que ela quer escutar e, embora Erika tenha cassetes do Jam e do Boomtown Rats, Marion se recusa a tocar qualquer outro que não o seu. De todas as amigas de Marion, Erika é a mais esquisita e a que mais é punida. Não se sente segura na companhia de outras meninas. Elas a fazem se sentir pequena: ela não é uma delas; não joga os cabelos como elas, não rebola os quadris como elas quando andam. Mas tem uma vantagem em relação a Frida e Emily, a saber: é a única que sabe recuperar a fita cassete do

236

Blondie quando ela enrola no toca-fitas, como sempre acontece. Sobretudo quando estão todas deitadas no rochedo, tomando sol. De repente, a música começa a se arrastar e para, e Erika então é obrigada a retirar toda a fita comprida e marrom-clara embolada ali dentro e tornar a enrolá-la cuidadosamente com a ajuda da ponta do dedo mindinho. Isso exige técnica, além de experiência e paciência. Marion não possui nenhuma dessas coisas. Sempre que a música para de tocar, ela pega o toca-fitas e o sacode. Quando não adianta, dá um suspiro e o estende para Erika.

— Você vai ter que dar um jeito nisso — diz ela, e mergulha na água.

Marion quer escutar "Sunday Girl" o tempo inteiro, nunca nada além de "Sunday Girl". Ninguém tem permissão para pegar emprestado o toca-fitas de Marion. De qualquer forma, ninguém pediria. Não se pergunta a Marion se ela emprestaria suas coisas. Marion está sempre pegando coisas emprestadas, de Frida, Emily e às vezes de uma outra menina que ela agora conhece chamada Eva. Mas não é a mesma coisa. De Erika, Marion pegou emprestado um lenço para amarrar em volta da cintura, uma presilha de cabelo e uma blusa branca que Erika disse que sua mãe tinha comprado para ela antes da viagem para Hammarsö.

É seu presente de aniversário, mas você está ganhando adiantado, o que significa que NÃO vai receber um pacote meu pelo correio, tinha dito Elisabet enquanto embrulhava a blusa em papel de seda vermelho.

Erika sente que é uma honra poder emprestar suas coisas para Marion. Isso faz dela a escolhida, aquela que tem prioridade sobre as outras meninas. É assim com o lenço. É assim com a presilha de cabelo. Marion inclina-se para junto de Erika, recosta a cabeça em seu ombro e diz:

— Você e eu, Erika! Nós somos as melhores, as mais íntimas, as maiores amigas do mundo!

A pele de Marion é morna. Ela tem cheiro de maçã. Tem braços compridos e finos entre os quais você pode se aninhar. Erika desamarra o lenço da cintura, solta a presilha do cabelo e estende os dois objetos para Marion.

— Erika, você é um anjo. Obrigada, muito obrigada!

Marion diz que quer pegar emprestada a blusa branca de Erika para usar no teste de canto com Palle Quist. Na verdade era Erika quem pretendia usá-la. A blusa realça seus seios de forma atraente, e ela quer que Palle Quist veja isso, mas, quando Marion está examinando o guarda-roupa de Erika e vê a blusa no cabide, exclama: *Eu quero experimentar isto aqui!*

Está chovendo, elas não podem tomar sol no rochedo, e Marion decidiu que, com a ajuda de Frida e Emily, vai passar o dia no quarto de Erika jogando fora tudo que não valer mais a pena guardar: roupas, revistas, livros, fotografias, brinquedos. Erika fica sentada na beirada da cama sem dizer nada. Essa é a regra. Ela não tem permissão para protestar ou expressar qualquer opinião sobre o que está sendo tirado do armário ou jogado fora.

— Estamos fazendo isso para o seu próprio bem — diz Marion, vasculhando tudo que estava escondido na velha caixa de brinquedos debaixo da cama. Um urso de pelúcia, uma boneca, dois números da revista *Ver e Aprender*, quatro livros de Nancy Drew e um álbum de fotografias com fotos de Isak, Rosa, Erika, Laura, Molly e Ragnar.

— Você precisa aprender a separar suas coisas e se livrar de tudo que for desnecessário — diz Marion.

Antes de jogar o álbum fora, Marion folheia-o rapidamente e olha as fotografias. Vai se sentar no chão ao lado de Frida e Emily. Não há muitas fotos.

Uma delas mostra Isak segurando uma mangueira e esguichando água. Ele está fazendo uma careta de monstro e evidentemente tentando assustar as filhas, que correm pelo gramado em meio às árvores frutíferas parecendo soltar guinchos de prazer. Outra foto mostra Erika e Laura na grama alta em frente à casa de Isak. É da época em que as duas ainda brincavam sozinhas todos os dias. Agora Erika está crescida demais para brincar com Laura. Uma terceira foto mostra Erika com o pai. Estão sentados sobre uma mureta de pedra, com as pernas dependuradas, a magrinha Erika e o imenso Isak. Ambos têm cartolas na cabeça. Estão de braços cruzados e sorriem para a câmera, fazendo cara de troça.

— Meu Deus, como vocês estão ridículos nesta foto — diz Marion.

Frida e Emily dão uma risadinha.

Erika também dá uma risadinha.

— É, meu pai é meio ridículo — diz Erika, pensando que ele com certeza não era, mas que era absolutamente crucial dizer que sim.

Erika quer contar às outras que, quando ela era menor, ela e o pai costumavam jogar um jogo em que ela era Oliver e Isak era Fagin. Mas Marion sem dúvida nunca tinha lido *Oliver Twist* nem visto o filme, e com certeza iria exclamar *Que patético!* ou *Que coisa mais debiloide!* ou *Que ridículo!* para o que quer que Erika dissesse.

Há uma foto de um Ragnar bem mais novo, ainda mais magricelo, usando a camiseta das Cataratas do Niágara.

— Que patético — diz Marion afastando o álbum.

— Psicopata! — diz Frida.

Emily revira os olhos e vira-se para Marion com um ar ansioso.

— Este álbum com certeza precisa ir para o lixo — diz Marion.

Ela pega o álbum do chão, segurando-o entre o polegar e o indicador como se fosse um camundongo morto, e joga-o dentro do saco de lixo.

Isso também é uma espécie de honra. O fato de Marion querer passar um dia inteiro no quarto de Erika limpando suas coisas confere honra, mas, quando Marion examina o guarda-roupa e insiste para jogar fora o anoraque vermelho com o *bottom* de SALVEM O RIO, Erika diz não. Dizer não para Marion é o mesmo que dizer sim à punição, mas Erika não quer jogar o anoraque fora.

— Eu não quero jogar fora esse aí — diz Erika.

— Por que não? — pergunta Marion, olhando para ela com as sobrancelhas arqueadas.

— Eu uso muito.

— Eu sei. E acho que não deveria — diz Marion.

— Estamos fazendo isso para o seu próprio bem — diz Frida.

Marion segura o anoraque na frente do corpo. Ao vê-lo assim, através dos olhos de Marion, Erika o acha velho e mal--ajambrado.

— É feio mesmo — diz Marion.

— Mas eu não quero jogar fora — discorda Erika.

— Tudo bem, como preferir — diz Marion.

Ela deixa o anoraque cair no chão e examina rápida e descuidadamente o resto das roupas do armário. A essa altura, já perdeu o interesse; as coisas de Erika já não têm nenhum atrativo. Logo terá de ir para casa jantar, diz. Frida e Emily dizem o mesmo.

Erika sente vergonha. Para salvar do saco de lixo o patético anoraque do SALVEM O RIO, ela provocou a ira de Marion e, consequentemente, a de Frida e Emily.

E então: — Eu quero experimentar isto aqui!

Marion encontrou o cabide com a blusa branca. Ela arranca a própria camiseta e fica seminua na frente das outras meninas. Frida solta um assobio baixinho. Marion, brincando, abre bem os braços e faz uma reverência como se estivesse recebendo aplausos por seu *striptease*. Em seguida se vira para o espelho comprido. Suas costas são esguias e morenas; seus ombros são largos. Seus cabelos pretos compridos estão presos em um nó frouxo na nuca.

— Você é linda — sussurra Erika.

As palavras lhe escapam da boca. Ela olha rapidamente para as outras, para se certificar de que não escutaram.

Todas estão olhando o reflexo de Marion no espelho.

Marion ri e veste a blusa. Deixa os primeiros botões de cima abertos.

— Posso pegar emprestada por alguns dias?

Erika assente.

Marion se vira de costas para o espelho e dá um rápido abraço em Erika.

— Agora temos de ir — diz, e meneia a cabeça para Frida e Emily.

O saco de lixo cheio até a metade fica jogado no chão. Mais tarde, Erika hesita entre jogá-lo fora ou recuperar todas as suas coisas e tornar a colocá-las no lugar. Decide jogar tudo fora menos o álbum de fotografias. Afinal de contas, tudo não passa de um monte de quinquilharia velha.

No dia seguinte faz sol de novo, e Marion, Frida, Emily e Eva estão deitadas no rochedo tomando sol e ouvindo "Sunday Girl". Erika está em pé na praia um pouco afastada, olhando para elas à espera de um sinal.

É esta a regra: se estiver sol e Marion não telefonar de manhã para dizer *Venha para o rochedo conosco* ou algo assim, Erika pega suas coisas e as leva para a praia cheia de pedras. Em geral, Marion acena para ela e chama *Venha sentar aqui conosco*, então Erika anda pela água rasa até as outras levando sua toalha, seu bronzeador, suas revistas e sua Coca-Cola. Mas dessa vez Marion não acena. Isso já aconteceu antes. Erika fica em pé na praia olhando as meninas em cima do rochedo, e Marion finge não vê-la. Ainda está furiosa com Erika por causa do anoraque. Ou talvez seja por algum outro motivo. Erika não sabe ao certo. Erika só sabe que fez alguma coisa idiota. Com as coisas de praia debaixo do braço, ela vira as costas e volta para casa. Talvez tenha sido a fotografia de Ragnar no álbum. Erika acha que não. É uma foto tão antiga. Ela não pode ser punida por fotos antigas. Todo mundo tem fotos antigas. Ela pensa no que ela e Ragnar fazem juntos na cama dele na cabana secreta. Isso não são fotos antigas. Isso é agora. *Psicopata!* Erika olha para o rochedo uma última vez antes de entrar no caminho que conduz para longe da praia e direto para a casa de Isak. Sabe que as outras não vão acenar para ela. Marion se levanta, com uma toalha enrolada ao redor do peito, e estica os braços para o sol; Frida, Emily e Eva estão sentadas curvadas por cima de alguma coisa. Talvez uma revista. De longe, parecem sombras compridas.

As revistas pornográficas, Marion surrupiou do pai, Niclas Bodström, e às vezes ela fica sentada no rochedo sob o sol, cercada pelas outras meninas, lendo em voz alta o "fórum dos leitores". Erika acha que as histórias das revistas pornográficas do pai de Marion são mais brutas, e portanto mais estimulantes, do que as outras histórias assim que ela já leu. As imagens de garotas nuas de pernas abertas ou de bunda empinada para a câmera são todas iguais, e nenhuma das meninas perde tempo com elas. Não: é para encontrar as histórias dos leitores que elas viram ansiosamente as páginas.

Poucos dias depois de Marion fazer a faxina no quarto de Erika, Marion e Erika estão deitadas sozinhas no rochedo. Isso quase nunca acontece, mas nesse dia aconteceu. Frida está em pé na praia, olhando para elas à espera de um sinal, e Marion ri e diz:

— Olhe a Frida ali. O que você acha, chamamos ela para vir para cá, ou foda-se?

— Foda-se — responde Erika, sentindo o sol inundá-la de calor.

As duas fingem não ver Frida, que acaba indo embora, e ficam com o rochedo e a praia só para elas. Marion começa a ler em voz alta uma das revistas do pai, e as duas dão risadinhas marotas, e Erika chega mais perto e se deita ao lado de Marion para acariciar-lhe a barriga, as coxas, entre as pernas. A calcinha do seu biquíni é feita de um tecido grosso, sedoso, e Marion tem muitos pelos entre as pernas; Erika já viu várias vezes. Marion gosta de tirar a roupa na frente das outras, de se exibir, de absorver os pequenos e silenciosos suspiros de admiração. Ela tem mais pelos do que Erika, mais do que as outras meninas. É como passar os dedos em uma abelha cabeluda. Marion finge não perceber o que Erika está fazendo e continua a ler em voz alta. Erika desamarra a calcinha do biquíni e põe a mão bem em cima da fenda. Marion está quente e molhada, e Erika esfrega a mão com cuidado para a frente e para trás, e sua mão também fica quente e molhada. Tudo macio, escorregadio, molhado. Somente o sol, o mar e Marion ali a seu lado. Erika enfia um dos dedos dentro de Marion, e esta dá uma risadinha e rebola um pouco o bumbum, mas continua a ler. Erika começa a esfregar com mais força, ao mesmo tempo que vai enfiando mais dedos dentro de Marion. Marion larga a revista, fecha os olhos e se entrega às mãos de Erika. Erika baixa os olhos para o rosto dela. Não está tão bonito assim agora: boca entreaberta e bochechas muito vermelhas, e os cabelos negros escorrendo pelo pescoço como tentáculos venenosos de água-viva. Erika prende a respiração, enfia um dedo mais fundo e torna a puxá-lo para fora. Então para. Fica sentada paradinha com as mãos no colo, olhando para Marion, que geme e se contorce.

— Não pare! Por favor! Não pare!

É uma ordem.

Erika ri.

— Qual é a graça?

A voz de Marion é tão lenta que ela mal consegue escutá-la.

Erika dá de ombros.

— Eu só estava brincando.

Marion torna a fechar os olhos, e Erika esfrega a mão para a frente e para trás pela fenda, esfrega com força, até a respiração de Marion ficar mais audível e mais rápida; ouve-se um pequeno arquejo e pronto, acabou. Ela sabe que acabou quando Marion de repente vira as costas e se deita de lado, com as pernas encolhidas. Nada de gritos ou gemidos como as garotas da revista de seu pai. Nada de uivos. Marion vira as costas e fica deitada de lado, e quando Erika tenta tocá-la ela lhe dá um tapa na mão.

— Suma daqui.

Erika fica sentada ali no rochedo e baixa os olhos para Marion: as costas esguias, o bumbum pálido, as pernas morenas compridas. Marion está tremendo; ela está com frio. É um daqueles dias nos quais em um minuto faz um calor escaldante e no minuto seguinte o céu se enche de nuvens. Todo mundo anda dizendo que vai haver trovoada. Erika encontra um suéter grande dentro da bolsa e o põe sobre os ombros de Marion, e Marion pega o suéter, cobre a cabeça com ele e se senta. Seus cabelos negros estão embaraçados, seus olhos rodeados de vermelho.

— VÁ EMBORA! — ela grita, sem olhar para Erika. — Não ouviu? Eu disse para você ir embora, porra! Suma daqui! Sua piranha!

Molly não tem permissão para se levantar de manhã antes de o homem do rádio ter acabado de falar o que está acontecendo no mundo e de outro homem ter informado as temperaturas em toda a Suécia. A palavra mágiga é *Borlänge*. Quando o homem da temperatura diz que tempo os moradores de Borlänge podem esperar nesse dia, Molly pode se levantar.

Hoje é aniversário de Molly. Ela faz cinco anos. Quer um biquíni de presente. Um biquíni igual ao de Erika, de bolinhas. Isak diz que nem sempre se consegue o que se quer. Ela talvez ganhe um globo em vez do biquíni.

— A vida tem lições difíceis de aprender — diz Isak.

Molly tem um rádio no quarto, na mesinha de cabeceira. É pequeno, comprido e cinza, com uma antena comprida esticada para cima. Algumas vezes é preciso torcer a antena para o som sair direito. Molly sabe fazer isso.

O homem do rádio diz: *Os fundos de investimento dos assalariados foram a questão mais controversa da campanha eleitoral de 1976 e levaram à queda dos socialdemocratas do poder. Com a chegada das eleições deste ano, os fundos de investimento dos assalariados foram deixados de fora da política, mas não é provável que esse urso fique dormindo em paz indefinidamente.*

Molly se senta na cama e berra:

— OI, HOMEM DO RÁDIO! Os ursos não dormem nunca!

Molly imagina se vai se levantar mesmo que o homem da temperatura ainda não tenha começado a recitar as temperaturas. Esta é a regra: o homem da temperatura talvez diga *Borlänge, dezessete graus Celsius*, e antes disso talvez diga *Kiruna, doze*, e *Luleå, catorze*, e *Sundsvall, dezenove*, mas é só quando ele chegar a *Borlänge, dezessete*, é que ela tem permissão de se levantar, ir correndo até Isak e Rosa, gritar a plenos pulmões BORLÄNGE, DEZESSETE!, se jogar na cama deles, puxar o edredom e ficar dando pulinhos sem que Isak fique bravo e grite para ela voltar ao quarto e tornar a dormir.

Aniversários não são exceção, disse-lhe Isak na véspera.

A noite continua sendo noite e o dia continua sendo dia mesmo no seu aniversário.

Molly perguntou a Laura se ursos existem mesmo, de verdade, e Laura respondeu que sim, e que eles podem atacar a qualquer momento. Ela mostra a Molly um artigo de jornal sobre um urso que estraçalhou várias ovelhas. Laura lê em voz alta: *A cena idílica desse lindo vale do norte se tranformou em uma busca desesperada por cadáveres.*

— O que é uma busca por cadáveres? — pergunta Molly.

Laura dá de ombros. Ela mostra à irmã uma foto de três ovelhas mortas mutiladas. Ao lado de uma ovelha ensanguentada, há um fazendeiro em pé com uma espingarda pendurada no ombro.

Rosa diz que não há ursos na ilha, mas Laura diz que Rosa está mentindo só para não assustá-la.

— Os adultos sempre mentem para as crianças pequenas — diz Laura.

— Sobre que tipo de coisa? — pergunta Molly.

— Mentem sobre a guerra mundial, sobre assassinatos, sobre estações de energia nuclear e bombas atômicas, sobre desarmamento, sobre trepar, sobre câncer, sobre a morte, sobre Deus e Jesus e a Virgem Maria, sobre tudo. Eles mentem sobre tudo, entendeu?

Molly fica alguns instantes calada. Espia a irmã com o rabo do olho.

— Mas eles não mentem sobre ursos — diz ela.

Laura solta um grunhido.

— Eles mentem sobre tudo! Tudo!

A verdade é que, à noite, quando as duas balsas amarelas que fazem a linha entre o continente e Hammarsö estão paradas e os condutores estão dormindo em suas camas, os ursos atravessam o canal em silêncio a nado, um atrás do outro, em uma fila muito comprida. Saem nadando pela água como cachorros. Têm o pelo grosso, emaranhado, branco, dentes afiados e olhos negros. Laura diz que Deus existe e que Deus vê tudo. Molly sabe disso. Jesus morreu faz muito tempo, igual ao vovô e ao passarinho que bateu na janela, e a outros passarinhos que batem em outras janelas, e aos gatinhos que o zelador de Oslo jogou na privada. Eles todos moram no Céu, junto com Deus que vê tudo.

Laura diz que é importante ela fingir que não sente medo dos ursos porque se Deus vir que ela está com medo vai cancelar seu aniversário e então ela vai ter de passar mais um ano inteiro com quatro anos e talvez fique assim para sempre, para toda a eternidade.

— Deus castiga todo mundo que tem medo — diz Laura.

Molly se levanta da cama, veste o vestido azul por cima da cabeça, sai de fininho do quarto, atravessa o hall e destranca a porta da frente. Então vai correndo até o mar, e o vento zune ao redor de seus ouvidos, e ela grita para o vento que seu nome é Molly. MEU NOME É MOLLY!, grita. EI, EI, EI! As ondas rugem. Molly sabe nadar apesar de não saber nadar, então tira o vestido e põe o dedo do pé dentro d'água. A água está fria. Ela tem certeza de que o homem do rádio ainda não disse *Borlänge*; ele ainda não recitou uma temperatura sequer. Está muito, muito cedo. Isak com certeza diria que está de noite. Molly se ajoelha, e a água fria chega até seu bumbum; a água lambe sua pele, e a água está fria, e o sol cintila no horizonte. As pedras rugosas da água rasa abrem um velho corte em seu joelho, mas o corte já se abriu tantas vezes que nem dói mais. Molly não tem medo de nada. EU NÃO TENHO MEDO DE NADA!, grita, e ergue os olhos para o céu.

Ela junta as mãos e reza.

Mais do que tudo, quer de presente um biquíni de bolinhas.

Erika está deitada no rochedo no meio do mar junto com Marion, Frida e Emily. E Frida trouxe uma revista, uma revista ainda mais pornográfica do que as que Marion rouba do pai. A revista nova na verdade pertence ao irmão de Frida, Evert, que tem dezoito anos e está prestando o serviço militar. Essa revista mais picante quase só tem fotos e praticamente nenhum texto.

— Deixa eu mostrar! Deixa eu mostrar! — diz Frida, animada, afastando as mãos das meninas que tentam agarrar a revista para ver.

Frida vira as páginas até a foto de uma mulher deitada de lado no chão sendo possuída pela frente por um homem e por trás por outro, enquanto um terceiro está ajoelhado por cima de seu rosto. Frida ergue a foto para todas poderem ver e em seguida passa a revista para Marion, que a passa para Erika, que a passa para Emily. Erika olha para a foto, dá uma risadinha e sente um formigamento dentro de si. Ser inteiramente preenchida assim. Totalmente tampada e rasgada ao mesmo tempo. Subjugada, dominada, impotente.

— Olhe só isto aqui, Erika! — sussurra Marion, sentada a seu lado.

As outras meninas olham para Erika e dão risinhos marotos.

— Essa daí poderia ser você — diz Frida em voz baixa.

— Você poderia estar sendo comida pelo Fabian por um lado e pelo irmão gêmeo dele pelo outro — diz Marion.

— Enquanto chupa o pau do Pär — diz Emily.

— O Pär é meu — diz Marion, lançando um olhar fulminante para Emily.

— Tudo bem, do Ragnar então — diz Emily. — Enquanto chupa o pau do Ragnar.

— Eca! — diz Marion, e enfia o dedo na boca, para dentro e para fora, fazendo cara de quem vai vomitar.

Erika dá uma risadinha. Ela não quer rir; tudo que elas estão dizendo não é razão para rir, todas essas coisas nojentas que saem da boca delas sempre que dizem o nome de Ragnar — é como se cuspissem nele —, mas ela ri mesmo assim. É como daquela vez, alguns dias antes, em que estavam olhando seu antigo álbum de fotografias e viram a foto dela com o pai e ela disse: Meu pai é meio ridículo. Não queria dizer isso, mas disse mesmo assim. Não se sente capaz de não dizer. Marion passa o braço em volta dela e diz que vai dar uma festa no final da semana, e que várias pessoas vão. Não só Fabian e o irmão, mas meninos mais velhos, amigos do irmão de Frida, todos prestando o serviço militar. Erika pode sentir Marion fazer cócegas em sua nuca, curvar-se por cima dela e lamber sua orelha. Pensa na fotografia da mulher sendo possuída pela frente e por trás e pela boca, e sente um formigamento entre as pernas.

— AGORA! — diz Marion de repente.

Frida agarra os braços de Erika, empurra-a de costas e a segura assim. Emily tira sua calcinha de biquíni, força-a a abrir as pernas, e a segura assim.

— Não — diz Erika, rindo. — Não façam isso.

Marion vai até a bolsa de praia e tira lá de dentro o vibrador.

— Não, por favor — pede Erika, rindo.

Ela não consegue parar de rir. Marion se aproxima devagar e tem um aspecto totalmente cômico com o vibrador que zumbe estendido à sua frente e uma expressão no rosto (olhos semicerrados, boca franzida) que supostamente deve lembrar a da mulher excitada na revista. É cômico *mesmo*. É como se estivessem fazendo cócegas nela, e Erika não consegue parar de rir. Ri, ri sem parar. Quer se sentar e se recompor, mas Frida a segura pelos pulsos e Emily pelos tornozelos, e tudo que Erika consegue fazer é se contorcer ali, imobilizada por cada extremidade, de pernas abertas. Agora estão todas rindo. Frida junto a sua cabeça, Emily junto a seus pés, segurando-a deitada. Marion com o vibrador que zumbe. Erika de costas com as pernas escancaradas. Elas riem, riem, e quanto mais olham uma para a outra mais riem, e é impossível parar. Marion tenta recuperar a expressão despropositada do rosto, mas não consegue. Seu rosto se solta em mais risadas. Ela se ajoelha na frente de Erika e empurra o vibrador na sua direção, e Erika ri e grita: — Não! Não! Não! Não! Isso não!

Marion também ri e empurra o vibrador para dentro dela, com força, e a dor é como ser empalada e transpassada por uma lança, e Erika para de rir e grita Não! Ai! Mas Marion continua a transpassá-la com a lança, e Erika grita e se debate tentando se soltar das mãos de Frida e Emily. Elas a mantém imobilizada, e todas riem.

— Quer na bunda também? — grita Marion.

Frida e Emily tentam fazer Erika rolar de bruços, mas Erika consegue se desvencilhar, gritando para elas pararem.

Ela agora está chorando.

As três meninas a olham com ar intrigado.

— Ah, vamos — diz Marion. — É só uma diversãozinha. Você estava rindo tanto quanto nós.

Erika encontrou a calcinha do biquíni e enrolou uma toalha em volta do corpo. Ela não quer chorar. São tantas lágrimas. Mas não quer chorar na frente delas. Então respira fundo e se esforça para sorrir.

— Tenho que voltar para casa para o jantar, tá bom? — diz.

Marion olha para ela. Ainda está segurando entre o polegar e o indicador o vibrador que zumbe. Todas podem ver os vestígios de sangue. Erika olha para o chão. Ninguém diz nada. Marion joga o vibrador no mar.

— Pronto, não existe mais — diz, dando de ombros.

Frida e Emily dão uma risadinha. Erika vira as costas, sem querer que elas vejam as lágrimas escorrendo de dentro dela. A vergonha parece um vômito.

— Sumiu! Sumiu! — sussurra Marion.

Ela segura a mão de Erika com a sua e enxuga as lágrimas com cuidado.

Ainda faltam sete dias para a noite de estreia do Festival de Hammarsö desse ano, e o nome provisório da peça é *Uma ilha no mar.* Nem Isak nem Ann-Marie Krok conseguiram decorar suas falas. Muitos dos jovens não aparecem mais nos ensaios; a onda de calor continua. Palle Quist não está satisfeito com o título *Uma ilha no mar.* Muito sem graça e inconsequente, ele acha, ainda mais porque todas as ilhas, por definição, ficam no mar. Então ele permanece deitado em sua cama noite após noite, remexendo-se, revirando--se e tentando pensar em um título melhor, o tempo inteiro sabendo que precisa desesperadamente de suas oito horas de sono — porque sem sono nunca será capaz de organizar a produção desse ano, que já tem mais problemas do que o previsto. A atriz principal, Ann-Marie Krok, está claramente sofrendo de demência senil e Isak Lövenstad, em seu papel de Velho Sábio, nem uma vez sequer conseguiu recitar o longo poema em verso que encerra a peça e fala não apenas dos mortos e seu desejo de vida mas também do confronto final entre Deus e Satã. É um mo-

254

nólogo fundamental! Se Isak Lövenstad tropeçar na noite de estreia, a peça inteira estará arruinada, e aquele insuportável rapaz metido a crítico de verão de Örebro terá munição mais do que suficiente para massacrar o cuidadoso esforço do dramaturgo quando escrever sua resenha para o jornal local.

É um momento difícil para Palle Quist, que tem muitas coisas com que se preocupar quando passa as noites deitado sem conseguir dormir. Preocupa-se com a pianista que — por pura maldade — perde regularmente a hora dos ensaios, obrigando os atores a ensaiarem as canções sem acompanhamento. Preocupa-se com Marion dos cabelos negros, que falta aos ensaios e recita suas falas mascando chiclete ou simplesmente rindo. Preocupa-se com a cenografia, que está sendo toda sabotada pelo zelador do centro comunitário. O zelador alega que, por motivos de segurança, é impossível construir um alçapão no chão, alçapão este que — com um grande estrondo! — se abriria para libertar os espíritos da floresta. A ideia, segundo Palle Quist, era os espíritos da floresta irromperem no palco *como se realmente estivessem saindo de reinos subterrâneos!* O zelador, um homem bronzeado e marcado pelo tempo, com olhos azuis, uma guimba de cigarro na boca e uma porca dando cria em sua fazenda, suspirou e disse que não podia autorizar esse tipo de dano na sede do centro comunitário, e declarou que Palle Quist teria de assumir total responsabilidade se houvesse algum problema. Além disso, considerava seu dever lembrar a Palle Quist que o Festival de Hammarsö não passava de um dos programas que estavam ocorrendo no centro comunitário naquele verão, e imagine só o que aconteceria se todos viessem pedir seus próprios alçapões no chão e Deus sabe mais o quê. Com a porca prestes a dar cria, o zelador, que tinha muito pouco tempo disponível, mostrou-se intransigente em relação a esse e outros detalhes da cenografia — e visões de espíritos da floresta irrompendo de reinos subterrâneos em nada conseguiram comovê-lo. Na verdade, muito pelo contrário. O imbecil, que sem dúvida jamais tinha lido um livro ou assistido a uma peça de teatro em toda a vida, era incapaz de compartilhar ou se deixar levar por qualquer salto mais ousado da imaginação, que dirá concebê-lo sozinho, e fazia Palle Quist se sentir idiota e ridículo com suas roupas largas esvoaçantes, seu comprido cachecol de artista, sua barba orgulhosa e seu *magnum opus* capenga, agora tão irremediavelmente próximo da estreia.

Portanto, à noite, ele fica acordado se revirando de um lado para o outro, contemplando a própria inadequação, pensando na dor das juntas, músculos e cabeça, e mais do que tudo detesta o pirralho de Örebro, o crítico com aquele pretensioso sobrenome alemão cuja única missão na vida parece ser ridicularizar, trivializar e destruir a ele. E certa noite, deitado na cama com os olhos pregados no teto sem conseguir dormir, ele começa a pensar em Ragnar, o menino magricelo vestido de preto com o sinal de nascença entre as sobrancelhas, o menino que o encara com olhar moroso ou dá risinhos sarcásticos ao receber alguma instrução, e cujo corpo é percorrido por uma espécie de tremor espasmódico de morte sempre que lê sua fala *Eu sou um anjo que veio do norte!*

— Caro Ragnar. Meu caro amigo...

Palle Quist franze o cenho com uma preocupação bem--intencionada.

— A ideia não é você tremer e arquejar em busca de ar, nem imitar os espasmos de um homem à beira da morte. Você é um anjo. A ideia é...

Palle Quist hesita.

— A ideia é...

Ragnar o encara e pergunta:

— Então, qual é a ideia?... Você agora me deixou curioso!

— A ideia é que o anjo... ou seja, você!... que o anjo seja *a*

256

própria vida! E, como símbolo da vida, você não pode assustar a plateia com esses espasmos de morte, mas precisa *arrebatar* a plateia! Assim!

Palle Quist abre os braços, abraça Ragnar e grita com a voz alegre:

— EU SOU UM ANJO QUE VEIO DO NORTE!

Ele solta Ragnar, olha para ele e sorri.

— Entendeu o que eu quero dizer?

Ragnar sorri, mal-humorado, mas não responde.

Não há nada no sorriso do menino magro que lembre, nem sequer remotamente, a *própria vida*, e Palle Quist pondera com amargura, como sempre faz quando encontra qualquer resistência, grande ou pequena, que sua peça será um desastre completo.

Para ser bem franco, não foi ideia *sua* dar a Ragnar o papel da própria vida. A culpa não é *sua*, e isso é importante para Palle Quist. Nem Ragnar nem a mãe de Ragnar entraram em contato com ele para saber sobre a possibilidade de um papel antes de expirado o prazo de 10 de maio, e Palle Quist não tinha portanto nenhuma obrigação de incluir o menino na peça. Quem insistiu foi Isak.

— Mas por quê? — indagou Palle.

— Porque... — respondeu Isak, hesitante. — Porque é uma coisa que eu preciso pedir para você fazer, e que você simplesmente não pode recusar. O menino precisa de um papel!

No fundo de seu coração, um coração grande e espaçoso que bate pelos fracos deste mundo, Palle Quist é um defensor das crianças. Participa de vários comitês em Estocolmo dedicados à promoção do Ano da Criança da ONU e à importância dos direitos da criança. Mesmo assim, considera Ragnar uma pessoa irritante. Ele passa o tempo inteiro correndo para o banheiro e atrapalhando os ensaios. Sua mão treme, sua mão muito, muito pequena, tirando tudo o mais que ele tem de singular. Mas em vez de aceitar a preocupação de Palle, pois Palle é um dos únicos a demonstrar alguma preocupação com ele, Ragnar o afasta. Palle Quist atingiu o limite de suas forças. Sabe muito bem como é importante demonstrar preocupação com os outros, independentemente de quem forem ou de qual for o seu aspecto, ou de que parte do mundo eles venham, e Palle não é do tipo que reluta em demonstrar sua boa índole: ele toca, reconforta, abraça, oferece palavras de incentivo. Mas Ragnar é uma criança ingrata. Não demonstra nenhum sinal de gratidão nem por sua inclusão no Festival de Hammarsö desse ano, nem pela generosidade e calor humano com os quais Palle Quist o rodeou. Ele fez tudo o que podia por Ragnar, aquele pirralho ingrato!

Não recebeu em troca nem sequer um sorriso que não fosse forçado.

É desanimador. É tudo muito desanimador.

E Ragnar corre pela faixa de terra junto ao mar com uma fila de crianças atrás dele. Ele corre, corre sem parar. Que ano é esse? Que mês? Que dia? Tudo que aconteceu no ano passado está acontecendo de novo este ano, e isso nunca termina. Nada muda. Tudo que ele consegue ouvir são os gritos dos outros e sua própria respiração. Inspira. Expira. Inspira. Expira. O pior que pode acontecer agora é ele sentir uma pontada na lateral da barriga. Nesse caso vai ter de parar, agachar-se e tentar vomitar. Até a dor na barriga passar. Mas Ragnar não quer parar. Ele não quer passar mal. Não quer se render a eles. Então respira regularmente. Inspira. Expira. Inspira. Expira. Ele corre mais depressa do que todos os outros, e de vez em quando, quando está no topo do mundo, para e acena para eles, e pula e grita alguma coisa só para irritá-los. Eles só conseguem alcançá-lo de vez em quando, e nessas vezes é como se houvessem ansiado por ele, porque aquilo é uma espécie de anseio: eles anseiam por abraçá-lo, estreitá-lo, consumi-lo, bater nele, rasgá-lo em pedaços! Quando Frida agarra seus cabelos e bate com sua cabeça em um muro de pedra, ele sabe que não é a última vez e não chora nessa hora, nem quando eles tiram sua roupa na floresta, mandam-no sentar em cima de um tronco de árvore e ficam em roda ao seu redor zombando dele: *fracote, bundão, ordinário, chupador de xoxota, degenerado, bicha, psicopata, imbecil, burro.* Isso só acontece às vezes, mas, quando o alcançam, eles se mostram insaciáveis, implacáveis, ele é seu mais querido, seu mais amado, e quando se esgotam as palavras para gritar eles simplesmente recomeçam, porque tudo o que aconteceu torna a acontecer, tudo que foi dito uma vez torna a ser dito outra vez; aquilo nunca termina.

Quando ele tinha dez anos, Marion cerrou as mãos ávidas em torno do seu pau e puxou o prepúcio, puxou com força, gritando com ele que o seu pênis não passava de um pedacinho de pele e não era do tamanho do de um menino de verdade. Ela puxou, puxou, puxou até seu pau inchar e começar a sangrar como sangram as meninas, e isso o fez chorar e implorar que ela parasse. Marion! Marion! Marion dos longos cabelos negros! Certa vez, ela se sentou na garupa da grande bicicleta amarela feminina que ele tinha, e juntos serpentearam pela estrada sinuosa até a loja para comprar sorvete, e depois ele lhe ensinou a andar na bicicleta, porque antes de ele lhe mostrar ela não sabia. Ele apanha dos meninos, tapas, chutes e socos na cara, e depois tudo termina até a vez seguinte, quando eles o obrigam a beber mijo de cavalo, esfregam merda de cachorro nos cabelos dele dizendo que é xampu, obrigam-no a beijar de língua uma garota chamada Eva que começa a chorar quase na mesma hora, então depois disso eles a deixam em paz. Ele é o único de que não conseguem se fartar. É assim que é. Ragnar, seu mais lindo, seu mais querido. É Ragnar que eles desejam. Ragnar, o abençoado. Ele corre, corre, corre, e só de vez em quando os outros conseguem alcançá-lo.

Ragnar pode ouvir a própria respiração, um inspira-expira ritmado.

Os outros agora estão bem longe atrás dele. Ainda ouve seus gritos. E suas risadas. Mas a distância que os separa só faz aumentar, e logo eles desaparecem e ele fica completamente sozinho e agora livre.

O plano era comemorarem o décimo quarto aniversário deles juntos na cabana secreta. Iriam se encontrar às sete da noite, trocar presentes e beber Coca-Cola, e comer um pouco do bolo de aniversário que havia sobrado. Erika e Ragnar tinham combinado isso muito antes. Na verdade, de acordo com Ragnar, não era algo que precisasse ser planejado. Desde que tinham onze anos eles comemoravam o aniversário deles juntos na cabana. Os dois e mais ninguém. Erika não achava que fosse preciso continuar fazendo a mesma coisa entra ano e sai ano só porque sim. E as pessoas não precisavam combinar coisas umas com as outras.

Ela estaria muito ocupada no dia do seu aniversário, disse, e não tinha certeza se ela e Ragnar ainda iriam continuar comemorando o aniversário deles juntos na cabana secreta quando tivessem, digamos — Erika respirou fundo —, vinte e cinco ou trinta anos, ou algo assim.

Isso fez os olhos de Ragnar se encherem de lágrimas, e ele segurou sua mão e disse: Por favor diga que sim.

Ragnar chora muitas vezes nesse verão e Erika não sabe o que fazer. Em uma das vezes ela o abraça. Em outra, põe a mão dele sobre seu seio nu e beija suas pálpebras. Na terceira vez recosta a cabeça em seu ombro, e então ele recosta a dele no ombro dela e ficam sentados assim até ele parar de chorar. Não há muito a dizer. Ela sabe que eles batem nele. Sabe que o atormentam. Mas na maioria das vezes é só de brincadeira. Até Ragnar sabe que eles estão só brincando e que nada disso tem muita importância, e de qualquer forma ela não é capaz de fazê-los parar. Não pode dizer que ela e Ragnar são uma espécie de casal. Não pode dizer isso.

Mesmo assim ela tenta imaginar. Erika se imagina abrindo a boca e dizendo que ela e Ragnar estão namorando e que os outros precisam deixá-lo em paz.

— Deixem ele em paz!

Imagina as expressões deles: Marion, Frida, Pär, Emily, Fabian e Olle. As risadas silenciosas. Os olhares. Então vai esbarrar neles na praia ou a caminho da loja ou no centro comunitário e Marion e Frida ou Frida e Emily ou Marion e Emily virão até ela, chegarão bem perto — o mais perto possível, mas sem tocá-la — e começarão a conversar uma com a outra. Se Erika disser alguma coisa, vão fingir que não escutaram. Se olhar para elas, farão como se não a estivessem vendo. Se pular, gritar, se jogar no chão ou começar a cantar, elas simplesmente continuarão a conversar uma com a outra. Ela será para elas como a brisa. Já as viu fazer isso muitas vezes. Mas elas estão só brincando. Não é tão sério assim. Até Ragnar diz que só estão brincando. Elas não fazem por mal.

— Pai.
— Sim.
Isak ergue os olhos do jornal.

— Eles não querem deixar Ragnar em paz — diz Erika.

— Por que não?

— Não sei.

— O que eles estão fazendo?

— Brigando.

— Faziam isso na minha época também.

— Na sua época?

— Quando eu era jovem.

— Pai, você não está entendendo.

— Estou entendendo sim, Erika, mas os meninos brigam. Sempre foi assim.

— As meninas também brigam.

Isak ri.

— Ragnar deveria beijar as meninas em vez de brigar.

— Você não está entendendo.

— O que é, então? O que é que eu não estou entendendo?

— Eles dizem coisas.

— O que é que eles dizem?

— Sei lá. Coisas nojentas.

— Bom, eu imagino que ele esteja pedindo.

Erika olha para o pai.

— Como assim, pedindo?

Isak se levanta da poltrona, dobra o jornal e coloca-o sobre a mesa. Diz:

— Tem alguma coisa nele... alguma coisa nos olhos dele. Ele tem olhos de cão.

Sobre as comemorações do décimo quarto aniversário: Erika precisa dizer a Ragnar que afinal não vai poder encontrá-lo na cabana às sete. É a véspera do grande dia e Rosa lhe deu permissão para convidar alguns amigos para irem à sua casa. Para uma espécie de festinha na varanda.

264

Ela não diz que acha isso mais interessante do que ficar sentada na cabana com Ragnar.

Quando ouve a notícia, Ragnar não diz nada. Será que vai começar a chorar de novo? Erika olha para ele. Sente vontade de dizer: O aniversário não é só *seu*. É meu também. Sou eu quem decido o que eu quero fazer. Escute aqui! É só um dia, Ragnar! Só um dia idiota no meio de outros dias idiotas! Ela sente vontade de sacudi-lo. De gritar com ele. De fazê-lo escutar. Você é tão... você é tão... você é tão... pesado!

— Você também pode vir se estiver com vontade — diz ela.

Ragnar dá uma risadinha e balança a cabeça, incrédulo.

— Não. Mas obrigado mesmo assim.

Estão sentados lado a lado na cama de campanha da cabana secreta, dividindo uma Coca-Cola. Ragnar usa uma calça preta e uma camiseta preta com uma estampa de Tom Verlaine. Na cabeça, um chapéu velho puxado por cima da testa esconde o sinal de nascença entre as sobrancelhas. Ele diz que herdou o chapéu do pai. Erika não sabe nada sobre o pai de Ragnar. Não sabe se ele está morto, vivo, doente, casado ou divorciado, ou se acaba de se escafeder para a Austrália. É a véspera do décimo quarto aniversário deles, e os dois estão sentados na cama de campanha da cabana secreta, e Erika quer muito ir embora — quer estar em qualquer outro lugar que não ali, tem a sensação de estar sentada ali há anos —, mas ele segura sua mão e ela simplesmente continua sentada ali. A mão dele parece a de um menino. Ragnar sempre foi magro. Pulsos delicados. Pernas finas. O menino das pernas de palito, era como costumavam chamá-lo.

Certa vez, já fazia muito tempo, Erika e Laura estavam deitadas no meio da grama alta e viram um menino magro usando uma camiseta onde se lia CATARATAS DO NIÁGARA : EU FUI, correndo na direção da porta da casa de Isak. Estava correndo de um bando de outras crianças que o perseguiam. Erika tenta se lembrar. De onde vinham as outras crianças? Ela as conhecia na época? Não era só Ragnar correndo daquela vez? Lembra-se de Ragnar desabando em frente à porta e de Isak abrindo-a com um grito alto e erguendo-o no colo e levando-o para dentro. Foi só muitas horas depois que elas tornaram a vê-lo; tinham ficado deitadas um tempão esperando, mudando de posição sem parar por causa do sol. E quando por fim o viram perto da casa, levantaram-se e saíram correndo atrás dele. O menino na frente, com Erika e Laura atrás dele.

— EI, VOCÊ... PARA ONDE ESTÁ INDO?... POR QUE BATEU NA PORTA DA CASA DO NOSSO PAI?... QUAL É O SEU NOME?... O QUE O NOSSO PAI DISSE PARA VOCÊ?

— Eu preciso ir — diz Erika, e levanta-se da cama de campanha.

— Não vá — diz Ragnar, apertando sua mão.

— Eu preciso.

— Eu não quero ficar sozinho. Por favor — diz Ragnar.

Erika lhe dá um abraço e sussurra:

— Tchau então.

Ela olha para o relógio. É tarde. Quase onze da noite.

— Só mais uma hora com treze anos — diz ela.

Ragnar lhe dá um sorriso. Ele está sentado na cama de campanha com o chapéu do pai puxado por cima dos olhos. Ergue a mão e acena sem olhar para ela.

— Parabéns!

Erika meneia a cabeça em resposta.

— Para você também — diz ela, e vai correndo para casa.

266

Recebê-los em sua casa. Marion, Frida, Emily, Pär, Fabian e Olle. Ver tudo através dos olhos deles: a casa branca de calcário junto ao mar é pequena, bagunçada, antiquada; como se tudo tivesse morrido em algum momento dos anos 1960; Isak não passa de um velho e Rosa é gorda e burra, com a cabeça oca — será que ela precisa ficar saindo para a varanda e perguntando *Mais limonada? Mais cachorro-quente? Mais bolo?* como se eles tivessem dez anos de idade? E não é só isso. Laura continua se empanturrando de cachorro-quente e falando pelos cotovelos muito embora saiba que não deveria estar ali.

Laura tinha lhe prometido, tinha jurado não aparecer na festa.

Aqueles são os amigos de Erika.

Quanto a Molly, ninguém presta nenhuma atenção nela. Ela está sentada completamente imóvel debaixo da mesa da varanda, usando a capa que a torna invisível para todo mundo menos Erika. Sua irmã lhe deu a capa de presente de aniversário. A capa da invisibilidade na verdade é um anoraque vermelho com um *bottom* no braço onde está escrito SALVEM O RIO. Erika não teve tempo de comprar um presente para Molly, ou esqueceu. Então teve a ideia da capa da invisibilidade. Molly cobriu a cabeça com o anoraque na mesma hora. Ele chegava aos tornozelos dela e podia mesmo ser chamado de capa. Uma capa vermelho-viva. Molly rodopiou gritando: *Já estou invisível? Já estou invisível?*

E Rosa, Isak e Laura soltaram um suspiro e retrucaram, um depois do outro:

— Onde está Molly?

— O que houve com Molly?

— Molly sumiu?

E quando Molly tirou o anoraque e gritou *Estou aqui!*, ficaram todos igualmente espantados e disseram: *Ah, olhe você aí!*

Molly está sentada bem, bem quietinha debaixo da mesa com sua capa vermelho-viva da invisibilidade, ouvindo todas as vozes, e de vez em quando Laura joga um pedaço de cachorro--quente ou de bolo no chão para ela. Como se ela fosse um cachorro. Mas ela não é um cachorro. Ela é invisível.

Laura sabe que prometeu ficar longe da festa de aniversário, mas Marion, com seus lindos cabelos, esticou a mão quando Laura passou pela mesa e alisou seu suéter dizendo que era bonito, então Laura sentou-se ao seu lado em vez de ir dar uma volta pela praia como pretendia. E ninguém está ligando para isso. Só Erika. Os outros não. Erika sempre quer deixá-la de fora das coisas. Imagine se eles soubessem que na verdade Erika está namorando Ragnar e não aquele menino chamado Fabian. Imagine se soubessem o que Erika e Ragnar fazem quando niguém está olhando. Logo Ragnar. Com seu chifre na cabeça, sua voz esganiçada e suas roupas pretas.

O primeiro presente é de Frida, seguido por presentes de Marion e Emily. Os meninos trambém trouxeram presentes. O de Fabian é uma caixa de chocolates chique do continente, e Erika lê o cartão em voz alta: *Para Erika. Rosas são vermelhas. Violetas azuis. As estrelas brilham com a sua luz. Parabéns! Tudo de bom, Fabian.* Todos riem. Até Fabian. Erika enrubesce e lhe dá um abraço dizendo uau obrigada, ela não sabia que ele gostava tanto dela. Recosta a cabeça no ombro dele.

E então, de repente:

— A *Erika namora o Ragnar!*

Laura diz isso em voz alta, e todos se calam e olham para ela.

Erika se levanta e torna a se sentar.

— Suma daqui, Laura — diz. — Suma daqui já.

Mas Laura não some dali. Ela diz:

— A Erika sai de casa à noite e vai para a cabana dele na floresta e eles namoram a noite inteira.

Todos olham para Erika. Por alguns instantes, todos em volta da mesa ficam completamente calados. Não se ouve nada a não ser o rugido do mar, os gritos das gaivotas e um vento morno que acaricia suas faces.

Fabian solta a mão de Erika, e Marion enfia o dedo na garganta e diz ECA! Então todos recomeçam a rir.

— Suma daqui — sussurra Erika para Laura.

— Não! — diz Laura.

— Não é verdade — diz Erika para os outros. — Ela não sabe do que está falando.

Ela torna a se virar para a irmã.

— Sua pirralha!

— Eu estava só brincando — sussurra Laura. Porém quando todos lhe viram as costas e começam de novo a conversar entre si, ela arremata. — Eu estava só brincando. Mas é verdade mesmo assim. A Erika e o Ragnar estão namorando.

Marion dá um puxão na trança de Laura e pergunta:

— Quantos anos você tem, afinal?

— Quase treze — diz Laura.

— Ela tem *onze* anos — grita Erika, e em seguida solta um grunhido. — Suma daqui, Laura!

Todos olham para ela. Todos olham para Laura.

— E eu sei onde fica a cabana! — diz ela.

Erika revira os olhos.

— Todo mundo sabe onde fica a cabana ridícula dele.

— Eu não — diz Marion.

— Nem eu — diz Frida.

— Hora de passear pela floresta — diz Fabian, e todos riem.

Todos riem. Levantam-se da mesa e riem. Eles dão a volta correndo por fora da casa e entram depressa na floresta, sobem correndo a trilha e viram à esquerda em outra trilha, rindo, guinchando e berrando, e vinte e cinco anos depois Erika já não tem certeza de quem está lhes mostrando o caminho. Se a própria Erika, que anda, ou passeia, ou saltita junto com os outros, de braços dados com Fabian, dizendo *Não, não, vire à esquerda aqui, dê a volta por aqui, pelo meio destes arbustos*, ou então Laura, correndo na frente com sua longa trança balouçante, ou ainda Molly com sua capa vermelho-viva da invisibilidade que lhe chega aos tornozelos, saltitando, pulando, gritando. A floresta vai ficando mais densa. A trilha se afunila e vira apenas uma fina linha no chão. É possível ver que alguém passou por ali antes, mas com dificuldade. No final, apenas Molly está andando ereta. Segue marchando feito um soldadinho vermelho. O resto precisa se abaixar sob galhos, pular por cima de troncos, segurar os arbustos de lado. Espetam-se em espinhos, ralam os joelhos, mas conseguem passar pela vegetação rasteira e sair para a clareira. Laura leva um dedo aos lábios. Nada de risos agora.

Nada de vozes. Nem mesmo Molly diz nada. Ela torna a saltitar para o meio da mata e vai se deitar atrás de um arbusto, torna a se levantar e vai se deitar atrás de outro arbusto.

Do lado de fora da cabana torta há um carrinho de supermercado cheio de pedras. Com exceção disso, nada fora do normal. Um trecho de prado verde. Uma árvore retorcida. A cabana, parecendo que vai desabar a qualquer instante. Erika dá alguns passos à frente, para longe dos outros, detém-se e fica completamente imóvel. Torce para ele não estar ali. Une as mãos e sussurra: *Por favor, faça com que ele não esteja aqui.*

Marion chega por trás dela e para.

— Você acha que ele está aí dentro?

Erika dá de ombros:

— Não sei.

— Vai entrar para ver?

— Não sei.

— Acho que você deveria entrar para ver.

Ela passa o braço em volta de Erika, e Erika recosta a cabeça no ombro de Marion. Mas não é isso que Marion quer dizer. Ela não quer que elas fiquem ali na clareira abraçadas. Erika sente um forte empurrão nas costas. Um empurrão para a frente.

— Entre para ver — diz Marion.

Quando Erika abre a porta e vê Ragnar sentado na cama de campanha com o chapéu puxado por cima dos olhos, sua primeira reação é pensar que ele está sentado ali desde a noite anterior. Está quase totalmente escuro dentro da cabana, com exceção de uma pequena vela na mesa em frente à cama. Ele está usando uma camiseta nova do Jimi Hendrix.

— Oi — diz Erika.

Ragnar ergue os olhos. Ela pode ver seu rosto — olhos, nariz, boca — à luz da vela.

— Oi — diz Ragnar.

— Parabéns — diz Erika.

— Parabéns — diz Ragnar.

— Camiseta nova? — pergunta Erika.

— Ganhei de um amigo de Estocolmo. Chegou hoje pelo correio. É o Jimi Hendrix — diz Ragnar.

Erika aquiesce.

Ragnar torna a olhar para o chão.

— Por que você está aqui, Erika?

Erika olha para ele. Inspira, preparando-se para dizer alguma coisa. E então começa a chorar.

Ragnar se levanta da cama de campanha, empurra-a para o lado e vai até a porta. Abre a porta e olha para fora.

— Puta que pariu — diz ele. — Puta que pariu, Erika.

Então ele sai correndo.

Ragnar corre, corre pela floresta. Não tem quase nenhuma vantagem, porque desta vez eles o encurralaram, então pega o atalho até a praia. Sua respiração é irregular. Ele tenta respirar de forma regular, mas não consegue. Vai acabar sentindo uma pontada na lateral da barriga. Vai ter de parar e se agachar, mas não há tempo. Alguns já estão logo atrás dele, apenas dez ou vinte metros mais atrás. Ele respira. Com certeza eles agora estão ouvindo sua respiração. Acharam seu rastro. A floresta se abre e ele corre pela praia ampla e deserta em direção ao mar, e o mar também se abre, e ele corre para lá e o mar o recebe, o mais amado.

Molly corre e saltita pela floresta. Não é muito fácil quando se está usando o anoraque vermelho-vivo de Erika que desce até os tornozelos. De vez em quando, ela tropeça e rala o joelho. Não é só por causa do anoraque. É também porque ficou escuro. *Borlänge* significa dia, mas agora está de noite. Os outros saíram correndo na frente e ela vai encontrá-los. Eles não a esperaram. Não a viram. Mas não é porque ela está usando a capa da invisibilidade, e sim porque ela estava escondida atrás de um arbusto.

Então ela sai para a praia.

Então ela para completamente e olha.

Agora estão todos jogando pedras em Ragnar na água e gritando uns para os outros.

Então ela ergue o rosto para o céu e grita EI! EI! EI!

E Erika nunca será capaz de dizer quem começou a atirar pedras. Ragnar corre pela parte rasa, com a água chapinhando em volta dos pés, e de repente se vira e grita HA HA HA HA e acena com os braços, e todos riem e acenam com os braços e gritam HA HA HA HA também.

É como se estivessem todos cantando a mesma canção. Alguns chamam, outros respondem. Ragnar vai recuando como em uma dança na direção do mar. A água chega até sua cintura. Ele ergue as mãos em frente ao rosto e grita para eles.

— Não! Não façam isso! Não! Parem!

Mas quem começou a atirar, e quem atirou a pedra que o atingiu na testa antes de ele desabar ali na água, ninguém sabe dizer.

IV. VERÃO, INVERNO

— Acho que vamos ter tempo ruim esta noite — disse Rosa, indo fechar as três janelas de frente para o mar.

Isak ergueu os olhos do jornal.

— Não podia mesmo durar — disse ele.

— O quê não podia mesmo durar? — perguntou Rosa sem se virar.

— O calor — respondeu Isak. — Não podia continuar assim.

Um vento forte já havia se erguido, e Rosa teve de puxar a janela na sua direção para fazer os trincos fecharem. Um galho bateu na parede externa da casa; as ondas estavam brancas e cinzentas de espuma. Ela ficou ali parada, olhando a praia cheia de pedras.

— É melhor eu ir guardar as bicicletas na garagem — disse.

Isak estava sentado em uma das duas poltronas em frente à televisão, e Rosa estava em pé de costas para ele, olhando pela janela. Ele tinha a sensação de que podia desaparecer daquilo tudo e se aninhar nas costas largas da mulher, no vestido florido justo e no amplo cardigã de lã cinza que ela trazia sobre os ombros todas as noites.

— Mas ainda não está chovendo, está? — perguntou ele.

Rosa não se virou; continuou junto à janela.

— Não, mas olhe só para essas nuvens.

Apontou para algo lá fora.

— Já está escurecendo. Ontem, a esta hora, estávamos sentados lá fora tomando vinho, mas hoje de repente já parece outono.

Isak olhou de relance para o relógio de carrilhão que contava o segundos sozinho no canto. Esta sala, pensou. Este relógio. As poltronas. A televisão. A escrivaninha. A mesa de madeira de pinho com o vaso de porcelana azul. À noite, Rosa de vez em quando diz que vai sair para dar uma volta; diz que quer passar um tempo sozinha, então sai depois de pôr Molly para dormir, Molly que não é sua filha, e sim filha de Ruth. Depois de algum tempo, ela volta com um punhado de flores silvestres. Vermelhas, amarelas, brancas. Enche o vaso de porcelana de água e põe as flores na água. Nada deve mudar. Ser consertado. Pintado. Raspado. Aqui tudo deve ficar como está, e nenhum deles terá de falar sobre o que foi ou sobre o que está por vir. Não. Aqui, muito silenciosamente, eles farão suas refeições, assistirão a programas de TV, dirão seus boa-noites gentis e carinhosos um ao outro ao fim de cada dia. Aqui envelhecerão e morrerão juntos, sem perturbações ou exigências, em silêncio e sem culpa.

— As crianças voltaram? — pergunta ele.

— Voltaram.

— A festa de aniversário foi um sucesso?

— Foi.

Então, pensando bem:

— Bom, pelo menos acho que foi.

Rosa deu um suspiro e apertou mais o cardigã em volta do

278

corpo. Isak queria descansar no rosto dela, em seus olhos, nos cantos de sua boca, em suas bochechas.

— É melhor eu ir guardar as bicicletas — disse ela.

A noite caiu, um temporal estourou, e o temporal não queria nada além de castigar árvores, muretas e casas que estavam ali havia tanto tempo, recusando-se a ser despedaçadas. A ilha já sobrevivera a temporais assim, diriam aqueles que sempre tinham vivido ali.

Erika esgueirou-se para fora da cama e saiu de fininho para o hall; enfiou os pés nas galochas verdes de Isak e destrancou a porta da frente. O vento fez voar sua camisola e seus cabelos, ergueu-a e carregou-a até o mar. Ela caiu e machucou os joelhos, e isso a deixou assustada. Primeiro por causa da queda, depois por causa do som da própria voz fina. Não foi um grito aterrorizado, mais alto do que os outros barulhos, foi quase nada, e ela rolou de lado e levantou-se até ficar sentada. Estava escuro e ela não conseguiu tirar a sujeira e a terra que haviam ficado presas nos cortes, e um sangue pegajoso cobria suas mãos, joelhos e camisola. Ela se levantou e continuou a correr; correu, titubeou, caiu e se levantou e continuou a correr. Entrou chapinhando no meio das ondas e ficou ali em pé com as pernas bem separadas, os pés firmes dentro das galochas. Abriu a boca e o vento a fustigou e ela quis gritar mais alto do que o vento, silenciá-lo. Mas o que iria dizer? O que iria gritar agora que estava ali em pé, molhada, trêmula, com os joelhos, as mãos e a camisola ensanguentados, um sangue viscoso, pegajoso? EU DETESTO A PORRA DA SUA CAMISETA DO TOM VERLAINE!, gritou ela. Ela berrava. E o mar a golpeava e a puxava para baixo, e ela se lembrou dele dizendo que tudo que você precisava fazer era se entregar, deixar-se cair de costas, era essa a coisa mais corajosa que se podia fazer. Ele dizia também que, quando está escuro assim, uma luz ilumina o mar (era um fenômeno natural ali na ilha, de cujo nome ela não conseguia se lembrar), e ela agora estava em pé no meio dessa luz, e talvez ele pudesse vê-la, talvez ele estivesse em pé um pouco mais afastado no meio daquele grupo de árvores onde a floresta deixava de ser floresta e virava praia, meio escondido atrás de uma árvore. A praia era negra e pedregosa, e ela não tinha ideia de quanto tempo fazia que estava ali no meio das ondas, debaixo da chuva, mas podia sentir que ele a observava. Sempre que levantava a mão ou dava um passo, era como se o estivesse fazendo para ele, e deu um passo em sua direção e ele disse eu não quero ficar sozinho, Erika, por favor, não vá embora.

E a chuva caiu do céu e tudo ficou pesado, molhado, cinza, empapado, e o trovão que rugia sobre o mar trouxe também a queda de energia que ninguém percebeu antes da manhã seguinte. Era noite e as pessoas dormiam. As que estavam acordadas não acenderam a luz.

Molly estava deitada ao lado de Laura na cama estreita de menina, e estavam as duas acordadas porque uma abelha voava pelo quarto em espirais, de uma parede a outra. Do lado de fora, o temporal estava no auge e o trovão ribombava, mas era a abelha quem as mantinha acordadas.

— Você precisa dormir agora — disse Laura, e começou a chorar.

— Coitadinha da Laura — disse Molly, e afagou a cabeça da irmã.

Laura encolheu-se na cama e passou os braços em volta da cintura fina da irmã. Então sussurrou:

— Você não entende. A gente nunca mais vai poder levantar!

— Acho que vai, sim — disse Molly. — A gente vai poder levantar amanhã quando o homem disser *Borlänge*.

Laura chorava sem parar.

— Você não entende. Não entende o que eu estou dizendo. Não entende o que aconteceu. A gente nunca mais vai poder levantar.

— Não — disse Molly.

Laura soltou Molly e sentou-se na cama, olhando para a irmã com expressão severa.

— Mas você nunca, nunca, nunca pode contar a ninguém o que aconteceu na praia.

— Não — disse Molly.

— Se contar para alguém, eles vão vir à noite quando você e a sua mãe estiverem dormindo... e eles têm a chave de todas as portas de todos os países, então não vai adiantar trancar a porta.

— Quem vai vir? — interrompeu Molly.

— Os caçadores — disse Laura. — E depois de destrancarem a porta eles vão achar o caminho até o quarto e matar a sua mãe com cinco tiros na cabeça.

Molly começou a gritar.

282

— Shh — sussurrou Laura.

Molly levou as mãos às orelhas e continuou a gritar.

Laura enxugou as próprias lágrimas, abraçou a irmã apertado e pôs-se a niná-la para a frente e para trás na cama.

— Shh, Molly. Shh. Vai ficar tudo bem. Você não pode dizer nada, só isso.

Ann-Kristin acordou e andou de um lado para o outro da casa que havia herdado dos pais. Olhou para o mar e ficou esperando Ragnar, que saíra de casa zangado e não voltara. Fora a mesma discussão de sempre, as mesmas palavras que sempre trocavam. Ele disse que ia dormir na cabana da floresta. Ela disse que ele deveria voltar para casa e dormir em seu quarto. Haviam jantado, filé ao molho *béarnaise*, sorvete com calda de chocolate de sobremesa. Essa era a refeição preferida dele, e depois comeram bolo de chocolate, só os dois, e assistiram a uma comédia na televisão, um filme estrelado por Goldie Hawn. Ficaram sentados um ao lado do outro no sofá marrom à luz da televisão e assistiram ao filme e riram bastante. Ele disse que tinha gostado muito do jantar, do bolo e dos presentes, mas então anunciou que iria dormir na cabana. Ela disse não, e então ele disse *Eu tenho catorze anos, mãe*, e saiu zangado batendo a porta atrás de si. E agora ali estava ela, olhando pela janela, à sua espera, prestando atenção para ouvir seus passos lá fora.

Palle Quist, que morava em uma casa não muito longe da de Ann-Kristin, estava sentado em uma cadeira tentando relaxar o suficiente para ir se deitar. Quando viu o relâmpago se acender no céu e ouviu a trovoada instantes depois, pensou que era mesmo uma falta de sorte típica dele. Tinha feito sol o verão inteiro, a porra do verão mais quente desde 1874, e agora ali estavam a chuva, o vento, os trovões e relâmpagos, bem a tempo para sua estreia dali a dois dias. Aquilo iria estragar tudo! Deus estava contra ele. Agora ele com certeza não conseguiria dormir.

Isak também não conseguia, pensando no trabalho que o aguardava em Estocolmo e Lund, desejando nunca mais ter de sair daquela casa, daquela ilha. Era ali em Hammarsö que ele queria ficar. Sem amigos, sem crianças, sem colegas de trabalho, sem pacientes, sem nada. Apenas ele e Rosa. Em paz e tranquilidade total. A seu lado, a respiração da mulher era profunda e regular. Ela sempre dormia bem. Virava-se de lado, cobria-se com o edredom, apagava a luz, dizia boa-noite e dormia até as sete e meia da manhã seguinte, quando então abria os olhos, pronta para encarar um novo dia. Rosa era assim. Ele a cutucou de lado. Porque outra coisa o incomodava. Não era apenas o fato de terem de ir embora da ilha. Era alguma outra coisa. Alguma coisa que ele não conseguia muito bem traduzir em palavras. Rosa se virou e olhou para ele, sonolenta e intrigada. Não era frequente ele acordá-la quando tinha dificuldade para dormir.

— Talvez eu deva simplesmente desistir — disse Isak.

Ele se sentou na cama respirando pesadamente. Rosa bocejou e deu-lhe a mão.

— Nunca vou conseguir me lembrar das minhas falas — disse Isak.

Rosa deu-lhe tapinhas na mão como se ele fosse uma criança pequena e disse: — Acho que você deveria dormir e pensar nisso amanhã. Não é tão importante assim.

— Eu não quero fazer papel de bobo — disse ele. — Só isso. Não quero fazer papel de bobo.

Ela assentiu com a cabeça e sorriu. Então fechou os olhos e voltou a dormir. Ele, por sua vez, ficou ali fitando o escuro. Perguntou-se o que ela diria se tornasse a cutucá-la. Será que ficaria zangada? Quantas vezes ele poderia acordá-la durante a noite antes de ela se zangar com ele? Rosa, que nunca se zangava. Ou só uma vez, quando Molly nasceu. Daquela vez, Rosa disse que iria deixá-lo, mudar-se da ilha, ir embora para sempre. Ele nunca a tinha visto assim. Ele era um mau pai. Era um sem-caráter. As meninas iriam culpá-lo por isso quando ficassem adultas. Erika, Laura e Molly. Suas mães já o culpavam, talvez não Rosa, mas Elisabet e Ruth, e não só elas, mas também toda uma fila de mulheres respeitáveis que pensavam ter sido enganadas. *Você é um desertor, Isak! Um filho da puta sem sentimentos! Um mentiroso!* Sim, sim, e daí? E daí? Mas ele tinha o seu trabalho, e o seu trabalho era o mais importante; o seu trabalho o preenchia e libertava, e ele havia prometido a si mesmo certa vez, muito tempo antes, que, muito embora não tivesse caráter na vida pessoal, profissionalmente seria o melhor de sua área, e agora era. Isak Lövenstad era o melhor de sua área. Mesmo assim, aquela necessidade de cutucar Rosa e acordá-la para perguntar... o quê? Perguntar-lhe o quê? O que ele havia esquecido — o que o incomodava? O fato de que logo teriam de limpar a casa, fazer as malas, mudar-se de volta para a cidade? O fato de que ele iria passar por bobo na pele do Velho Sábio no Festival de Hammarsö daquele ano? Sim, sim, tudo isso. Mas havia alguma outra coisa. Isak sentou-se e olhou para as cortinas que batiam. Levantou-se da cama e foi até a janela descalço, soltou o trinco e puxou-o em sua direção. Então parou e olhou para fora. Mais tarde — quando tentaria contar a Rosa o que havia acontecido quando ele estava em pé diante da janela fechada olhando para o temporal — diria que era como se um anjo tivesse vindo se postar a seu lado e sussurrado em seu ouvido. Uma ideia lhe ocorreu, uma premonição, um pensamento súbito e inesperado, a saber que deveria sair para buscar sua criança. Tanta água por toda parte. Tudo tão molhado e tão frio. Tão surrado e destroçado. Era vital que ele saísse agora mesmo e não voltasse para a cama. Havia luz sobre o mar. Era para lá que ele deveria ir. Pôde visualizar o rosto da criança e visualizar a si mesmo tocando esse rosto e a criança se acalmando e ficando calada. Isak saiu do quarto, atravessou a sala e foi para o hall. Não encontrou as galochas, então calçou os tênis de corrida e vestiu a grande capa de chuva verde. Abriu a porta da frente e a tempestade uivou para ele. Se Laura, que estava acordada em outra parte da casa, o houvesse visto nessa hora, teria dito que ele uivou de volta. Mas ninguém o viu e ele seguiu andando, qual um gigante ou um animal imenso, para longe da casa, pelo meio da floresta e para baixo até a linha-d'água cheia de pedras.

Quando ele a viu, a alguma distância da praia, usando apenas a camisola e andando na direção da água mais funda, pensou desesperado que já tinha chegado tarde demais. Não havia nada que pudesse fazer. Apressou o passo e correu na direção do mar, da chuva e das ondas que o golpeavam. Era tarde demais. Era tarde demais, e ele agarrou-a, puxou-a para si, ergueu-a nos braços e carregou-a até a praia. Ela tremia e chorava sem dizer nada. Isak não disse nada. Ela tremia. Ela chorava. Ele acariciou seu rosto com uma das mãos e disse *Agora acabou, agora acabou*. Ergueu-a e carregou-a pela praia, pela floresta, até em casa. Tirou sua camisola encharcada; ela era magra, apenas uma criança, pelo amor de Deus, pensou, ela era apenas uma criança; secou-a com uma toalha e encontrou um pijama seco que na verdade pertencia a sua irmã Laura. Então colocou-a na cama, cobriu-a com o edredom e sentou-se na beirada da cama.

Isak não sabia mais o que fazer. Ela tentou falar com ele, tentou lhe contar alguma coisa, mas sua voz estava fraca demais. Ela não teve forças, e ele sussurrou: *Agora acabou*. A capacidade de pensar de forma lúcida o havia abandonado e ele estava exausto. Então começou a cantar cantigas de ninar que não sabia que conhecia ou nem sequer que havia escutado, e isso pareceu acalmá-la, e ele continuou cantando e alisando seus cabelos até ela parar de tremer e ele ter certeza, certeza mesmo de que ela estava dormindo.

Laura cutucou Molly, já quase adormecida a seu lado. (Ela ainda soluçava baixinho a intervalos irregulares.)

— Escute! — disse Laura.

— O quê? — sussurrou Molly.

— Nosso pai está cantando no quarto da Erika.

Molly escutou, e sorriu cautelosamente no escuro.

— Bum bum bum — sussurrou ela. — É isso que parece. Bum bum bum.

Laura passou os braços à sua volta e puxou-a para perto.

— Bum bum bum — sussurrou Laura em resposta.

E as ondas iam e vinham cada vez com mais força, e Ragnar se soltou de um emaranhado de algas e vegetação marinha no qual seu pé havia se enroscado. Flutuou até a superfície e foi lançado na praia e depois novamente na água mais funda, na praia e na água mais funda, até afinal ser carregado por uma onda e depositado quase com delicadeza na praia (em uma pequena reentrância aberta por pedras e fósseis de quatrocentos milhões de anos de idade) para que alguém logo o encontrasse.

Mas iria levar algum tempo. A manhã veio e depois a tarde veio e quando o temporal finalmente cedeu foi sucedido por uma chuva fria e torrencial, e Ragnar permaneceu deitado bem quietinho em sua reentrância, encharcado com a água que o havia banhado; pálido e morto. Muitos permaneceram em casa nesse dia, e as praias ficaram vazias; nenhuma menina em cima do rochedo; a chuva caía, fria e cinza, e somente Ann-Kristin ia de casa em casa perguntando se alguém tinha visto seu filho, mas ninguém tinha.

Outras mães e pais — a mãe de Marion, o pai de Pär, a mãe dos gêmeos Fabian e Olle — abriram a porta de suas casas e olharam para ela intrigados, indiferentes, curiosos, e balançaram a cabeça.

— Então você não o vê desde ontem à noite?

— Ele de vez em quando some, não é?

— Você chamou a polícia?

288

Palle Quist também recebeu uma visita de Ann-Kristin naquela manhã.

— Espero que Ragnar esteja planejando dar as caras hoje à noite — disse-lhe Palle Quist. — Nós vamos repassar o texto todo.

Ele simplesmente se esqueceu de perguntar se ela queria entrar para sair da chuva, secar-se, aquecer-se um instante junto ao braseiro, tomar uma xícara de café. E não, Palle Quist não tinha visto Ragnar. Tampouco sua filha Emily o tinha visto até onde ele sabia, mas iria perguntar quando ela acordasse.

— Mas ele está progredindo — disse. — Ragnar está progredindo. Isso é muito bom, Ann-Kristin! Diga isso a ele quando o vir, e diga-lhe que é muito bom! Não podemos perder o ritmo agora, mesmo com essa virada do tempo.

Quando Ann-Kristin desabou no chão em frente à casa de Palle Quist e pôs-se a soluçar, ele já havia fechado a porta.

A casa de Palle Quist não ficava muito longe da casa de Isak, mas ela estava apreensiva com a ideia de bater naquela porta e perguntar pelo filho. Por causa do olhar frio de Rosa. Por causa de Isak ter lhe dito muito tempo antes para ficar longe, e ela havia ficado longe. Pediria para falar com Erika. Queria perguntar: Onde está Ragnar? Onde ele está? Você sabe onde ele está, não sabe? Mas depois de correr e cambalear o caminho inteiro até a porta pintada de azul situada além do longo gramado branco, de tocar a campainha e de Isak abrir a porta e postar-se ali na sua frente, alto, brilhante e com ar severo, ela gritou através das lágrimas e da chuva:

— Não consigo encontrar o menino!

Demorariam ainda algumas horas para encontrá-lo. Molly estava sentada em frente ao relógio de carrilhão, acompanhando a progressão do ponteiro maior no mostrador, enquanto a chuva escorria pelas vidraças das três janelas fechadas. O ponteiro maior movia-se uma vez a cada minuto: e pensar que um minuto podia levar tanto tempo. Molly queria ir para casa ficar com a mãe em Oslo, queria se afastar dos varais brancos no armário de secar de Rosa, afastar-se dos ursos que nadavam no mar à noite quando os condutores das balsas não estavam olhando, afastar-se de Laura e de Erika, que de repente só faziam dormir feito princesas atrás de uma cerca viva de espinhos. Simplesmente não queriam acordar. Rosa disse que a mudança de tempo as havia deixado indispostas.

Na cozinha, do outro lado da parede da sala, Ann-Kristin e Rosa estavam sentadas uma de frente para a outra de cada lado da mesa, debaixo da luminária azul. Ann-Kristin chorava baixinho. Isak falava ao telefone. Quando pousou o telefone de volta sobre a mesinha do hall, disse que a polícia estava a caminho, mas que levaria cerca de duas horas para chegar à ilha e que até lá todos deveriam continuar procurando.

Ann-Kristin ergueu os olhos, encarando primeiro Rosa, depois Isak.

— Mas Erika não sabe de nada?

Ela não acreditava nisso. Ninguém sabia onde ele estava nem onde o tinham visto pela última vez?

— Laura não sabe de nada?

Ann-Kristin pediu para falar com uma delas, de preferência com Erika. Erika e Ragnar não tinham comemorado o aniversário deles juntos? Os dois sempre haviam feito isso. Isak sabia? Ela baixou a voz. Ele por acaso sabia como Erika e Ragnar eram amigos?

Rosa interrompeu.

290

— Erika fez uma festinha de aniversário aqui ontem — disse. — Na varanda! Vieram várias crianças, mas Ragnar não. Até onde eu sei ele não foi convidado.

— Não foi convidado?

— A amizade entre crianças dessa idade é muito imprevisível — continuou Rosa. — Em um minuto são amigos do peito, no minuto seguinte não estão mais se falando.

— Vou acordar Erika — disse Isak. — Ela passou mal ontem à noite depois da festa, mas vou acordá-la e perguntar quando foi a última vez em que ela o viu.

Ele se moveu em direção à porta, e então se virou e disse: — Ragnar tem uma cabana... — Isak procurava as palavras certas — ...uma cabana secreta na floresta.

Ele deu uma risadinha e olhou para Ann-Kristin.

— Você sabe onde fica, imagino? Você viu se ele não está simplesmente na cabana?

Ann-Kristin ergueu a cabeça e olhou para ele.

— É claro que eu já fui à cabana — sussurrou. — Foi o primeiro lugar onde procurei. A cabana está vazia.

Tanta água por toda parte.

Água entranhada em suas roupas, água entranhada em sua pele, água em seus pulmões, água escorrendo de seus cabelos. Ele ficou deitado na reentrância, dentro da água salobra, dentro da chuva e do mar, e as pedras que o rodeavam eram lisas como as palmas da mão de uma menininha. Quando finalmente o encontraram naquela tarde, ele estava inchado, pesado de carregar.

Foram duas estrangeiras, duas mulheres de Adelaide, na Austrália, quem o viram deitado ali. Tinham passado o mês de julho inteiro em Hammarsö, desfrutando a paisagem, que mais as fazia pensar em alguns lugares da África do que na Escandinávia. Aquele era seu último dia na ilha, e elas haviam resolvido desafiar a chuva e sair para um longo passeio pela praia cheia de pedras.

Agiram depressa e em silêncio. Uma das mulheres se agachou, curvou-se por cima dele, procurando o pulso e as batidas do coração, embora soubesse que ele estava morto. Alisou seus cabelos para um dos lados, deu-lhe alguns tapinhas no rosto e fechou seus olhos. Então tomou-o nos braços e puxou-o para si. Ficou molhada e com frio, e muitos, muitos anos depois, quando já estava velha e ela própria não muito longe da morte, ainda se lembraria do menino morto de pulsos delicados enquanto a chuva desabava a cântaros. Meneou a cabeça para a outra mulher. As duas o levantaram — o menino não era muito grande, mas era mais pesado do que elas imaginavam — e carregaram-no a quatro mãos pela praia cheia de pedras e pela floresta até chegarem a uma casa, embora não soubessem quem morava ali, e bateram na porta.

Ann-Kristin ainda estava sentada à mesa da cozinha de Isak e Rosa quando o telefone tocou. Rosa foi atender.

Erika estava em pé na soleira da porta vestida com o pijama de Laura, esfregando os olhos. Tinha o corpo pesado e dormente de sono.

Rosa falou depressa e em voz baixa, dizendo o que havia acontecido, o que fora dito ao telefone, como o haviam encontrado, onde ele estava agora; sua voz não parava de falar, ela usou muitas palavras.

Ann-Kristin levantou a cabeça e olhou em cheio para Erika. Passaram muito tempo se olhando: a mulher na cadeira e a menina na soleira da porta. A voz de Rosa seguia falando. Então Ann-Kristin abriu a boca como se fosse gritar, mas nenhum som saiu lá de dentro.

Rosa parou de falar; então tudo ficou em silêncio.

Um depois do outro, foram todos interrogados pela polícia, e alimentados com chocolate quente, Coca-Cola e brioches de canela que foram ficando volumosos e farinhentos dentro de suas bocas. A chuva havia estiado, mas o dia que já virava noite estava frio e cinzento, um prenúncio do outono que logo iria chegar. Todo mundo falava sobre a mudança de tempo. Estavam todos lá. Marion, Frida e Emily. Eva também, e Pär, Fabian e Olle. Seus pais também estavam lá. A polícia os interrogou um a um no centro comunitário. Todos concordaram que era uma tragédia. Um acidente deliberado, disse alguém, e essa expressão, *acidente deliberado*, pareceu colar. Ninguém disse em todas as letras que Ragnar havia se matado, mas por que mais ele estaria onde estava no auge do temporal?

— Não podemos pensar em mais nada a não ser em um acidente deliberado — disse o pai de Marion, Niclas Bödstrom.

O que Erika disse à polícia enquanto mastigava um bocado de brioche?

— Ragnar era meio... meio estranho — disse ela.

Ela mastigava o brioche, mastigava e falava ao mesmo tempo, gesticulando, apontando, chorando e mastigando o brioche que inchava dentro de sua boca e era impossível de engolir.

— Nós não andávamos muito com ele — interveio Laura. Marion, Emily e Frida aquiesceram. Os meninos olhavam para o teto ou uns para os outros, para qualquer lugar menos para as meninas, que eram quem falava.

— Ele era inacreditavelmente estranho, só isso — repetiu Erika.

E depois! Quando a polícia já tinha falado com todo mundo que o conhecia (e ninguém o conhecia particularmente bem, disseram todos), quando a ambulância já o tinha levado embora para o continente e um ilhéu gentil oferecera um lugar para Ann-Kristin descansar, uma cama para dormir, de modo que ela não ficasse sozinha, já era tarde da noite e todos concordaram que a apresentação do Festival de Hammarsö daquele ano teria de ser cancelada por causa da morte de Ragnar. Toda a equipe de Palle Quist tinha se reunido no centro comunitário. O café e o chocolate quente já haviam sido inteiramente bebidos, os brioches consumidos, o ensaio noturno cancelado por causa dos interrogatórios da polícia.

Agora não poderiam nem pensar em encenar a peça, não nas atuais circunstâncias, refletia a mãe de Frida, que estava envolvida na produção daquele ano como figurinista e figurante.

Um sono imenso, pesado e longo se apoderava de todos.

Palle Quist segurou a cabeça com as mãos e gemeu:

— Que coisa terrível. Terrível!

Alguém aquiesceu, alguém balançou a cabeça pesarosamente. Mas então Palle Quist teve uma ideia. Havia passado a noite inteira sentado segurando a cabeça com as mãos e dizendo *Terrível, terrível*. Então ergueu a cabeça e olhou pelas grandes janelas arqueadas que davam para um prado coberto de papoulas encarnadas. O centro comunitário era famoso por aquelas janelas e pela vista. Estranho. O tempo havia tornado a virar e a noite agora estava amena como uma típica noite de verão sueca, e clara. Sim! Sim! Palle Quist deixou-se seduzir pela luz e ouviu-se dizer com a voz hesitante, incerta, porque ainda não tinha certeza de que se podia dizer o que ele estava prestes a dizer:

— Mas e se *não* cancelarmos o espetáculo?

Ele pigarreou.

— E se mantivéssemos o espetáculo como... como... — Palle Quist vasculhou o cérebro em busca da palavra certa. — ... como um *tributo* a Ragnar?

Deparou-se com um muro de sonolência: rostos sonolentos, olhares sonolentos, mãos sonolentas a rechaçá-lo. Ninguém, com exceção da mãe de Frida, deu-se ao trabalho de responder.

— Palle — disse ela, e repetiu o que tinha dito mais cedo naquela noite. — Não podemos pensar em encenar a peça agora. Não nas atuais circunstâncias.

Palle Quist assentiu. Era o que ele esperava. Eles mudariam de ideia. Sua obra, seu *magnum opus*, não seria desperdiçado. Ele iria deixar o tempo agir a seu favor. Tudo, achava ele (achava não, ele sabia!), tudo iria parecer diferente depois de uma boa noite de sono.

Isak foi o primeiro a ir embora, com passos largos e pesados. A floresta era densa, mas a noite estava clara. As costas de seu pai eram maiores e mais largas do que o quadro-negro da escola: era possível escrever coisas ali, pensou Erika enquanto caminhava atrás dele. E a imensa e loura cabeça com o imenso cérebro brilhante. O que ele estaria fazendo com aquilo tudo? Imaginou uma explosão de esquecimento e tristeza.

* * *

Logo antes de adormecer na noite anterior, ela havia aberto a boca e contado tudo a ele. As palavras haviam jorrado de sua boca aos borbotões, cada palavra uma pedra de quatrocentos milhões de anos de idade, e ele havia levado o dedo aos lábios da filha e dito: *Shh, pequenina,* e continuado a cantar.

Primeiro Isak, depois Erika e depois Laura. Isak escolheu o atalho da floresta. O trajeto levava apenas dez minutos se você saltitasse, corresse ou desse passos largos e retos como Isak. Rosa esperava em casa com chá, pão recém-saído do forno e geleia de morango.

Molly dormia no quarto.

Ao pô-la na cama, Rosa dissera:

— Chega dessa história de ir para a cama da Laura à noite. Assim nenhuma de vocês duas dorme direito.

Molly concordou com a cabeça.

— Boa noite — disse Rosa.

— Boa noite — disse Molly.

Mas Molly não conseguiu dormir. Nessa noite, ficou deitada na cama sentindo o cheiro do pão recém-saído do forno. Tinha ajudado a preparar a geleia de morango que não ia ao fogo enquanto os outros estavam no centro comunitário, e pudera prová-la anter de ir para a cama. Deitada, ouviu Rosa andando de um lado para o outro da cozinha. Ouviu Rosa suspirar, ouviu-a chorar, ouviu as batidas do relógio de carrilhão na sala. Ouviu Isak, Laura e Erika chegarem em casa; ouviu uma porta bater, passos no hall, vozes. Tudo isso Molly ouviu. Quando Isak abriu uma fresta em sua porta e olhou para dentro, ela puxou a colcha por cima da cabeça e transformou-se em um caracol dentro da concha.

Isak tornou a fechar a porta.

— Ei ei ei! — sussurrou Molly, tentando com muito esforço pensar em pirulitos.

Alguém está brincando, alguém está gritando, alguém desaparece debaixo d'água, depois torna a aparecer, de uma forma ou de outra. Molly tirou a colcha do rosto. Ela não era mais um caracol.

— E pelo menos desta vez eu estava certo — disse Palle Quist ao amigo Isak enquanto tomavam uma xícara de café juntos na manhã seguinte. — Pelo menos desta vez!

Depois de uma longa noite de sono, eles todos (todo mundo envolvido de alguma forma na produção de *Uma ilha no mar*) foram informá-lo, um depois do outro, que apesar da horrível tragédia queriam manter o ensaio daquele dia e a estreia do dia seguinte.

— Quero dizer... pelo menos desta vez! — repetiu ele.

Isak não disse nada. Não parecia estar escutando.

— Acho que é melhor assim — ensaiou Palle.

Isak assentiu.

— Quero dizer, terminar o que começamos.

Isak tornou a assentir.

— E será um tributo — disse Palle Quist.

Ele havia parado de tentar atrair a atenção do amigo, e estava falando mais ou menos sozinho.

— Um tributo a Ragnar e à vida. Acho que Ragnar teria gostado disso, apesar de tudo. Que Deus o abençoe.

Em sua resenha da peça do Festival de Hammarsö daquele ano, *Uma ilha no mar* — escrita e dirigida pelo socialdemocrata e enérgico entusiasta Palle Quist —, o atrevido novato de Örebro, o do sobrenome bobo, expressou a opinião de que estava na hora de um descanso. No ano que vem, escreveu ele, aproveitem o verão, aproveitem o sol, aproveitem o mar e aproveitem a natureza linda e especial de Hammarsö! A melhor coisa de todo aquele desolador espetáculo amador, continuava ele, tinham sido os brioches de canela e as panquecas de açafrão servidas durante o intervalo.

A plateia, de modo geral, foi mais indulgente do que o resenhista do jornal local; permitiu-se deixar levar pelo narrador, pelas ninfas do mar e espíritos da floresta, pela métrica capenga de Ann-Marie Krok e pelo canto de Erika.

Alguém disse depois que o membro mais jovem do elenco parecia um monstrinho zangado. A plateia não sabia que Molly não queria estar na peça. Molly queria ir nadar. Mas Rosa e Isak disseram que ela precisava estar na peça. Ela iria nadar depois, ou no dia seguinte, mas havia ensaiado o verão inteiro e não podia recuar na última hora. Segundo Rosa, tinha uma responsabilidade perante todos.

Molly passou muito tempo na beira do palco de olhos apertados, e a maioria das pessoas pensou que ela houvesse esquecido as falas — era apenas uma menininha, uma forma pequenina e magrela usando um vestido roxo —, mas ela finalmente abriu a boca e disparou as palavras na sua direção, uma depois da outra, altas e furiosas:

E agora que a noite vai caindo
A lua cheia está clara como o dia
Estamos a meio caminho entre luz e escuridão
E a meio caminho de nossa peça.

E poderia ter sido um sucesso, pensou Palle Quist na noite seguinte à estreia. Fizeram apenas uma apresentação completa. Não houve bis na noite seguinte, como era a tradição. Poderia ter funcionado. Mas faltava algo. Alguma coisa dera errado. Ele fora obrigado a cortar o monólogo de Ragnar, e passou alguns instantes pensando no menino estranho e bravo que nunca tinha querido interpretar o papel da maneira como este fora escrito. Perguntou-se como Ragnar teria se comportado diante de uma plateia: teria feito alguma coisa de forma diferente? Palle então relegou esse pensamento ao fundo da mente. Porque não era isso. Não era Ragnar. Não era sequer Isak. O monólogo final em versos rimados não falava apenas do desejo dos mortos pela vida e do confronto entre Deus e Satã, mas também de toda a situação política... dos *boat people* no sudeste da Ásia, dos atentados terroristas na Espanha... da importante campanha eleitoral de setembro... sim, de tudo! Tudo! Do tipo de vida que as pessoas queriam levar — era disso que a peça falava! Era o melhor, o mais rico, o mais expressivo monólogo que ele jamais tinha escrito na vida, carregado de significado, brilhante e sem amarras. Mas Isak tinha estragado tudo. Isak tinha estragado tudo. E havia alguma outra coisa, alguma coisa que ele não conseguia identificar, alguma coisa faltando. O resenhista tinha razão. Sua carreira de dramaturgo estava acabada. Ele não estava nem aí! No verão seguinte, iria simplesmente relaxar e curtir.

Aproximem-se e ouçam o que eu tenho a dizer, pois me chamam de sábio!

O palco estava escuro e silencioso. Os animais dormiam. Os espíritos da floresta começaram a cantarolar e o domador de animais, vestido de verde, a tocar flauta. A melodia era simples, bonita. Então Isak entrou pelo lado esquerdo do palco, usando uma capa preta e uma barba branca postiça, trazendo debaixo do braço um grande livro encadernado em couro. Quando o viram, os espíritos da floresta pararam de cantarolar, o domador de animais diminuiu o ritmo da flauta e Isak foi se postar no meio do palco e pigarreou. Passeou os olhos pela plateia. Tornou a pigarrear. Viu aqueles rostos e congelou. Sentia-se tonto, como se fosse passar mal. Sabia que Agora! Agora! Agora! Agora! tem de acontecer e eu não consigo, não consigo. Ouviu alguém na plateia se remexer, alguém tossir, alguém dizer: Viva Isak Lövenstad! Fez uma reverência e sorriu para o homem que havia gritado viva e pensou: Se eu não disser o que tenho a dizer agora, será tarde demais. Tudo passou diante de seus olhos. Fazia frio. Ele não tinha escolha. Nem nada a perder. Não mais.

Isak fez outra reverência e então falou; falou alto para ter certeza de que todos o escutassem.

— Eu peço desculpas.

Isak sentiu uma fadiga imensa e pesada percorrer-lhe o corpo, como se ele estivesse debaixo d'água e não conseguisse mais resistir; seria bom voltar para casa para junto de Rosa.

— Como eu dizia, peço desculpas.

Ele respirou fundo. Estava tudo acabado. — Mas parece que eu esqueci as minhas falas... Não sei o que devo dizer.

Ele fez uma terceira reverência.

— Então vou indo.

Todas as malas estavam arrumadas e enfileiradas no hall —
a grande mala verde de Isak, com lugar para seus papéis, pastas e
livros, as malas pretas práticas de Rosa e Laura, a pequena mala
azul de Erika e a grande mala vermelha de Molly. Molly tinha
a maior mala de todas. A mala de Molly ficou ali no hall, do-
minando todas as outras, e quando Isak foi erguê-la para levá-la
até o carro soltou um grunhido bem alto. Para não prejudicar
as costas, decidiu arrastá-la atrás de si pela porta da frente até o
porta-malas aberto. Molly, usando o vestido azul que mal lhe
cobria o bumbum, saltitava para a frente e para trás entre as suas
pernas até no final ele ter de lhe pedir para ir se sentar no carro
e ficar quietinha. Toda a roupa de cama fora lavada, passada,
dobrada de uma ponta à outra e empilhada cuidadosamente
na rouparia. Rosa estava acordada desde as três da manhã para
preparar a casa para a partida, e às onze o armário de secar foi
desligado pela última vez naquele verão. Agora seu interior era
um espaço vazio, escuro e frio. Não havia nada pendurado nos
varais. Nem o vestido azul de Molly, nem as meias, camisas e

calças de Isak, nem o biquíni de bolinhas de Erika. A folha de papel com o desenho do diabo chifrudo e o aviso ESTE ARMÁRIO DE SECAR NÃO DEVE SER USADO POR CRIANÇAS DEPOIS DE NADAR! QUEM DESRESPEITAR ESTA REGRA SERÁ PUNIDO SEM MISERICÓRDIA! continuava pregado na porta com um pedacinho de fita adesiva. Rosa havia cogitado retirá-lo; era da sua natureza arrumar, esvaziar e separar, e ela gostava de deixar atrás de si superfícies limpas, lisas e vazias — entretanto, sem saber muito por quê, ela não tirara o aviso ali. O chão fora limpo com o aspirador de pó e em seguida esfregado com sabão verde; as janelas haviam sido limpas e cobertas com um pano fino para proteger tudo da luz e impedir qualquer um que por acaso passasse por ali naquele outono de olhar para dentro da sala (para as poltronas, para o relógio de pé, para a escrivaninha) e talvez sentir o impulso de arrombá-la. Seu espanador havia tocado tudo na casa que podia ser tocado; Rosa tinha ficado em pé no último degrau de cima da escada; tinha se ajoelhado no chão e se deitado de bruços; tinha se encolhido em posição fetal — nenhum ganchinho, peitoril, canto ou pedaço de chão, debaixo de qualquer armário ou cama, fora deixado de fora. Os banheiros haviam sido esfregados e lavados com desinfetante azul, e depois de ela fazer isso (umas duas horas antes da hora de ir embora) ninguém mais podia ir ao banheiro de novo exceto uma vez, logo antes de entrarem no carro e saírem, e quando você puxava a cordinha dessa última vez a água da privada continuava azul. Uma última refeição da tarde composta de almôndegas frias, batatas cozidas, salada e limonada caseira foi servida e consumida rapidamente em torno da mesa da cozinha, e a essa altura já não havia muita coisa a dizer um para o outro. As pessoas em volta da mesa, um homem, uma mulher e três crianças, como teria confirmado a casa se casas pudessem prestar testemunho, já tinham ido embora dali.

A casa os havia lavado para fora de si e continuado ali em pé, limpa, fechada e desabitada, pronta para dias e noites mais silenciosos e escuros.

Isak estava ao volante, com Rosa no banco a seu lado. Atrás iam Erika, Laura e Molly. Quando o carro passou pelo portão e pelo prado de grama alta, Erika se virou e viu a casa branca de calcário sumindo de vista pela janela de trás. Ela não disse nada. Ninguém mais tampouco disse nada. Molly cantou uma canção; só isso. *Uma lembrança, uma lembrança, as estrelas são belas, uma lembrança, uma lembrança, e o céu é azul.* Agora o mais importante era a viagem. Primeiro a travessia de vinte minutos até o continente. Depois o tedioso trajeto de carro até o aeroporto. Depois o voo em si. E por fim a chegada ao aeroporto de Fornebu em Oslo, onde Erika e Molly seriam recebidas pelas mães, Elisabet e Ruth.

Cabia a Erika cuidar de Molly durante toda a viagem, porque Isak, Rosa e Laura pegariam outro caminho, e voltariam para Estocolmo de carro.

Eles viram que o Fusca azul da mãe de Ragnar estava na sua frente na balsa. Ela ia sentada sozinha dentro do carro. Erika não conseguia ver seu rosto, mas reparou que seus cabelos eram compridos, finos e grisalhos (Erika não se lembrava de serem tão compridos nem tão grisalhos), e que ela usava um suéter cinza largo.

— Quer ir até lá? — perguntou Rosa. — Dizer alguma coisa para ela?

— Para quem?

A resposta de Isak foi brusca e seca, mas Rosa insistiu:

— Para Ann-Kristin, Isak! Ela está sentada ali, no carro azul.

Isak manteve os olhos fixos à frente.

— Por que eu deveria ir até lá? O que iria dizer?

— Não sei — disse Rosa. — Isso caberia a você decidir.

Isak balançou a cabeça.

— Não — disse ele. — Eu não quero. Não tenho nada a dizer.

Era nessa hora, nessa época do ano, que os hóspedes de verão de Hammarsö faziam faxina em suas casas, desmontavam seus móveis de jardim, guardavam suas churrasqueiras e utensílios de churrasco, as almofadas de suas redes, suas mantas e oleados, esvaziavam as geladeiras, jogavam fora embalagens de leite pela metade, tabletes melados de manteiga, restos de guisados e assados de vitela, cachorros-quentes, pacotes de fiambres pela metade e caixas de ovos com a data de validade quase vencida. Era uma pena jogar comida fora, mas o que podiam fazer? A comida não podia ser deixada ali para apodrecer, e levá-la de volta à cidade dava muito trabalho. E era nessa hora que os carros ficavam abarrotados de roupa suja (porque não eram muitos os que tinham uma lavanderia como Rosa, com máquinas de lavar e armários de secar), carrinhos, sacos plásticos, grandes toalhas outrora de um branco luxuoso, mas agora encardidas e cinzentas que se espremiam contra a janela de trás ao lado de partes de barracas de *camping*, caixas de papelão, triciclos, máquinas de escrever, *golden retrievers* e gatos que em alguns casos seriam postos ou jogados ou atraídos para fora do carro em algum lugar desconhecido longe da ilha, longe da cidade, e abandonados à própria sorte.

Em Oslo, Molly deitou-se no colo da mãe e dormiu um sono pesado. Todas as manhãs, depois de acordarem, sua mãe dizia:

— Venha aqui dar um giro, Molly! Me deixe ver. Juro que você cresceu mais um pouco à noite de novo! — E Molly ria bem alto, pulava da cadeira e punha-se a rodopiar.

Sim, era nessa hora que a ilha se esvaziava de gente, que as balsas paravam de passar para lá e para cá com tanta regularidade, que a loja reduzia o expediente e que as praias ficavam desertas.

Os moradores permanentes de Hammarsö podiam finalmente estender os braços para o céu e sentir os raios claros e cintilantes do sol aquecer seu corpo, sua pele, suas mãos, a ponta de seus dedos; senti-lo aquecer a todos antes de o outono chegar com força total em algum momento de novembro, com suas catacumbas repletas de vento, chuva e escuridão.

E novos temporais vieram. O vento castigou as praias cheias de pedras, o rochedo no meio do mar onde as meninas haviam brincado e tomado sol, a loja fechada e as ruas desertas. Entrou à força nas casas, nas camas com seus colchões enrolados, e nos cantos que já não estavam mais limpos, espanados e recendendo a sabão verde. Se alguém por acidente houvesse se aproximado da casa branca de calcário em algum momento do outono (embora ninguém tenha feito isso), poderia ter se perguntado por que Rosa se dera ao trabalho de ficar de quatro no chão limpando, labutando e suando — não teria tudo aquilo sido em vão? Havia montinhos pretos de moscas mortas e semimortas nos peitoris das janelas. Sabia-se que muitas dessas moscas iriam voltar à vida e começar a zumbir novamente quando Simona aparecesse em algum momento de janeiro para verificar o estado da casa. As moscas seriam espantadas e atiradas no vento e na neve do lado de fora da casa, mas ela não encontraria todas elas, e de qualquer modo novas pilhas iriam se formar nos peitoris depois de ela ir embora. Havia excrementos de camundongo na cozinha, dentro da cesta de pão, debaixo da geladeira, ao lado do telefone, e um camundongo de verdade vivia no armário debaixo da pia. O camundongo estava passando bem, pois Rosa se esquecera de esvaziar e limpar uma prateleira de salgadinhos. *Cheetos* de queijo, entre outros. Com o tempo, à medida que a neve caía, o interior da casa tornou-se quase tão frio quanto o exterior, e quando o vento decidiu mostrar sua força derrubando o filho do Mulherengo (agora com bem mais de setenta anos) na estrada, fazendo-o machucar o quadril e obrigando-o a começar a andar de bengala como os outros velhos, passou a assobiar e a uivar dentro da casa das pessoas, e a de Isak não foi exceção. A poeira corria pelo piso de um canto a outro: bolotas de poeira rolavam, voavam, davam piruetas e mudavam de forma para se transformar em outras bolotas de poeira e depois em mais outras; então a escuridão se abateu sobre a ilha, o mar, o céu e os prados e campos; sobre o interior da casa de Isak, através de frestas, buracos, fissuras e da fenda entre as cortinas que nunca se encostavam direito quando fechadas. Nada permaneceu intocado pela escuridão do inverno. Nem as poltronas, nem o relógio de carrilhão, nem o vaso de porcelana azul.

Quando o inverno estava no auge — segundo os moradores, era o inverno mais frio desde 1893 —, a água nos canos e os fez explodir; e quando a neve derreteu por volta do início de abril a água inundou o chão do banheiro, a cozinha e a lavanderia de Rosa. Simona tinha aparecido pela segunda vez naquele ano (principalmente para matar algumas moscas que teimavam em passar o inverno dentro de casa, pensou, porque de nada adiantava espanar quando não havia ninguém morando ali), mas, quando destrancou e abriu a porta, o fedor de mofo, de fungo e de podridão a acolheu, e quando ela passou pela soleira a água subiu-lhe até os tornozelos.

— Mas que velharia este lugar — murmurou o bombeiro que foi chamado. — Eles simplesmente se esqueceram de fechar o registro?

Simona deu de ombros. — Parece que estavam com pressa de chegar ao continente — disse ela.

A água corria, pingava, encharcava e jorrava tanto por fora quanto por dentro da casa. O sol brilhava pelas janelas sujas que Simona um dia encontraria tempo para limpar, mas não agora.

Os narcisos haviam acabado de começar a despontar do chão, e logo os botões-de-ouro também iriam aparecer.

— Que velharia enferrujada!

O bombeiro estava deitado no chão do banheiro com o traseiro empinado para cima, sacudindo a cabeça. Simona, sentada à mesa da cozinha, fumava. Ela não disse nada.

— É preciso retirar o piso. Serviço para um carpinteiro. E para um pintor. A casa inteira tem que ser pintada.

Quando Simona telefonou para Isak, ele mal teve tempo de falar com ela; disse que não podia ir até lá cuidar de tudo pessoalmente, que tinha muito a fazer na universidade — ele agora morava em Lund — e que Rosa estava muito ocupada em Estocolmo cuidando de Laura, que estava com problemas na escola. Laura não queria acordar de manhã, não queria ir à escola. Depressão, disse o psicólogo escolar. Com doze anos! Isak tinha vontade de dar um tiro nos psicólogos escolares, ele disse, em todos eles, mas Rosa falou que, enquanto ele tivesse trabalhando na universidade, deveria deixar a criação da filha a cargo dela, e talvez ela tivesse razão. Ele ficaria grato se Simona pudesse fazer a gentileza de cuidar de toda a obra na casa e lhe mandar a fatura — e se ela pudesse também pagar as contas de luz e telefone. Ele mandaria transferir o dinheiro para a conta bancária dela.

O bombeiro deitou-se de bruços no chão e farejou o piso. Disse:

— Não é só o estrago dessa última inundação, embora isso já seja ruim o suficiente... pode acreditar! Isto aqui está podre há muito tempo. Acho que todas as traves do piso vão precisar ser trocadas.

Ele se levantou e tornou a ficar de joelhos.

— Isso vai custar caro... é um serviço e tanto... a culpa é dele mesmo... mas imagino que professores possam pagar.

O bombeiro deu um sorriso irônico. Seus dentes tinham a cor dos lírios amarelos por causa de vinte anos fumando dois maços de cigarros por dia. Dali a um ano, iria se aposentar e se mudar para o norte. Em Hammarsö diziam que ele era um homem bom. Simona apagou o cigarro e sorriu. Estava pensando que, quando os botões-de-ouro florissem — e eles em geral floriam em abundância ao redor da casa de Isak —, cataria um monte deles e levaria para casa. Afinal de contas, ninguém iria reparar se as flores sumissem.

Simona enxugou toda a água da cozinha, do banheiro e da lavandeira de Rosa, embora na verdade não adiantasse nada limpar ou arrumar o que quer que fosse agora — de toda forma, a casa acabaria sendo reformada, ou vendida, então ela percorreu cada cômodo arrastando atrás de si um saco de lixo onde ia jogando todos os detritos que encontrava: tudo, de um camundongo morto dentro do armário debaixo da pia a um desenho pregado há muito tempo no armário de secar. Simona tentou ler as palavras escritas abaixo do desenho, mas a tinta da caneta de ponta de feltro havia desbotado e foi impossível decifrá-las. O bombeiro consertou os canos e o carpinteiro retirou algumas tábuas do piso, olhou para algo que a julgar pela expressão de seu rosto era um abismo sem fundo de umidade e podridão, e anunciou que o serviço iria levar muito tempo e custar muito dinheiro.

— Estas casas velhas não se mantêm sozinhas — disse ele.

Quando Simona ligou para Isak em Lund, ele suspirou e disse que aquilo teria de esperar. Ele não tinha dinheiro agora. Não sabia quando iriam voltar. Não, não haveria férias de verão em Hammarsö naquele ano.

Quando o outono chegou, os moradores permanentes comentaram uns com os outros que nunca houvera tantos turistas na ilha como naquele ano, e mesmo tendo chovido torrencialmente durante as duas últimas semanas de julho e feito frio e ventado o verão inteiro, a renda da loja havia aumentado vinte por centro e o *camping* nunca estivera tão cheio de *trailers* e barracas.

Certo verão, anos mais tarde, perguntaram a Palle Quist se ele em breve iria escrever ou produzir alguma outra peça. Um casal abordou-o na barraquinha de cachorro-quente. Ele se lembrava do casal. Eles sempre faziam comentários elogiosos depois daqueles espetáculos musicais nos anos 1970. O casal, ela com um biquíni florido de cores vivas e ele com um calção folgado, olhou para ele com expressão ansiosa. Quist balançou a cabeça e disse que a pergunta era gentil... mas não, ele achava que não.

— Mas quem sabe? — disse ele quando o casal se virou para voltar à praia. De repente, sentiu-se alegre como não se sentia havia muito tempo.

— Quem sabe? — disse para eles enquanto se afastavam. — Talvez no ano que vem.

Simona percorreu cada cômodo, assobiando. Seu rosto parecia uma maçã vermelha ressequida. Suas mãos eram grandes, marrons e calejadas. Passou a vassoura no piso do banheiro, matou moscas que haviam ressuscitado nos peitoris das janelas, espanou mesas e beiradas de armários. A podridão a esta altura já devia ter se espalhado paredes acima, pensou, mas ela havia se acostumado com o cheiro, e mesmo estranhamente começado a apreciá-lo. Podia ir até a casa e ficar em paz, sentar-se à mesa da cozinha debaixo da luminária azul e ficar olhando a neve cair sobre o chão do lado de fora. Podia ficar ali sentada em completo silêncio e fumar um cigarro sem ninguém lhe perguntar nada ou lhe pedir para fazer alguma coisa. Por que ela não podia descansar um pouco de vez em quando?

Às vezes, ela preparava uma xícara de café solúvel ou ia se deitar na cama de um dos quartos das crianças. Seu preferido era o quarto da mais velha, Erika. Simona havia desenrolado o colchão e encontrado um edredom na rouparia, e na primeira vez em que se deitou naquela cama pensou que poderia ficar

318

ali para sempre, naquele quarto desconhecido com o papel de parede florido rasgado e os velhos cartazes de filmes desbotados, ficar ali deitada na cama fria e desconhecida e simplesmente ser. Ninguém poderia encontrá-la. Ninguém a ouviria gritar, berrar ou cantar em voz alta e alegre.

Além do mais, ela estava sendo paga por aquilo. Isak fazia um depósito em sua conta a cada dois meses por seus serviços de cuidar da casa, mantê-la limpa e entrar em contato com ele caso acontecesse alguma coisa. Simona ficou deitada no quarto de Erika; era difícil se deitar, difícil se levantar, mas quando ela finalmente encontrava uma oportunidade de esticar seus velhos ossos, esticá-los de verdade, era como se o seu corpo fosse percorrido por uma canção. Abriu a gaveta da mesinha de cabeceira e encontrou uma pilha de revistas em quadrinhos para meninas. Deu uma risadinha, pôs a pilha inteira em cima da cama e começou a ler.

Poucos turistas iam a Hammarsö no inverno, e os que iam jamais teriam se definido como turistas. Também nunca teriam posto os pés na ilha durante o verão. Porque no verão a ilha não era ela mesma. No verão, Hammarsö florescia e ficava linda, charmosa, atraente, mas era tudo dissimulação. *Olhem para mim, olhem como fico linda com essa luz fraca da noite, como fico linda dançando com papoulas vermelhas nos cabelos.* Não, os que iam lá no inverno amavam a ilha por sua paisagem pedregosa, riscada de cinza; por seu vento frio inconsolável; por suas noites compridas; por sua estrada deserta imersa na escuridão; e por suas praias vazias. No inverno, o céu e a paisagem se encontravam, brancos, cinzentos ou negros. Imutáveis. Imóveis. E somente se você ousasse tirar o gorro e expor as orelhas ao frio era que escutava todos os barulhos da ilha. Mas havia também o barulho da floresta, do vento na copa das árvores e dos pesados sapatos de inverno sobre a neve compacta de alguém que inspirava e expirava fazendo o hálito congelado brotar da boca. Era o barulho de alguém que conhecia o caminho e se esquivava com agilidade

320

de arbustos e pequenas árvores, que caminhava entre pinheiros pesados de neve. E ali, no final da trilha que não era uma trilha nem mesmo uma linha no chão, já que tudo estava coberto de neve, ficava um prado aberto e branco. Ali ele parava, aquele que tinha ido à ilha no inverno e aberto caminho entre arbustos e pequenas árvores na floresta — ali ele parava e se espreguiçava. Tivera de caminhar curvado ao meio e até rastejar para chegar até ali, e no instante em que esticava os braços para o céu o sol irrompia na camada de nuvens, fazendo a neve cintilar, reluzir e arder — a neve no chão, nas árvores, em seu rosto e em seus cabelos molhados.

E a luz do sol repentina e muito branca forçava-o a apertar os olhos para não ser ofuscado, mas quando ele tornava a abri-los via no mesmo instante que ela ainda estava ali. A cabana torta com o telhado coberto de neve ainda estava de pé. E em frente à cabana, em meio à neve funda, um carrinho de supermercado cheio de pedras.

Quándo ligou para Isak em algum momento da primavera, Simona foi logo dizendo que, se ele estivesse de fato considerando a possibilidade de ir morar lá de novo, teria de fazer uma reforma completa na casa. Era isso ou então vendê-la. As coisas simplesmente não podiam continuar como estavam. Não, não podiam, disse Isak, e contou-lhe que tinha virado avô. Erika tivera uma filha. Bem, sim, é claro que era uma tremenda notícia. Ele estava morando em Lund e ela, o bebê e o marido estavam morando em Oslo, de modo que ele ainda não tinha visto a menininha. Mas fizera questão de chamar o melhor especialista de Oslo, um velho amigo e colega, para ficar a postos durante o parto. Mas Erika, é claro, não quisera a presença de um médico. *Pai, eu quero tomar minhas próprias decisões sobre o parto*, dissera-lhe. *Vou ficar perfeitamente bem com a visita de uma parteira, sem a menor interferência dos seus colegas.* Erika já havia quase terminado sua formação como médica, então... Ele tinha comentado isso com Simona? Que Erika decidira ser médica como ele? E que a bebezinha já estava com três meses?

322

— Então você já mandou um macacão de bebê para ela?
— perguntou Simona.

— Ah, sim. Claro. Rosa cuida disso tudo — respondeu Isak.

Simona estava em pé na cozinha da casa branca de calcário com o fone na mão direita, e olhou para o mar; a chuva escorria pela vidraça.

Ela havia parado de escutar.

— Mas é um lembrete e tanto — disse Isak de repente.

— Ah, sim — disse Simona.

— Quero dizer... do tempo que passa — disse Isak.

— Sim — disse Simona.

Quando se falaram em janeiro, ela repetiu o que agora já tinha dito muitas vezes: ou a casa devia ser consertada, ou então ele deveria vendê-la. Se coubesse a ela decidir, ficaria satisfeita em deixar tudo como antes, aquelas duas visitas por mês para tomar um café ali, fumar um cigarro, deitar na cama e fechar os olhos, e meio que desaparecer da face da Terra, mas sua consciência não a deixava enganar o velho em relação ao verdadeiro estado das coisas. Isak disse que iria pensar no assunto. Havia tanta coisa acontecendo agora. Laura terminara o último ano da escola com notas medíocres e queria viajar pelo mundo com um garoto chamado John, e Rosa parecia cansada. Dali para a frente, ele não poderia mais ficar tanto tempo longe dela; havia passado tempo demais longe, disse. Rosa na verdade não andava muito bem. Reclamava de dores em vários lugares e não dormia muito à noite.

Simona às vezes se perguntava por que Isak nunca mencionava a filha caçula quando falavam ao telefone. De vez em quando ele falava em Erika e de vez em quando falava em Laura, mas nunca dizia nada sobre a menorzinha. Simona nunca

perguntava nada, é claro, não era da sua conta, porém lembrava-
-se da menina correndo de um lado para o outro com um vestido
azul e trançando em volta das pernas dos adultos, gritando alguma coisa — upa, upa, upa. Alguma coisa assim. Ouvira dizer
que a menina tinha perdido a mãe muitos anos antes, e que morava com a avó. Não sabia onde tinha ouvido isso. Não de Isak,
com certeza. Simona arrastou o edredom atrás de si até o quarto
menor, o das paredes pintadas de azul, do calendário amarelado
com fotografias de gatinhos, e da colcha de retalhos esfarrapada
sobre a cama. Era o quarto da menina menor. Ela se sentou na
cama, mas tornou a se levantar quando uma nuvem de poeira se
ergueu, fazendo-a espirrar.

Deixou-se cair na cadeira de vime branca ao lado da janela
e enrolou o edredom em volta do corpo. Esquecera-se de pagar
a conta de luz, e agora haviam cortado a energia. Não tinha
importância. Os canos haviam estourado fazia muitos anos, a
água estava desligada, tudo que poderia acontecer já tinha acontecido, e ninguém morava mais ali. Por que pagar por energia,
calefação, água e luz que ninguém usava? Ela própria gostava
do frio. Ele havia penetrado nas paredes, nos pisos, nas camas,
nos armários, e até mesmo na xícara que ela enchia com o café
quente da garrafa térmica assim que passava pela porta da cozinha. O frio era o que era; combinava com aquela casa e, contanto que ela tivesse um edredom e uma garrafa térmica, estava
tudo bem.

— Não, desta vez não é para falar sobre a casa!

Simona ligou para Isak no meio da alta estação para lhe
contar que Palle Quist havia morrido. Certa manhã, ele simplesmente não acordou. Sua mulher chamou e chamou o marido
para ir tomar café da manhã, e quando ele não respondeu foi até

o quarto que dividiam e encontrou-o caído no chão. Algumas vezes é assim que acontece, disse Simona. As filhas dele agora estavam crescidas, afinal, e sua mulher estava sorrindo — mas é claro que cada um tem a sua própria maneira de lidar com o luto. O funeral fora celebrado na Igreja de Hammarsö. Simona não tinha dúvida de que era isso que o próprio Palle Quist teria querido. Ele adorava aquela ilha. O jornal local havia publicado um esplêndido obituário em sua homenagem, disse ela, intitulado "Morte de um otimista".

Ela poderia mandá-lo para Isak em Lund, se ele quisesse ler.

Em Oslo, uma velha senhora e uma moça estavam sentadas em grandes poltronas estampadas, vendo televisão. A moça tinha mãos pequenas. Faixas de luz verde piscavam pela tela, e um correspondente gritava BUM, BUM, BUM bem de frente para a câmera; parecia incapaz de pensar em uma palavra mais descritiva do que aquela para as explosões de foguete sobre Bagdá. O apartamento era pequeno e escuro, porém limpo, arrumado e elegante. A velha senhora chorava, só que não por causa da guerra. Bem, talvez fosse por causa disso também, mas principalmente era porque o rei Olavo V tinha morrido e todos estavam muito tristes, quer fossem defensores da monarquia ou não, e porque aquele inverno, com suas constantes ameaças de guerra, estava mais difícil e mais frio do que todos os outros invernos, e porque nove anos antes ela havia perdido a única filha. Sua dor era constante como o ar que ela respirava, como a água fria que tomava todo dia de manhã.

— Não — disse a velha senhora, fazendo um gesto de repúdio com a mão. Simplesmente não podia suportar pensar em tudo aquilo!

— Tudo o quê? — perguntou Molly, olhando para ela.

Sua avó tinha mais de quarenta anos quando tivera a filha, e mais de setenta quando a perdera. As duas, ela e a neta, não conversavam muito sobre isso.

Algumas vezes, a avó de Molly encontrava alguma coisa dentro de uma gaveta ou caixa, uma fita ou um livrinho guardado de lembrança, e dizia: Olhe, isto era da Ruth quando ela era pequena. Então Molly aquiescia e sorria, mas nunca dizia sequer uma palavra sobre o que sentia em relação à morte da mãe, porque aquelas sensações pertenciam apenas a ela, e caso ela mencionasse qualquer lembrança, por mais ínfima que fosse, caso contasse a história, caso a pusesse em palavras, tudo isso seria diminuído pelo pranto incessante da avó. As lembranças não eram tão extensas assim; eram pequenas e duras como bolinhas de gude. Molly ainda não tinha completado oito anos quando o carro de Ruth se desviou para a pista contrária. Lembrava-se do cheiro do corpo da mãe à noite, e de uma voz cantando: *Venha aqui dar um giro, Molly, dê um giro para eu ver como você está grande.* Lembrava-se dos cabelos da mãe.

Sua avó balançou a cabeça e enxugou os olhos com um lenço. Disse: — O rei Olavo não conseguia aceitar esta guerra... esta nova época... nada disso! Foi por isso que ele morreu agora.

— Eu acho que ele morreu porque estava velho e doente — disse Molly.

Ela se levantou para ir buscar um cobertor no sofá e ajeitou-o por cima das pernas da avó. Resolveu que mataria a primeira aula da escola no dia seguinte e iria comprar um grande buquê de flores. Rosas, ou quem sabe tulipas? Não, rosas! Rosas vermelhas!

Molly estava planejando dar um jantar. Primeiro havia ligado para as irmãs para saber se elas também queriam ir, mas nenhuma das duas podia. Deram desculpas. Erika disse que talvez fosse melhor ela e Laura não irem. Talvez estivesse na hora de Molly e Isak (que estava de passagem por Oslo) conversarem, só os dois, sem ser incomodados ao menos daquela vez. Sim, por que não?, dissera Molly. Posso perguntar a ele por que eu moro com a velha e não com ele na Suécia. Erika disse que não achava isso uma boa ideia.

Molly iria matar o dia inteiro de aula e usar esse tempo para fazer compras, preparar o jantar e arrumar o apartamento. Nem ela nem a avó estavam acostumadas a receber visitas. Molly preferia ir à casa das amigas. O apartamento da avó não era o tipo de lugar para levar os amigos. Dali a pouco, quando ela fizesse dezoito anos e terminasse a escola, arrumaria um emprego e se mudaria dali. Se resolvesse continuar os estudos, faria isso depois. Mas no dia seguinte ela iria brilhar. Isak veria como ela havia ficado bonita. Tiraria o casaco dele e o penduraria no armário do hall, depois o faria se sentar ao lado da avó e lhe ofereceria um copo de vinho branco. *Um aperitivozinho?*, diria ela, e então ambos ririam e o clima ficaria mais descontraído. Ela precisava se lembrar de dizer à avó para não começar a chorar. Isak não estava indo jantar lá para ouvir falar em Ruth. E se lhe desse um sonífero e a pusesse na cama? Molly olhou para a avó. Estavam sentadas cada uma em sua poltrona, assistindo à reportagem sobre a guerra. Molly acariciou a bochecha áspera da avó. A velha senhora sorriu e deu-lhe alguns tapinhas na mão.

Molly respirou fundo. O plano é o seguinte, Isak! Eu vou decorar a casa com flores. Rosas, ainda por cima. Vou lhe servir um vinho branco que vou comprar na loja de vinhos apesar de ainda não ter dezoito anos. Vou pôr a mesa com louça branca chique, copos de cristal, talheres de prata e guardanapos de linho, porque vovó tem todas essas coisas no armário, e vou cozinhar para você: para começar, sopa de tomate com manjericão, depois bife como prato principal, com um copo de vinho tinto, e *crème caramel* de sobremesa. Irei lhe servir tudo isso e não farei nenhuma pergunta sobre você, eu ou minhas irmãs, sobre por que eu não moro com você, por que você não quer que eu more... e... e... Molly tinha o hábito de fazer discursos mentais para Isak, mas nunca chegava ao fim porque, no final das contas, talvez fosse mesmo verdade que ele não a amava. Concedia-lhe algumas horas extenuadas por ano com a condição que ela se ativesse às regras: nada de exigências; nada de chantagem emocional; *poupe-me do drama* — talvez a raiva, a fúria silenciosa fossem atingi-la um dia, como já havia acontecido com outros. Lembrava-se de quando ele a erguia bem alto, bem alto no ar e dizia que ela não podia tomar banho de mar porque era perigoso.

Molly passou uma das mãos pelos cabelos. Eram compridos, escuros e grossos. Olhou para a avó, que estava pegando no sono. A velha senhora muitas vezes pegava no sono em frente à televisão. Algumas vezes Molly a acordava e dizia: Hora de ir para a cama, vovó! Então a avó abria os olhos, lembrava-se de tudo e arquejava *Não, não, não* ou alguma coisa do gênero. Outras vezes Molly não chegava a acordá-la completamente, mas apenas o suficiente para ela poder se levantar da poltrona com a ajuda da neta, atravessar a sala e entrar no quarto para desabar sobre a cama. Tudo de olhos fechados. Como se houvesse entre as duas um acordo de que ela não precisava mais acordar naquela noite. Com a avó finalmente na cama, Molly a despia: primeiro o vestido, depois a combinação e a meia-calça, e por fim a calcinha. Em raras ocasiões, olhava de relance para o corpo velho e pálido, com seus calos e irregularidades, suas rugas e varizes.

Mas em geral só parava depois de vestir uma camisola limpa por cima da cabeça da avó e fazê-la descer por seu corpo, puxar as cobertas até em cima, apagar a luz da cabeceira e sussurrar boa--noite em seu ouvido. Era isso que faria nessa noite. Já estava na hora de a avó ir dormir, dormir a noite inteira. E pela manhã iriam aparar as rosas com o podão da avó e juntas fritar o bife, porque a avó sabia exatamente como preparar um bom pedaço de carne. O segredo, segundo ela, era deixar a carne descansar durante o mesmo intervalo de tempo que tivesse passado na frigideira. E embora na verdade fosse a avó quem fritasse o bife, elas combinariam de dizer para Isak que Molly havia feito tudo.

Molly ergueu a mão para tornar a acariciar a bochecha da velha senhora, mas nesse exato instante houve uma explosão na tela da televisão. A avó deixou escapar um gemido e Molly retirou a mão. *Não acorde agora. Não acorde agora. Pode dormir a noite inteira.* Molly se levantou da poltrona e espreguiçou os braços por cima da cabeça. Amanhã iria matar a primeira aula. Olhou para a tela. Não era mais a guerra no Iraque, e sim *closes* de pais e filhos, pessoas chorando a morte de alguém; flores e pedaços de papel com poemas e desenhos; milhares de velas acesas nos Jardins do Palácio. Ela desligou a televisão e foi até a janela. Havia começado a nevar. Abriu a janela, pôs a cabeça para fora e abriu a boca. A neve caiu sobre seus lábios e sua língua, fria e molhada, e a fez sorrir. A neve caiu sobre suas bochechas e pálpebras. Quando ela esticou os braços, a neve também caiu sobre as palmas de suas mãos. Sim, pensou. Sim! Era exatamente assim que tudo iria acontecer. Ela iria matar a primeira aula. Talvez o dia inteiro de aula. E assim que as lojas abrissem na manhã seguinte iria comprar um grande buquê de rosas vermelhas.

No verão de 1992, Isak ligou para Simona. Era noite e ela estava em casa. Isak quase nunca havia ligado para o telefone particular de Simona. Tinham uma combinação: ela lhe telefonaria caso tivesse algo a informar ou então ele lhe telefonaria quando soubesse que ela estava na casa dele. A casa de Simona estava sempre cheia de gente. Quatro filhos, seis netos e três sobrinhos e sobrinhas, dos quais o mais novo tinha apenas poucas semanas de idade; e marido, cunhado, cunhada, e uma bisavó ainda lúcida mas que não conseguia mais falar. Todos precisavam ser alimentados.

— Estou ligando em uma hora ruim? — perguntou Isak.

— Está — respondeu Simona.

— Minha mulher morreu — disse Isak.

— Rosa? Meu Deus!

— Ela estava doente. Não havia nada que eu pudesse fazer por ela.

— Eu sinto muitíssimo — disse Simona.

— É terrível — disse Isak.

— E Laura? Como ela está lidando com isso?

— Está pensando em se mudar para Oslo — disse Isak. — Então todas as minhas filhas vão morar em Oslo.

— Entendo — disse Simona, olhando para seu próprio clã faminto.

— Eu estou pensando em me matar — disse Isak de repente.

— É sempre uma alternativa, acho — disse Simona.

— Não vejo razão para continuar sem ela.

— Entendo o que quer dizer.

Simona não sabia mais o que falar. A conversa na qual ele a havia envolvido agora ia muito além do que qualquer um dos dois realmente desejava discutir com o outro.

— Mas eu imagino que você esteja se perguntando por que eu liguei — disse Isak.

— Estou.

— Eu quero me afastar de tudo aqui: vender o apartamento de Lund, vender o apartamento de Estocolmo e consertar minha casa de Hammarsö.

— Vai dar um trabalhão — disse Simona.

Tudo ficou silencioso do outro lado da linha. Ela aguardou.

Então ele disse:

— Quero que você saiba o seguinte, Simona: eu vou me mudar para a ilha de vez.

Simona tentava evitar agir de forma egoísta, mas ocasionalmente se permitia pensar de forma egoísta, e nesse exato momento lhe ocorreu que não seria mais a rainha de seu refúgio gelado, e tudo isso só porque o velho havia perdido tudo e achava que podia recuperar alguma coisa em Hammarsö. Por que ele não podia simplesmente ficar onde estava e deixar tudo continuar como antes? Ela disse:

332

— Você tem consciência de que a casa está uma ruína? Mal vai reconhecer o interior dela depois de todos esses anos.

— Eu sei.

Simona olhou pela janela da cozinha. Preferia a vista da outra janela da cozinha. Aquela que, antes desse telefonema, também era sua. Ela disse:

— Vou providenciar para religar a calefação e lavar os lençóis, toalhas e fronhas.

Isak balbuciou alguma coisa do outro lado, e Simona disse:

— É o mínimo que posso fazer: garantir que você encontre uma cama feita quando chegar.

V. A LUZ SOBRE A ÁGUA

Haviam combinado de se encontrar no Hotel e Restaurante Hammarsö, a hospedaria que abria o ano todo e ficava não muito longe do terminal da balsa, do centro comunitário e da igreja. Tomariam um café e descansariam um pouco antes de percorrer o último trecho até a casa de Isak. Erika abriu a porta. Teve de se abaixar para não bater com a cabeça no batente. Passou pela soleira alta e entrou na recepção escura. O chão de linóleo estampado cor de laranja havia sido esfregado recentemente; reluzia, úmido e escorregadio, com um cheiro limpo de hospital. Vozes e risos vinham de uma TV que ninguém assistia. Atrás do balcão, uma mulher tricotava sentada.

— Com licença — disse Erika, tirando as luvas. Estavam agora encharcadas e, na verdade, molhadas desde que saíra de Oslo. Não tivera realmente a oportunidade de secá-las, embora as houvesse estendido em cima do aquecedor quebrado do hotel em Sunne, e depois no encosto da cadeira no quarto de hotel de beira de estrada em Nynäshamn. Ela tirou um pouco da neve do anoraque. Também estava molhado. Tudo que ela vestia estava frio, molhado e sufocante, grudando-se à sua pele.

A mulher seguia tricotando.

— O restaurante está aberto? — perguntou Erika. — Posso pedir alguma coisa?

A mulher deu de ombros.

— Posso preparar um sanduíche e um café para a senhora. Em geral servimos o jantar depois das cinco. Mas hoje não. O restaurante hoje está fechado.

Erika olhou para o relógio de pulso. Passava um pouco das duas. Ela estava com frio de novo. Em um minuto suava, e no minuto seguinte congelava. Queria dormir. Queria tirar toda a roupa, ficar nua, tomar um banho quente, deitar em uma cama bem-feitinha.

Na balsa a caminho da ilha, Erika era a única passageira. Os condutores haviam lhe acenado da ponte de comando, e ela acenara de volta. Eram velhos, tinham o rosto marcado e o mesmo aspecto de vinte e cinco anos antes, mas ela sabia que não podiam ser os mesmos. A balsa era a mesma, o mesmo amarelo pulsando sobre a água de quando ela era uma menina de catorze anos, mas os condutores com certeza eram novos.

— É possível reservar um quarto só para hoje? — perguntou Erika. — Estou esperando minhas irmãs; nós vamos nos encontrar aqui no Hotel e Restaurante Hammarsö e depois pegar o carro para irmos todas juntas visitar nosso pai, que mora aqui na ilha.

A mulher balançou a cabeça. Erika fingiu não ver e continuou falando. Podia pagar uma diária inteira, se fosse esse o problema. Só queria tirar aquelas roupas, tomar um banho e se deitar em uma cama quentinha por uma hora.

— Estou com muito frio, só queria descansar um pouco — explicou. — Quero fechar os olhos.

A mulher tornou a balançar a cabeça e disse:

— Eu lhe daria um quarto com prazer, querida, mas não tenho nenhum.

Erika soltou um suspiro.

— Não me diga que estão lotados, porque eu simplesmente não vou acreditar!

— Não, não exatamente — disse a mulher. — O hotel fechou.

— Entendo — disse Erika, contrariada.

Teve vontade de dizer alguma coisa maldosa e desagradável. Aquele estabelecimento alegava estar aberto, mas na verdade não estava.

— Então não há quartos nem restaurante no Hotel e Restaurante Hammarsö?

Sua voz saiu aguda; ela se sentiu ridícula.

A mulher largou o tricô, ergueu a cabeça e olhou para Erika. Tinha mais de setenta anos, um rosto fino e cabelos compridos igualmente finos e grisalhos.

Antigamente, pensou Erika, os cabelos devem ter sido seu traço mais bonito.

— Isso mesmo — disse a mulher. — Não há quartos nem restaurante. Mas eu posso lhe preparar um sanduíche e uma xícara de café quente. E a senhora pode ficar sentada no saguão assistindo à TV ou lendo um jornal enquanto espera suas irmãs.

A mulher apontou para uma porta entreaberta.

— É por ali. Pode deixar a bolsa comigo, se quiser. Eu fico de olho.

— Lá dentro tem um sofá? — perguntou Erika. — No saguão, quero dizer.

— Tem — respondeu a mulher.

— Será que seria muito impróprio eu tirar as botas e deitar no sofá para descansar um pouco?

— Não — respondeu a mulher. — Não seria impróprio.

Os olhos de Erika estavam arregalados. Ragnar tinha os olhos da mãe. Era o que todos diziam. Ele era o retrato escarrado da mãe, Ann-Kristin. E era o calcanhar de Isak. Erika se revirou no sofá.

Estavam deitados juntos na cama de campanha da cabana secreta. Ele segurava um espelho. Estavam comparando seus rostos.

— Eu também tenho os olhos da minha mãe — disse Erika.

— Mas tem a boca de Isak — disse Ragnar — e os cabelos de Isak.

— Não sei de quem é o meu nariz — disse Erika. — Talvez eu tenha o nariz da minha trisavó.

— Você tem as minhas mãos agora — disse Ragnar, segurando as mãos dela com as suas e beijando-as.

340

Erika havia descalçado as botas e jogado o anoraque por cima de uma cadeira e estava deitava em um dos sofás de veludo vermelho do saguão vazio. Durante o verão, aquela sala sem dúvida devia ficar cheia. As pessoas assistiam à TV ou tomavam um drinque e comiam amendoim, ou então conversavam com outros hóspedes do hotel. Em frente a cada sofá havia uma mesa com cadeiras em volta. A televisão estava suspensa em um suporte de parede, bem alto, quase na altura do teto. Erika quis desligá-la, ou pelo menos abaixar o volume, mas não conseguiu achar o controle remoto nem teve energia para se levantar. Na tela, uma menina nova pulava e gritava de alegria. A plateia aplaudia. A menina tinha ganho alguma coisa.

Erika abriu a boca e disse: "Me perdoe!".

Não reconheceu a própria voz. O tom estava diferente. Tinha algo a ver com a acústica da sala. Eram três da tarde, e a luz de inverno entrava pelas janelas. A luz era branca, dura e intensa. Uma luz muito antiga. Quando Erika visualizava a própria morte, não era algo escuro, mas claro assim. Claro e parado. A imobilidade também era muito antiga. Sempre estivera ali e sempre estaria.

A menina na tela da TV havia recebido do apresentador uma nova tarefa para fazer, e dessa vez parecia que não ia conseguir. Franziu o cenho e balançou a cabeça. Mesmo assim, a plateia a encorajou com aplausos.

Erika virou-se de lado, encolheu os pés para cima do sofá e começou a chorar.

A mulher da recepção abriu a porta. Trazia uma bandeja com algumas fatias de pão e um bule fumegante de café. Quando viu Erika, pousou a bandeja sobre uma das mesas e pôs um cobertor por cima dela.

Erika segurou-lhe a mão.

— Muito obrigada.

A mulher sentou-se na beira do sofá.

— Se a senhora conseguir dormir um pouco, vai se sentir melhor — disse.

— Minhas irmãs e eu estamos indo visitar nosso pai.

Erika ainda chorava. Apertou a mão da mulher, querendo se certificar de que aquela mão era real, de que estava viva, de que ela não estava inteiramente sozinha ali, abandonada a si mesma e àquela luz.

— Nós não pomos os pés na ilha desde que éramos crianças. Acho que é por isso que estou tão abalada.

— Eu sei — disse a mulher.

Erika levantou a cabeça e secou os olhos.

— A senhora o conhece? — perguntou. — Conhece Isak? Conhece meu pai?

A mulher sorriu para ela.

— Não — respondeu. — Não conheço.

Ela dormiu, acordou e voltou a dormir. De tempos em tempos, ouvia os sinos da igreja badalarem. Havia se esquecido disso. Havia se esquecido de que os sinos da igreja de Hammarsö badalavam de meia em meia hora. A casa de Isak ficava a uma boa distância da igreja, mas a loja ficava bem ao lado, assim como o Hotel e Restaurante Hammarsö e o centro comunitário com suas janelas arqueadas características.

Muitas vezes, quando Erika e Laura iam à loja comprar um sorvete ou buscar algumas coisas para Rosa, permaneciam algum tempo lá, talvez deitadas na grama junto com todas as papoulas, esperando o relógio da igreja badalar. Então podiam acertar os relógios. Relógios pequeninos em volta de pulsos finos.

Era um concurso para acertar a hora com a maior exatidão possível.

Elas já deveriam ter chegado!

Erika sentou-se no sofá e olhou em volta. Estava tudo escuro, dentro e fora. A televisão havia sido desligada. Ela dormira bastante. Um sono profundo e sem sonhos. Olhou para o relógio. Quase cinco e meia. Elas já deveriam ter chegado há séculos. Acendeu uma luminária, enrolou-se em um cobertor e andou pela sala só de meias. Uma corrente de ar frio envolveu seus pés. Localizou o celular dentro do bolso do anoraque. Acendeu mais algumas luminárias. Havia fotografias antigas penduradas nas paredes. A maioria em preto-e-branco. Ligou para o celular de Laura e a caixa postal atendeu. Ligou para Molly e tampouco obteve resposta. Mandou a mesma mensagem de texto para as duas: *Cadê vocês? Me avisem!* Então foi olhar as fotografias na parede. Eram imagens pessoais, recordações de um verão muito tempo atrás: adultos e crianças na praia, junto ao quiosque segurando cachorros-quentes e sorvetes, no centro comunitário e na loja. Muitas fotos de um casamento. A recepção tinha sido ali, na hospedaria, depois de uma cerimônia na Igreja de Hammarsö. A noiva de branco tinha flores nos cabelos. Sorria para a câmera. Erika percorreu cada foto para ver se reconhecia algum rosto, mas não reconheceu ninguém.

Erika estava deitada de novo no sofá, e o silêncio era mais antigo do que a luz, mais antigo do que a escuridão. Sentou-se. *Preciso ligar para os meus filhos.* Ane não atendeu, mas mandou uma mensagem. *Oi mãe estou no cinema não posso falar agora. Beijos :-)*

Erika ligou para o telefone de Magnus — paciência se ele ficasse irritado, contanto que atendesse, contanto que ela pudesse viver em sua voz por alguns instantes. Quisera ligar para ele todos os dias desde que ele partira para a excursão da escola à Polônia, mas havia se segurado, posto uma das mãos sobre a outra. *Deixe-o crescer; ele não vai ser seu vinte e quatro horas por dia para sempre.*

Magnus atendeu na hora.

— Oi, mãe.

Ele pareceu quase contente com o telefonema da mãe, mas talvez ela estivesse enganada. Talvez ele estivesse apenas sendo educado. Ao fundo, ouviam-se gritos e exclamações. A turma não estava mais na Polônia. Tinham ido a Berlim e agora esta-

346

vam passando a noite em um hotel em uma cidade cujo nome ele não conseguia se lembrar. Berlim tinha sido ótimo; ele gostaria de voltar lá. No dia seguinte, iriam a mais dois campos de concentração, Sachsenhausen e Ravensbrück, e depois começariam a longa viagem de ônibus de volta para casa. Magnus parou de falar para tomar fôlego.

— Quer me falar mais alguma outra coisa? — perguntou ele. — Agora tenho mesmo que desligar.

Erika quis prendê-lo mais um pouquinho.

— Como foi lá em Auschwitz? — perguntou. — Deve ter sido muito... — Ela procurou a palavra certa. — ... deve ter sido muito impressionante.

— Estava lotado de turistas — respondeu ele. — Gente por toda parte, e alguém perguntou onde poderia comprar alguma coisa para beber. Não deu para absorver muita coisa do que aconteceu lá. De tudo que aconteceu lá muito tempo atrás, quero dizer.

— Não faz tanto tempo assim — disse Erika.

— Não, mas agora eu preciso desligar — disse Magnus. — Tchau.

Erika pousou o celular sobre a mesa. Então tudo ficou em silêncio outra vez.

Os sinos da igreja bateram seis horas. Erika foi até a janela e olhou para a paisagem escura. Recomeçara a nevar. Seria melhor ela deixar o carro no Hotel e Restaurante Hammarsö e fazer o resto do trajeto com Laura e Molly no carro de Laura. O carro de Laura era mais potente e ela dirigia melhor. A máquina de limpar neve com certeza ainda não tinha liberado a estrada toda. Erika fechou os olhos. Nunca tinha visto a casa branca de calcário rodeada de neve. Quando era criança e vinha a Hammarsö, era sempre verão, e ela sempre parecia chegar quando os lilases estavam em flor. Os lilases de Hammarsö floresciam mais

347

tarde do que em Oslo, então a cada ano ela via duas levas de flores; era como ter uma primavera dupla. E quando ela chegava a Hammarsö e os lilases estavam em flor e fazia um ano inteiro que ela não via Isak, um outono inteiro, um inverno inteiro e uma primavera inteira, ele sempre estava sentado esperando no banco em frente à casa. O carro de Rosa entrava pelo portão e sacolejava declive abaixo, e Isak ficava sentado no banco, à espera. Não esperava por Laura. Não esperava por Rosa. Ele via Laura e Rosa o ano inteiro. Esperava por Erika. E, quando o carro finalmente parava em frente à casa, ela podia escancarar a porta e correr para os braços dele e para seu colo.

— Papai!

Para seus braços e seu colo. Era como subir correndo um lance de degraus, para cima, para cima e mais para cima ainda, e os degraus não paravam de subir, não terminavam nunca.

Quando Rosa morreu, não houve ninguém para reconfortá-lo. Isak ficou girando, girando de um lado para o outro, e gritando. Onde poderia encontrar alívio? Laura não suportou lidar com o pai nessa época.

Eu não consigo, disse Laura a Erika.

Isak queria ficar sentado no sofá segurando sua mão, afagando seu rosto e lhe dizendo que ela se parecia com a mãe. Tinha os olhos da mãe e os cabelos da mãe. E isso era a última coisa que Laura queria.

— Ele estava chorando a perda da mulher, e eu a perda da minha mãe, e não podíamos chorar juntos. Só de pensar nesse tipo de intimidade com ele! Isak deveria ter percebido isso.

Erika tampouco conseguia reconfortar o pai. Foi visitá-lo em Estocolmo certa vez, e jantaram em um restaurante perto do apartamento dele. O restaurante estava praticamente vazio. Erika bebeu um copo de vinho. Ele bebeu água. Suas mãos tremiam, e ocorreu a Erika que ele não poderia continuar seu trabalho com as mãos tremendo daquele jeito. A mesma música tocava sem parar no restaurante: uma canção *pop* lenta, chorosa. Erika conhecia a canção e disse a Isak o nome da cantora, mas se arrependeu na mesma hora. Ele estava pouco ligando para o nome da cantora. Podiam ouvir risos vindos da cozinha. Isak comeu algumas garfadas; era como comer pedras, comentou. Pousou o garfo e a faca, olhou para Erika, tentou sorrir e disse:

— É uma lástima tudo isso.

Algumas semanas depois, ele vendeu o apartamento de Estocolmo e o de Lund e mudou-se definitivamente para Hammarsö. Pediu demissão do cargo de professor na universidade. Era o fim.

— Faz muito tempo que não faço nada prático com as mãos — disse ele a Erika no telefone — e agora vou pôr minha casa em ordem.

Depois disso, ninguém mais teve notícias suas. Ele se mudou para Hammarsö e não entrou mais em contato. Erika acabou ligando para Simona.

— Ele ainda está vivo?

— Está — respondeu Simona. — Está reformando.

— Sozinho?

— É. Praticamente. Um carpinteiro e um bombeiro estão dando uma ajuda. Dois velhotes que moraram a vida inteira na ilha. Os três tomam café juntos. Acho que é por causa deles que Isak começou a fumar. Mas ele está fazendo a maior parte sozinho; praticamente não tem ajuda.

— Meu pai começou a *fumar*?

— Foi.

— O que mais ele faz?

— Vai à igreja todo sábado à noite ouvir os sinos da comunhão. Mas talvez ele sempre tenha feito isso. Fica sentado bem quietinho em um banco dos fundos escutando os sinos da igreja; depois vai embora.

* * *

A porta do saguão se abriu.

— Erika, é você?

Erika se virou. Laura e Molly estavam em pé lado a lado sob a luz da porta aberta. Cada qual envolta em um grosso anoraque. Ainda estavam de gorro e luvas. As duas sorriam para ela, ambas com as faces muito coradas.

— Vocês chegaram — disse Erika, sentindo o alívio invadir seu corpo.

Para começar, ficaram sentadas juntas em volta da mesa do saguão, cercadas por todas as fotografias. A mulher da recepção trouxe mais sanduíches e mais café fumegante.

— Estas aqui são as minhas irmãs — disse Erika à mulher. A mulher pousou a bandeja e as cumprimentou; depois saiu, fechando a porta atrás de si.

— Quem é ela? — perguntou Laura em voz baixa. — Tenho a sensação de já tê-la visto antes.

— Ela trabalha aqui no hotel; é a recepcionista — disse Erika. — Pôs um cobertor em cima de mim quando eu estava com frio.

Molly se levantou do sofá e foi até a janela. Ficou ali parada, olhando para a neve que caía.

— Uma vez, há muitos anos — disse ela —, eu fiquei assim perto da janela, igualzinho estou agora, pensando que logo iria vê-lo. Eu tinha preparado um grande jantar, comprado rosas vermelhas, mas é claro que ele não apareceu. Cancelou na última hora.

352

— Você falou com Isak hoje? — perguntou Laura a Erika.

— Falei — respondeu Erika. — Falei com ele hoje de manhã.

— Ele está contente com a nossa visita? — perguntou Laura.

— Não — disse Erika.

— Está com medo de que o confrontemos ou algo assim? — perguntou Laura.

— Não sei. Ele disse que está velho demais.

— Velho demais para quê?

— Velho demais para receber três filhas, imagino — disse Erika. — Insistiu para darmos meia-volta e irmos para casa. Eu, você e Molly.

— E o que você respondeu?

— Eu disse que nós íamos, independentemente do que ele achasse, e que ele não precisaria nos entreter. Eu disse que levaria uns vídeos e que poderíamos ficar assistindo aos filmes caso não tivéssemos assunto para conversar.

Molly continuava em pé junto à janela. Virou-se para as irmãs.

— Mas nós temos muito assunto para conversar — disse.

— Temos — disse Erika —, mas acho que não vamos poder abordar a maior parte deles.

Erika e Laura se levantaram e foram se juntar a Molly perto da janela. As três olharam para a neve. O relógio bateu oito horas. Além da igreja havia o mar.

— Olhem — disse Molly, apontando. — Tem uma luz em cima da água.

— Essa luz tem um nome — disse Erika. — Não estou me lembrando qual. É um fenômeno natural aqui na ilha. A luz cintila e depois some, depois torna a cintilar.

Então ela disse:

— Eu me lembro que o primeiro a me mostrar isso foi Ragnar. Ele disse que você precisava tomar cuidado para não desviar os olhos, nem mesmo piscar, porque era muito raro ter a sorte de ver essa luz. Era como se ele achasse que fosse possível manter a luz ali pelo simples fato de olhar para ela.

— É, isso mesmo — disse Molly.

A neve agora caía com força. Talvez nem conseguissem passar com o carro de Laura. Talvez até tivessem de percorrer o último trecho a pé, pensou Erika.

— É — disse Molly. — Eu me lembro de Ragnar. Ele tinha um sinal entre os olhos e uma cabana na floresta que ele próprio tinha construído. É, eu me lembro dele. A mãe dele se chamava Ann-Kristin, não era?

— Era — disse Laura.

— E eu me lembro — disse Molly — de uma tarde de sol no jardim em frente à casa de Isak. Nós estávamos correndo entre as árvores de fruta. Eram macieiras, não eram?

— Eram, uma ou duas — disse Laura.

— Isso — disse Molly. — Eu me lembro de serem muitas. Macieiras, ameixeiras e pereiras... será que eu imaginei essa parte? Enfim. Nós estávamos correndo entre as árvores. Fazia calor e eu estava quase sem roupa. Provavelmente estava só com aquele vestido azul. É. Eu tinha um vestido azul que mal cobria meu bumbum. Vocês se lembram de tudo isso?

— Sim — respondeu Erika.

— E vocês duas estavam lá — disse Molly —, e eu estava lá, e Ragnar também. Estávamos correndo entre as árvores, guinchando e gritando. É. Não sei quantos anos devíamos ter. É claro que eu era bem mais nova do que vocês, mas me lembro disso com clareza. Estávamos nós três e Ragnar, e depois Isak também. É! Isak tinha pego a mangueira e estava fazendo uma careta de monstro e correndo na nossa direção, e nós guinchávamos e gritávamos e corríamos por entre as árvores, e Isak disse um, dois, três vou pegar vocês e vocês não vão conseguir fugir, e esguichou água em cima de nós e ficamos todos molhados, guin-

354

chando e rindo e gritando. *Não, por favor, não venha nos pegar seu monstro, por favor não!* Eu fiquei toda encharcada e estendi os braços para Ragnar, e Ragnar me pegou no colo, mas eu era pesada demais para ele, então ele me entregou para Isak, que me levantou bem alto e me fez girar. É! Eu me lembro bem.

As três continuavam em pé junto à janela. Erika disse:

— Eu também me lembro desse dia. Tenho até uma fotografia no meu álbum em casa. Mas Ragnar não estava. Ele nunca brincou assim conosco. Você está enganada. Ele não está na foto.

Molly sorriu.

— Bom, então deve ser porque ele estava tirando a foto — disse. — Eu não estou enganada. Ragnar estava conosco. Estávamos as três lá juntas.

Laura voltou para perto da mesa com a bandeja de café e os sanduíches. Tomou um gole de café. Já estava frio.

— Então — disse.

Erika e Molly se viraram para encará-la.

— Então — repetiu ela.

— O quê? — indagou Erika.

— São oito e meia. Hora de ir, vocês não acham?

— Será que conseguimos passar com o seu carro mesmo que a máquina de limpar neve não tenha ido até o fim? — perguntou Erika.

— Conseguimos, sim — disse Laura, preparando-se para sair.

Erika foi até o sofá e dobrou o cobertor. Empilhou os pratos e os copos na bandeja e levou-os para a mulher da recepção.

— Já estão indo?

— Sim, já estamos indo — disse Erika, pegando a bolsa que havia deixado com a mulher e suspendendo-a sobre um dos ombros.

— Obrigada por ter sido tão gentil comigo — disse.

— Disponha — respondeu a mulher. Ela olhou para Erika.

— Cuide-se — arrematou.

* * *

Erika voltou ao saguão, onde calçou as botas e vestiu o anoraque, o gorro e as luvas. Virou-se para as irmãs. As duas já estavam totalmente vestidas.

— Então não devemos simplesmente dar meia-volta e ir para casa? — perguntou.

Do lado de fora estava tudo escuro e branco. Ainda havia luz sobre a água. Era raro a luz durar tanto assim, disse Erika. Laura e Molly sentaram-se na frente, e Erika subiu atrás. A bolsa e as malas estavam no bagageiro. Laura pôs a chave na ignição e deu a partida no carro.

E as três então percorreram o último trechinho até a casa de Isak, com cuidado, em meio à neve que caía.

ESTA OBRA FOI COMPOSTA PELO GRUPO DE CRIAÇÃO EM ELECTRA E
IMPRESSA PELA GRÁFICA BARTIRA EM OFSETE SOBRE PAPEL PÓLEN SOFT
DA SUZANO PAPEL E CELULOSE PARA A EDITORA SCHWARCZ
EM ABRIL DE 2009